# アンダー・ユア・ベッド



大石 圭

角川ホラー文庫
11893

# プロローグ

黒光りする床の上で女が動いている。広々としたダイニングキッチンにスリッパの音を響かせて、右へ左へと忙しく歩きまわっている。女の履いたタオル地のスリッパは清潔だが、擦り切れかかっている。白い木綿のソックスは踵の部分が薄くなって透けている。

僕は——頰を床に押しつけて、それを見つめている。

さっきから喉に痰がからんでムズムズする。床に密着した体の前面は冷えきって鬱血しているし、肩や首筋の凝りは痛いほどだ。もう1時間半もソファの下の狭い空間に腹這いになり、身動きもせずにいるのだから当然だろう。だがもちろん、咳払いをするわけにも、寝返りを打つわけにも、伸びをするわけにもいかない。

磨き上げられた床がまるで鏡のように女の全身を映している。女は本当に忙しそうだ。冷蔵庫の扉を開け閉めしたり、オーブンや電子レンジを作動させたり、まな板で野菜を刻んだり、魚を煮る鍋の火加減を調節したりしている。女がまな板の上のダイコンに集中している隙に、僕は微かに左腕を動かして腕時計を見る。

6時10分。あと30分ほどで夫が帰宅する。

子供部屋から女の、1歳になった娘の声がする。お腹が空いたのだろうか？　それともオシメが汚れたのだろうか？　しばらく小声でぐずったあとで、娘は母親を呼ぶために勢いよく泣き始めた。

だが女は、動かない。まな板の上のダイコンを黙々と刻み続けている。

子供を邪険に扱っているわけではない。まして、子供を愛していないわけではない。ただ、女には子供を抱いてやる時間がないだけだ。

ソファの下に腹這いになった僕は、顔をそっと持ち上げ、ゆっくりと首を動かし、床についていた左の頬を右の頬に代える。


夕食の食器を洗い終えた女が入浴しているあいだに、僕は5時間ぶりにダイニングキッチンのソファの下から這い出した。慎重に辺りの気配をうかがいながら、首や肩の凝りをほぐす。女の夫は寝室と隣り合った2階の書斎にいるようだ。さっき天井から足音が聞こえた。

足音を忍ばせて静かに、だが素早く階段を上る。廊下の奥の扉（そこが夫の書斎だ）の隙間から明かりが漏れているのを確かめてから、手前にある寝室の扉を開く。真鍮の蝶番が微かに軋む。

真っ暗な寝室にはふたつのベッドが並んでいる。僕は再び身を屈め、妻のほうのベッドの下に、今度は仰向けに潜り込む。ひんやりとした床にぴったり背中を押し付け、ベッドの裏側の暗闇を見つめる。

そして僕はいつものように、かつて——今から11年前——このベッドの主である女とテーブルに向き合って座り、マンデリンという銘柄のコーヒーを飲んだことを思い出そうとする。僕の人生のもっとも幸福だった瞬間——もう何十回も思い出したそれを、また思い出そうとする。

どれくらい時間がたっただろう？　やがて寝室に明かりが灯り、男が、それに続いて女が入って来る。僕はベッドの下で息を殺す。衣ずれの音がしたあとで、女がベッドに乗る。僕の真上でマットのスプリングが軋む。

「おい、もうちょっと向こうに寄れ」

男の声がする。男は隣り合った自分のベッドにではなく、女の隣に入って来る。僕の鼻先でマットのスプリングがまた軋む。

やがて——ギシギシッ、ギシギシッ、とマットが断続的に軋み始める。

……ギシギシッ……ギシギシッ……ギシッ……ギシギシギシッ……。

僕の真上で女の息遣いが乱れ始める。「ああっ……痛い……」という女の声も聞こえる。

僕は床に仰向けになったまま、ベッドマットの向こう側の物音に神経を集中させる。

# 1

敷石のひとつを裏返す。そこには、名もない虫たちがさざめいている。

たいていの人は、湿った石の下に生きるそんな虫たちの名を知らない。虫たちがどのように生まれ、何を食べ、いつどんなふうにして死んでいくのかを知らない。考えることもない。

——その虫たちの1匹が僕だ。

山奥の渓流で魚が泳いでいる。ある朝、その澄んだ流れに1羽のカワセミが飛び込み、魚をくわえて飛んでいく。人はもちろん、そんな魚がいたということを知らない。いなくなったということも知らない。

——その魚が僕だ。

30年という時間を、僕はそんなふうに生きてきた。

この30年、何百という人々が僕の名を知り、僕の顔を知った。知ったはずだった。何百という人々が僕とすれ違い、言葉を交わしたはずだった……。だが今、僕を覚えている人は、ほとんどいない。まして、「三井はどうしているんだろう?」などと僕を思い起こす人はどこにもいない。

きっと、それでいいのだ。人生に起きたすべてのことや、そこで出会ったりすれ違ったりしたすべての人を覚えていたら、煩わしくてしかたないだろうから。

人は自分にとって必要なことだけを記憶し、そうでないものを忘れ去る。

そして僕は——いつも、忘れ去られる側に立っている。

中学校の卒業アルバムに収められた僕のクラスの集合写真。制服を着た少年少女が整列してカメラを見つめている。笑っている生徒もいれば、敵意を剝き出しにしてレンズを睨みつけている生徒もいる。大人びた顔の生徒もいるし、まだあどけない顔をした生徒もいる。だが——そこに僕の姿はない。撮影の当日に欠席した生徒までが小さく丸囲みされた写真を載せてもらっているというのに、僕の姿はない。

あの日、集合写真を撮影する直前に担任教師がその日の日直だった僕に用事を言い付け、僕が職員室に書類を取りに行っているあいだに校庭で僕のクラスの撮影が行われてしまったのだ。

もちろん僕にとっては、卒業アルバムなどどうでもいい。だが、あの撮影の日にも、できあがった卒業アルバムが生徒たちに配布された日にも、僕の不在に気づいた者はいなかった。担任の教師も気づかなかった。クラスメイトたちも気づかなかった。そして僕の両親さえ、卒業アルバムに僕が写っていないことに気づかなかった。

もちろん、それでかまわない。

僕は道端に転がった1個の石だ。その道を無数の人が歩いていくけれど、足元に転がった小さな石ころを気にする人などいない。人々は目的地に向かって歩き続け、僕はただそこに転がっている。

敷石の下には名もない虫たちがさざめいている。そして——浜崎家のソファの下には、あるいはベッドの下には、名もない男が横たわっている。そこで、その家に暮らす女を見つめている。

2

あれは今からちょうど2年前——雨の降る6月の晩だった。

あの晩、28歳だった僕は、ふと思い立って近所のコンビニエンスストアに行った。コンビニエンスストアで電池とコーラと雑誌を買い、母と母の愛人が暮らす自宅に戻るためにマンションのエレベーターに乗った。エレベーターの床に敷かれたカーペットは、何人もの傘から流れ落ちた滴でひどく濡れていた。

その瞬間、僕は佐々木千尋を思い出した。

いったい、人間の脳はどんな仕組みになっているのだろう？　2年前の雨の晩、無人のエレベーター内に充満したユリを思わせる香水を嗅いだ瞬間、まるで移動させたタンスの裏から思いがけない写真を見つけたかのように、僕の中に佐々木千尋が蘇った。

上昇するエレベーターの中で僕は思い出した――19歳だった彼女と僕がテーブルに向き合ってコーヒーを飲んだこと。その時に彼女が言ったこと。彼女の亜麻色の長い髪。僕を見つめた大きな目。白いミニ丈のワンピース。踵の高い華奢なサンダル。マニキュアやペディキュアの色。イヤリングの形。指輪やブレスレットやペンダントや腕時計。顔にあったホクロ。コーヒーの銘柄。髪をかき上げた時に見えた腋の下の柔らかそうな肉。口元からのぞいた八重歯。薄いワンピースの向こうに透けて見えたブラジャーの色や形……9年も前の出来事を、まるでつい15分前まで彼女と話していたかのように、いや、今も目の前に彼女がいるかのように、僕は生々しく思い出した。

あの頃、佐々木千尋と僕は19歳だった。クラスが違ったので話したことはなかったが、僕たちはたまたま同じ初級フランス語文法の講義を専攻していた。

佐々木千尋は綺麗だった。女子学生でいっぱいになった教室の中でも、彼女の姿は特別に目を引いた。彼女が脇を通り過ぎるだけで甘く素敵な匂いがした。

もちろん話しかけることなどできなかったが、初級フランス語文法の教室では僕はいつも視線の片隅で彼女を見つめていた。彼女が欠席した日などは（彼女はしばしば欠席した）、ひどく落胆したりもした。

あれは、まもなく梅雨が明けようかという初夏の午後だった。開け放った窓から教室に吹き込む風が心地よかった。僕は胸を高鳴らせながら風になびく白いカーテンを見つめていた。僕が胸を高鳴らせていたのは、ほかでもない。あの日、佐々木千尋が偶然、僕の隣にひとりで座り、まるでオーラのように甘い香りを放っていたからだ。

初級フランス語文法のテキストは確か、『星の王子様』だったと思う。彼女はしきりにノートを取っていた。剝き出しの細い腕には体毛がなく、そこに肩から流れる長い髪がかかっていた。僕はその亜麻色の髪を、なんて綺麗なんだろうと思って見つめた。空気が動くたびに甘い香りが僕の鼻腔を刺激した。

その時だった。講師が突然、「そこの君、次を訳して」と言って僕を指名したのだ。僕は反射的に立ち上がったが、口を開くことはできなかった。僕はいつだってそうなのだ。大勢の人に見つめられると頭の中が真っ白になってしまって、何が何だかわからなくなってしまうのだ。

僕が呆然と立ち尽くしていると、隣に座った佐々木千尋が「三井クン」とささやくように僕の名を呼んだ。彼女は自分のノートにオレンジ色のマーカーでラインを引き、それをそっと僕のほうに押しやった。真っ赤になった僕の顔を見上げ、無言で頷いた。

ぎっしりとノートを埋めた丸っこい文字の、マーカーが引かれた部分を僕はどもりながら棒読みした。しばらく読み続けたところで講師が「よろしい」と言い、僕は赤面したまま再び着席することができた。そんな僕を佐々木千尋はおかしそうに見つめた。

講義が終わったあと、僕は教室を出ようとする彼女にしどろもどろになってノートのお礼を言った。

「……あの……さっきは……あの……どうも……ありがとう」

「あっ、いいの、いいの。気にしないで」

彼女はそう言って笑った。

「……あの……もし時間があったら……あの……お茶でも飲みませんか？」

なぜ、そんなことが言えたのかは今もわからない。あの時、僕はそう言って彼女をお茶に誘った。

僕の言葉に彼女は少し驚いた様子を見せた。だが、すぐに笑顔になって、「付き合ってあげてもいいけど、その代わり、三井クンが奢ってね」と、また笑った。

僕はもちろん彼女の名を知っていた。繰り返すようだが、文学部に在籍する大勢の女子学生たちの中にいても、彼女の姿は一際目立ったのだ。だが、彼女が僕の名を知っていたのは驚きだった。大学に入学してから、僕が誰かから「三井」という固有名詞を呼ばれたことは、たぶん1度もなかった。

「三井クン」

佐々木千尋は僕の名を呼んだ。いつも自分の名を呼ばれている人には僕がどれほど嬉しかったかなど、わからないだろう。

あれから9年が過ぎた2年前の雨の晩、僕はあの日の彼女の声をはっきりと思い出した。

「三井クン」

彼女の声を、スペアミントの香る湿った息を、ルージュの光る唇を——まるで彼女がたった今、耳元でささやいたかのように、僕は鮮明に思い出した。

3

佐々木千尋を思い出した翌日、僕は横浜の香水専門店に行った。そして9年前の嗅覚の記憶だけを頼りに2時間近く店内をウロついたあげく、棚に並んだ無数の香水の中から、あの日、彼女が発していたのと同一の香りをついに見つけ出した。

瞬間、胸がときめいた。ビンのラベルを見る。

——JEAN PAUL GAULTIER
間違いなかった。

濃く化粧をした女性店員のいぶかしげな視線にうろたえながら、僕はそれを購入した。

そしてそれを、自室の壁や床やベッドや天井に吹き付け、ユリのような香りの中で彼女をさらに思い出した。


今からだと11年前になるあの日、佐々木千尋と僕は学生で賑わうコーヒー専門店の片隅のテーブルに向かい合って座った。女性とふたりきりでお茶を飲むのはもちろん、その店に行くのも僕にとっては初めてのことだった。

彼女は慣れた様子でマンデリンというコーヒーを注文した。僕にはコーヒーの銘柄なんてわからなかったから、おどおどしながら「……同じものを」と言った。

運ばれて来たコーヒーは香ばしくて苦かった。それを飲みながら彼女は同じクラスの友人たちの噂話をし、いつも聴いている音楽の話をし、自分が所属しているサークルの話をし、ブランド物の洋服やバッグや靴の話をし、春に行ったグァムの話と夏に行くつもりの香港の話をした。彼女は、僕とはまったく違う世界の住人だった。僕は曖昧に頷くだけで、そのどれにも満足な返答をすることができなかった。

「三井クンって無口なんだね」

そう言って佐々木千尋は笑った。

やがて彼女は手持ち無沙汰にスプーンでカップを掻き混ぜたり、辺りを見まわしたり、溜め息をついたりし始めた。僕にはどうするすべも思いつかず、ただテーブルの下で手を握り締め、彼女がいつ「そろそろ出ましょう」と言い出すかと恐れていた。

その時、彼女が、「三井クン、趣味は何なの?」ときいた。

僕はしばらく考え、バカにされ、笑われるのではないかと思いながらも、「……あの……グッピーを飼ってるんだ」と答えた。

「グッピー?　グッピーって、熱帯魚のグッピー?」

「うん……そう……」

「あれって、綺麗だよね。グッピーって、すごく種類が多いんでしょ？　三井クンのは何ていう種類なの？」

彼女はグッピーに興味を示した。いや、当時の僕はそう思った。

「……ブルー・ネオンっていうんだ」

「青い魚なの？」

「……うん……宝石みたいな色なんだ」

僕はそれから夢中になってグッピーの話をした。僕がグッピーの飼育を始めたのがいつだったかということ、メタリック・ブルーの色彩を保つためにどれほど厳しい血統管理をしているかということ、健康に育てるためにどんな餌をやっているかということ……。彼女は笑みを浮かべ、何度も頷きながらそれを聞いていた。

近くのテーブルに座っていた学生たちの何人かが、僕たちのほうを――特に、佐々木千尋を、しきりに見ているのがわかった。

いつもは僕がしていることを、きょうは彼らがしている。羨望と嫉妬の眼差しで佐々木千尋と僕を見ている。それが僕には自慢だった。

彼女は本当に綺麗だった。僕の母がしているのとはまったく違う、ユリを思わせる甘い香りの香水をしていた。亜麻色の長い髪が輝くほどつややかで、右の薬指と右の手首と耳たぶと首で、ダイヤの嵌め込まれた小さな銀色の十字架が揺れていた。伸ばした爪に塗り重ねられたピンクのマニキュアが鮮やかに光っていた。

「ねえ、グッピーだけど、あたしにも飼えるかな？」

テーブルに華奢な両肘を突き、軽く組んだ手の甲に細い顎を載せ、上目遣いに僕を見つめて佐々木千尋がきいた。

「……もちろん……飼えるよ」

「難しくないの？」

「……飼うだけなら……あの……すごく簡単だよ」

「あたしもグッピー、飼ってみたいな」

「……だったら……だったら、僕のをあげるよ……どんどん増えて、すごくたくさんいるんだ……あの……特別に綺麗なやつを何匹かあげるよ……」

「本当？　嬉しいな」

彼女はとても嬉しそうだったが、僕はもっと嬉しかった。

僕は次の日曜に、グッピーと水槽のセットを持って杉並の彼女のアパートに行く約束をした。コーヒー専門店の扉の前で、別れ際に彼女は「三井クン、ごちそうさま」と言って笑った。

今からだと11年前になるあの日、僕は彼女がつけていた香水のブランド名と、マンデリンというコーヒーの銘柄を知った。そして――幸せというものの存在を初めて知った。幸せとはこういう感覚なのだ、ということを生まれて初めて知った。

僕の幸福は3日続いた。そして4日目の朝、彼女が約束をキャンセルする電話をかけてきて、それは終わった。

「ごめんね。やっぱりグッピーは飼えないの。ほら、ここってアパートだし、ひとり暮らしだから旅行の時とか、帰省した時とかに世話ができないし……本当は飼ってみたかったんだけど……ごめんね」

彼女はグッピーが飼えなくなったことを何度も謝った。けれど、僕にはグッピーなんてどうでもいいことだった。彼女と再び会えればそれでよかったのだ。しかし僕たちは次に会う約束をしなかった。

「それじゃ、三井クン、元気でね」

「……あっ……あの……佐々木さんこそ元気で……」

「またフランス語文法の時間に会いましょう」

電話を切った時、僕は自分がもう彼女とふたりでコーヒーを飲むことは決してないのだということを理解した。彼女と水族館に行くことも、腕を組んで街を歩くことも、抱き合ったり、キスをしたりすることもないのだということを理解した。

僕は落胆した。だが、諦めた。そして、彼女が教えてくれた幸せの感触をいつまでも慈しんだ。その感触を何度も取り出しては慈しんだ。

その後、キャンパスや廊下で何度か彼女とすれ違った。彼女はたいてい友人やボーイフレンドと一緒だった。時には微かにあの香水が漂った。僕はいつも彼女を見つめたが、彼女が僕に気づいたことはなかった。

今も僕はマンデリンばかり飲んでいる。けれど、ずっと彼女のことを思っていたわけではなかった。コーヒーを口に含んだ時、時折、微かに、彼女を思い出すことはあったかもしれない。だが、それだけのことだ。

けれど2年前のあの雨の晩、湿ったエレベーターに充満した甘い香りを嗅いだ瞬間、脳細胞の奥底に眠っていた彼女の記憶が蘇った。脳細胞に吸収され、消滅する運命にあったはずの記憶を、エレベーターに充満したあの匂いが呼び起こした。

そして僕は——佐々木千尋を捜してみることに決めた。

おかしい？

確かにおかしいかもしれない。9年前にたった1度コーヒーを飲んだだけの女性を捜すなんて、僕はどうかしているのかもしれない。だが僕は、どうしても彼女を見つけ出そうと決意した。

今なら彼女を手に入れることができると思ったわけではない。再びテーブルに向かい合ってコーヒーを飲めると思ったわけでもない。ただ僕は、もう1度、ほんの一目だけでも、彼女を見てみたいと思った。そしてもう1度、幸せの感触を思い出したいと願った。

佐々木千尋は今もマンデリンを飲むことがあるのだろうか？　今もあのユリのような香りの香水を使うことがあるのだろうか？

あの日から9年が過ぎていたが、もしかしたら彼女はすれ違った瞬間に僕を認め、「あらっ、三井クンじゃない！」と言うかもしれない。

たいした期待を抱いているわけではなかった。だがもし彼女が僕に気づいたら、そして彼女からあの香水の匂いを嗅げたら、僕はもう何もいらないと思った。

4

2年前、彼女を思い出した翌日、香水専門店から戻った僕は、電話帳で《初恋の人を捜します》という広告を見つけ、その興信所に電話を入れ、佐々木千尋という女性を捜すように依頼した。それからわずか72時間後、横浜の僕の自宅にファックスが届いた。そこには、膨大な人込みの中に消えてしまったかに思われたひとりの女性の半生が、細かい文字の羅列となって詳細に記されていた。

僕はその文字の羅列を、まるで彼女自身であるかのように見つめた。

佐々木千尋は結婚し、浜崎千尋になっていた。彼女は大学を卒業後、都内の小さな事務機器販売会社に就職し、24歳の時に同じ会社に勤務していた浜崎健太郎という5歳上の男と結婚し、今は湘南海岸沿いの平塚という街に住んでいた。

僕は湘南電車に乗ってその日のうちに平塚に出かけ、興信所が調べた住所を頼りに佐々木、いや、浜崎千尋の暮らす家を見つけ出した。

彼女の家は古くて大きな邸宅が立ち並ぶ閑静な住宅街の一角にあった。浜崎家もまた古い木造の2階屋で、門柱には『浜崎健太郎』という仰々しい表札が掛かっていた。手入れの行き届いた庭には古い樹木が茂り、片隅のガレージにはトヨタの大きな4輪駆動車が停められていた。

彼女はこの古い家で、経済力のある優しい夫と幸せに暮らしているのだ。完璧に化粧をし、長い髪をなびかせ、全身にアクセサリーとブランド物をまとい、あの香水の香りをさせた彼女の姿を僕は思い浮かべた。

一目だけ彼女の姿を見たら、それで立ち去るつもりだった。チラリとでも彼女の姿を見られればいい。そうしたら、僕はそれで満足して、また味気ない日常に戻っていくつもりだった。彼女の思い出と幸せの感触を大切に慈しみながら、孤独な生を続けていくつもりだった。

当時、僕は4軒目の熱帯魚店を解雇されたばかりで無職だった。横浜のマンションに母と、母より12歳下の愛人と3人で暮らしていた。そんな僕に野望はなかった。いや、当時の僕には生きていく意欲さえほとんどなかった。

あの日、僕は何度も浜崎家の前を往復し、千尋が姿を見せるのを待った。何時間も何時間も待ち続けた。そしてついに、イブキの生け垣越しに彼女の姿を見た。

——瞬間、僕は愕然とした。

キュートでファッショナブルでチャーミングだった彼女は、人生に疲れ切った年齢不詳の女へと姿を変えていたのだ。

最初は人違いかと思った。その女はどう見ても、あの佐々木千尋には思えなかった。

だが人違いではなかった。

彼女はまだ28歳だったはずなのに、その横顔はもう40歳と言ってもいいほどに見えた。色褪せたデニムのジャンパースカートにヨレヨレのカーディガンを羽織り、踵の擦り減ったペタンコのサンダルを履いていた。長く美しかった亜麻色の髪は肩のところで無造作に切断されていて、ひどく白髪が目立った。かつてマニキュアを美しく光らせていた華奢な指は、今ではガサガサに荒れていた。

いったい彼女に何があったのだろう？　僕は生け垣の向こうの浜崎千尋を呆然と見つめた。

やがて彼女は庭から出て来て、家の前の小道で僕とすれ違った。僕と一瞬、目が合った。だが、悲しいことに、彼女は僕に気づかなかった。疲れ切ったその目には、ほとんど感情がなかった。そしてもちろん、あの香水の香りなどしなかった。

## 5

千尋を一目見たら、立ち去るつもりだった。しかし、やつれ果てた彼女の姿が、僕に立ち去ることを思い止まらせた。

その日から僕は平塚駅近くのビジネスホテルに数日間宿泊し、1日に何度も散歩を装いながら浜崎家の付近を歩きまわった。千尋は毎朝、トヨタの4輪駆動車で夫を駅に送っていた。スーツ姿の夫の健太郎はがっちりとした体つきをしていて、よく日焼けし、ハンサムで、声や笑顔が爽やかで、自信と生命力に満ち溢れていた。駅前のロータリーで車から降りる時には、「それじゃ、行ってくるよ」と言って、妻に優しい笑顔を見せた。千尋も「行ってらっしゃい。気をつけてね」と笑顔で応じた。

ふたりはとても幸せそうに見えたし、健太郎はとても僕みたいな男のかなう相手には思えなかった。

でも、だとしたら——千尋はなぜ、あんなにやつれて疲れ切った様子をしているのだろう？　僕はどうしてもそれを知りたいと思った。

平塚は広重の東海道五十三次にも描かれている古い宿場町で、サッカーの湘南ベルマーレのホームタウンでもある。この街には坂がない。そして、いつもどこからか潮の香りがする。

僕は平塚駅の南口付近に限定して不動産を探した。

不動産屋が何件目かに紹介したその建物は鉄筋コンクリート造りの3階建、1階・2

階・3階を合わせた延べ床面積150㎡足らずの古くて小さなビルだったが、浜崎家から真南へ、直線距離にして80mほどの場所にあり、屋上と3階の北側の窓から浜崎家がよく見えた。南側の窓からは湘南の海が、すぐそこに見えた。

僕は店舗兼住宅としてそのビルを借り、その1階で観賞魚店を始めることにした。4軒もの熱帯魚店に勤めたおかげでノウハウもいくらかは身についていた。2階は倉庫として使い、3階を僕の自室にすることにした。それらの資金は母が別居中の父に借りてくれた。

引っ越して来た晩、ベッドの中で、僕は大学の分厚い卒業アルバムを1ページ1ページめくり、そこに千尋の姿を探した。千尋はたくさんのゼミや講義に出席していて、アルバムのあちこちにその艶やかな姿を見せたが、僕の写った写真は1枚しかなかった。だが、僕にはそれで充分だった。そのたった1枚の写真の中で、千尋と僕は肩を触れ合わせて寄り添っていたからだ!

僕は卒業アルバムからその部分を切り抜いた。後日、それを拡大コピーし、壁に貼り付けた。そして、恋人同士のように肩を寄せ合った22歳の千尋と自分を1日に何度も眺めた。

僕がしたのはそれだけではない。

僕はインターネットを利用して、デパートの婦人服売り場にあるような等身大のマネキン人形を1体購入した。届けられた人形を部屋の片隅に立たせ、あの香水を吹き付けてその匂いを嗅ぎ、あの日の千尋を必死に思い出し……僕はその裸のマネキン人形をあの日の千尋の姿に近づけていこうとした。

僕はネットを使ってさらにさまざまな物を購入した。白くタイトなノースリーブのワンピース。淡いピンク色に光るイタリア製のサテンのショーツとブラジャー。ナチュラルカラーのパンティストッキング。つやつやと輝く亜麻色のかつら。桜貝のようなピンクのエナメルと、群青色に近いブルーのエナメル。ホワイトゴールドに人工ダイヤを嵌め込んだ、十字架の形をしたペンダントとイアリングとブレスレットと指輪。ルイ・ヴィトンの巾着型のバッグ。ヒールが12㎝もある白いエナメルのストラップサンダル……19歳だったあの日、千尋の左手首にはアンティークなオメガの腕時計が嵌まっていたが、それは僕にはちょっと高価すぎたので、しかたなくよく似た安物を購入した。

それから数日間、僕はそれらを使って、あの日の千尋を蘇らせることに熱中した。ノースリーブのワンピースはマネキンの細い体に張り付くようにぴったりしていたけれど、千尋が着ていたものより丈が長いような気がしたので、カッターナイフで裾を8㎝ほど切断した。サイドが紐になったショーツは問題なかったが、ブラジャーのカップが少し大きかったので、中にティッシュペーパーを丸めて詰め込んだ。パンティストッキングを穿かせる時は胸が高鳴った。マニキュアとペディキュアはそれぞれ5回ずつ塗り重ねた。7号サイズの指輪がマネキンの薬指にどうしても入らなかったので、ペンチでリングの1カ所を切断して無理やり嵌めさせた。さらに、あの日の千尋はしていなかったが、僕からのプレゼントのつもりでジルコニアではなく、本物のダイヤが嵌まった十字架のついたアンクレットを購入し、細い足首に巻いた……。そして——仕上げにまた、マネキンの全身にあの香水を吹き付けた。

——そんなふうにして、僕は自分の部屋にあの日の千尋を蘇らせることに成功した。マネキン人形には顔がなくて、のっぺらぼうだったけれど、それは僕のイメージで補えば問題はなかった。

僕はその人形を目の前に立たせて、(実際には細い釣り糸で天井から吊ってある) 熱いマンデリンを飲んだ。

千尋の姿を模したマネキン人形は、今もここ——僕の目の前にある。そこであの日のままに、自信に満ちて輝いている。

時々、ごく、ごく稀にだが、僕はその華奢な体を抱き締める。3回ほど、背伸びをして、人形の口の辺りに自分の唇を触れさせたこともある (人形は12㎝もヒールのあるサンダルを履いているので、背伸びをしないと届かない)。やはり3回ほど、薄いストッキングに包まれた人形の細い脚を撫で上げ、腿を撫で上げ、短いスカートの裾をまくり、その中に恐る恐る手を差し込んだこともある。

そして1度、たった1度きりだが……それをベッドに入れ、抱き締め、足を絡ませて朝まで過ごしたこともある。

平塚に引っ越して1ヵ月ばかりが過ぎた頃、僕はビルの1階に『湘南古代魚センター』という小さな観賞魚店をオープンさせた。その直後に、浜崎家への記念すべき第1回目の訪問をした。その後も定期的に訪問を重ねた。

そして——彼女があんなにもやつれてしまった原因を知ることになった。

こんなことがあっていいのだろうか？　あれほど輝いていた千尋が、こんな惨めな思いをしていていいのだろうか？

千尋は僕に幸せという感情の存在を教えてくれた。もし彼女がいなかったら、僕はおそらく、その感情を生涯知らずにいたに違いない。

彼女は僕の恩人だった。その恩には報いなければならない。僕はこの窮地から千尋を救い出すすべはないものかと考えた。

千尋と僕がコーヒー専門店で話をしたのは、今からだと11年前の7月10日だった。

だから毎月10日に、僕は千尋の母の名を使って花束を贈る。それならもし万一、夫に見つかっても言い訳ができると思ったのだ。もし10日が週末や祝日で、夫が家にいるような時は、その前日に花束を贈る。花束にはパソコンで印刷したカードを添える。

浜崎千尋　様

幸せになってください。

千尋は最初、送られて来る花束にひどく脅えた。最初のいくつかは（最初はバラで、2

度目はヒマワリ。3度目はトルコキキョウ。4度目はコスモス。そして5度目はまたバラだった）捨ててしまったようだ。

今でももちろん、気味悪がってはいる。当然と言えば、当然のことだ。だが千尋は、今ではそれを捨てたりはせず花瓶に生けている。きっと、世界のどこかに自分の味方がいるのだと感じ始めているのだろう。

そうだ。僕は君のすぐ近くにいる。わずか80mしか離れていない場所で、いつも君を見つめている。時にはベッドの下で君に寄り添っている。

今月の10日には青いアジサイの花束を贈った。

だがそれ以外にいったい、僕に何ができるというのだろう？　あれから2年の時間が過ぎて、千尋も僕も30歳になった。千尋はその間に妊娠し、去年の5月に女の赤ん坊を出産した。赤ん坊には父親である健太郎が木乃美という名を付けた。

木乃美はスクスクと順調に成長している。だが、悲しいことに、この2年間に千尋の境遇はさらに悲惨なことになっている。

僕は今でもコンスタントに浜崎家への訪問を続けている。もちろん彼女は、僕の訪問には気づいていない。

# 6

『湘南古代魚センター』の3階にある自室のベッドにゴロリと横になっている。今は夕暮れ時だが、部屋の明かりが消してある上に、カーテンはぴったりと閉め切ってあるので、たとえ真昼でも外の光はほとんど入ってこない。だが暗くて困るようなことはない。この14畳の洋間は古代魚たちの泳ぐ22本の大小の水槽に囲まれていて、それぞれの水槽を照らす蛍光灯が青く揺れる光を部屋の中に投げかけているからだ。

ベッドの脚の向こうには体長70㎝に成長したアミア・カルヴァの150㎝の水槽がある。その右隣の120㎝水槽では60㎝に達したスポッテッド・ガーが泳いでいる。その上に重ねた水槽にはやはり60㎝に達したポリプテルス・エンドリケリィがいる。そのさらに右隣の水槽には90㎝近くに成長したプロトプテルス・エチオピクスがいて、その上の水槽では65㎝ほどのオレンジタイプのアジア・アロワナが泳いでいる。シルバー・アロワナ、ブラック・アロワナ、アリゲーター・ガー、ロングノーズ・ガー、ポリプテルス・ビチャー、ノーザン・バラムンディ、スポッテッド・バラムンディ……。そして部屋の片隅には、あの日の千尋がルイ・ヴィトンの巾着型のバッグを肩に提げ、あの香りを撒き散らしながら、あの日のままに佇んでいる。

磨き上げられたフローリングの床で青白い光が揺れている。十数台のポンプが水を循環させる音がする。時折、肺魚やガーパイクが水面に出て空気呼吸をするのが聞こえる。僕はベッドの上で耳を澄ましている。

『おい、千尋……』

スピーカーから男の声がした。僕はリモコンでアンプのヴォリュームを上げる。

『お前、そんなに長いあいだ、誰とどこに行ってたんだ？』

男の声が僕の自室に響く。音声感知装置の付いたテープデッキは、すでに録音を開始している。

『何で黙ってるんだ？　俺はお前に質問してるんだぞ』

男の声は落ち着いていて、逃げ道のない動物を追い詰めていたぶるかのような、どこか楽しんでいるかのような——そんな冷酷さに満ちている。

『……だから……あの……だから……エミコと待ち合わせて……横浜でお茶を飲んで……それから……それから三越で買い物をして……』

おどおどとした女の声が答える。

『横浜でお茶だって？　三越で買い物だって？』

火山噴火の前の地響きのように、男の声が凄みを増していく。

『晩飯も作らず、随分と楽しそうだなあ。いやあ、まったく羨ましいよ。お前が遊んでるあいだ、俺が何をしてたかわかってるのかな？　お前がお茶飲んで買い物してるあいだ、俺がどんなに一生懸命働いてたか、それがわかってるのかなあ？』

この部屋では寒いと感じることも、暑いと感じることもない。水槽にヒーターやクーラーを入れなくてもいいように、この部屋も1階の店も1年中25℃に保ってある。にもかかわらず、僕は震えている。そしてたぶん、80m向こうの浜崎家にいる千尋も、僕と同じ理由で震えている。

『ごめんなさい……でも……でも、ずっと前からの約束だったし……前にも断ったから……あの、だから……今度はどうしても断れなくて……』

『断れなくて？　へえ？　そうなんだ？　あの淫乱女のお誘いは断れないんだ？　あの女は結婚前は上司の愛人だったんだろ？　誰とでも寝る公衆便所みたいな女のくせに、旦那の前では処女のふりをしてるんだろ？　いい友達だよな。まったく、お前にぴったりの友達だよな』

『……そんな……ひどいこと……』

『俺が家族のために必死になって働いてる時に、お前はそんな淫乱女とお茶で買い物だもんなあ。いいなあ。まったく、羨ましいよ。なあ、お前もそう思うだろ？』

『……ごめんなさい』

『そんなわけで今夜は晩飯を作る暇もなくて、それでこんないい加減なものを買ってきたのか？　えっ、こんないい加減なものをよっ！』

突然、男の声が大きくなり、僕はビクッと震える。何かがパシパシと叩かれる音がし、続いてそれが投げ付けられる音が聞こえる。

『いい加減って……でも……でも……高かったのよ……』

『高ければいいのか？　おいっ、高ければいいのかよっ？』

男の声はさらに甲高く、大きくなっていく。

『お前は何でも高ければ価値があると思ってるんだな。お前のバカな親と同じだな。たかが成り金の百姓の娘のくせにっ。ちょっと前までは米も食えない水飲み百姓だったくせにっ！』

『……でも……でも、すごくおいしそうで……あなたに食べさせたら喜ぶかと思って……だから……』

男の声が高まるにつれて、女の声は震えを増していく。同様に、自室のベッドの上にいる僕の体も震えを増していく。

『喜ぶ？　俺が喜ぶだと？　1日必死で働いてきた俺に、お前はデパートの総菜売り場で買ったこんな惨めなものを食えっていうのか？　おい、こらっ。お前、何か勘違いしてるんじゃないか？　いったい、誰のお陰でそうしてられると思ってんだっ？』

女が微かな悲鳴を漏らす。

『ごめんなさい……許して……』

『本当に悪いと思ってるなら、土下座して謝れっ！』

『……でも……』

『できないのかっ！』

『……はい、します……すみません』

たぶん女は、言われるがままに土下座する。だが、男の怒りは治まらない。

『それが土下座なのかっ？　バカ野郎っ！　もっと額を床に擦り付けるんだよっ！』

『ああ……やめてっ……』

もし口答えしようものなら、その場ですぐに暴力が始まる。それがわかっているから、女はただ『……すみません』『……許してください』と繰り返している。

けれど結果はいつも同じだ。女が何をどう答えようと、土下座して謝ろうと、両手をすり合わせて許しを乞おうと、行き着くところは同じところだ。

『お前、どうせ俺のことを甲斐性なしの貧乏人だと思ってるんだろう？　うだつの上がらない零細企業のセールスマンだと思ってるんだろう？』

『……そんなこと……思ってません』

『嘘つけっ、心の中では俺を見下してるんだろう？　ちょっと大学出てるからって、偉そうな顔するなっ！』

『……そんな……見下すなんて……そんな……』

『お前の両親は水飲み百姓だったんだぞっ！　江戸時代なら、お前ら親子のことなんて平気で斬り殺せたんだぞっ！　金で何でも解決しようとしやがって！　お前ら親子は非常識だっ！』

『でも……』

ピシャッと頬が張られる音がし、女の小さな悲鳴が聞こえる。僕の下半身で恐怖が爆発する。

『口答えするな、ハイと言えっ、このバカ女っ!』

『……はい……』

『百姓の娘の分際で、挑戦的な目をするなっ! お前、いったい今まで何人の男と寝たんだ? 10人か? 20人か?』

男の叫び声はさらに高くなる。

『答えろ、このバカ女っ!』

再び頬が張られ、女の『ひっ』という悲鳴と、それに続くすすり泣きが聞こえる。

僕はスピーカーの前で、ただ祈り、願っている。

『お前は俺の所有物なんだよっ! 俺の奴隷なんだよっ! 勝手なことをするなっ!』

『……ああ、でも……』

『言い訳をするなっ、何度言ったらわかるんだっ、このバカっ!』

また頬が張られ、女が悲鳴を漏らす。

『このメス豚っ! 男好きの淫売っ! 百姓の娘っ!』

立て続けに暴言が浴びせられ、何かが引っ繰り返る音が聞こえる。肉が殴られる音がし、女の悲鳴が上がり、肉体と肉体がもつれ合う音が聞こえる。

僕はスピーカーの前で身を固め、女がきょうこそ男の暴力から逃げ延びてくれることを祈る。――だが、もちろん逃げることなど絶対にできない。

男の怒鳴り声と、男が女を殴ったり蹴ったりする音と、女の悲鳴や呻きが続き、やがて――いつものように、ついにそれが始まってしまう。

『……ああ、やめて……もう許して……ああっ、痛い……痛い……』

『何言ってんだっ、この淫売っ！　感じてるくせに。ほら、声を出せよ。ほかの男の時みたいに声を出せよっ！』

『……ああっ、いやっ……痛い……ああ、痛いっ……』

『お前には、ほかにできることなんてないんだっ！　そうだろっ？　お前にできるのはな、こういう淫売の仕事だけなんだよっ！』

『ああっ……いやよっ……あああっ……あああああっ……』

女の泣き声が続き、男の罵りが続く。肉と肉のぶつかり合う音がする。

僕は自分の手を痛いほど噛み締め、部屋の隅に佇む千尋の人形を見つめる。そして、願いなど決して聞き入れてくれるはずのない神に祈り続ける。

7

「ねえ、どうして僕の七五三の写真はないの？」

幼い僕は母にそうきいた。「ねえ、どうして？」

雑誌から顔を上げ、面倒臭そうに母が答えた。

「直人の七五三はしなかったの」

母はまだ30代の前半で、若くてとても綺麗だ。

「どうして？　お兄ちゃんはしたのに、どうして僕の七五三はしなかったの？」

幼い僕はなおもきいた。

「さあ？　どうしてかしらね？」

母はそう言い、雑誌に視線を戻し、赤いマニキュアをした指でページをめくった。

僕はもう、それ以上はきかなかった。きく必要もなかった。


昔、どこかの国の王様がある実験をさせた。それは、赤ん坊を人間と一切接触させずに育てたらどうなるか、という実験だった。人を見ることも、その体温に触れることもなく育てられた赤ん坊は、いったいどういうふうに成長し、どんな人間になるのか？

国王の命を受けて国中から十数人の赤ん坊が集められ、それぞれが暖房の利いた個室に隔離された。そして、授乳やオシメの取り替えの時にも人間と決して接触しないような装置を使って育てられた。

——人と接触しないと、人はどのように育つのか？

だが、その実験は成功しなかった。なぜなら、実験の途中ですべての赤ん坊が死亡してしまったからだ。飢えたわけでも、寒かったわけでも暑かったわけでもないのに、十数人のすべてが途中で死んでしまったからだ。

人は人との接触なしには生きられない？　いや——もし僕がその実験材料となった十数人の赤ん坊のひとりだったとしたら、きっと僕は生き延びただろう。絶対的な孤独に耐え、僕だけは生き延びただろう。

僕が強い人間だというわけではない。だが僕は、孤独を飼い慣らすすべを知っている。誰からも顧みられず、忘れられ……それでも生きていく方法を知っている。

8

窓の外は雨らしい。雨粒が滴る音が聞こえる。

カーテンを閉め切った部屋でパソコンを使って問屋に新しい魚や、足りなくなった餌や、飼育器具などを注文する。3階の水槽の魚たちに餌を与え、いくつかの水槽の水質検査を行い、いつものように部屋の隅に佇む千尋のマネキンに会釈してから1階に下りる。

1階の観賞魚店には全部で72本の大小の水槽が並んでいる。アロワナやポリプテルスやガーパイクや肺魚などの古代魚と、数十種のナマズ、それにエレファントノーズフィッシュやゴーストフィッシュや淡水エイなどの珍魚・奇魚・怪魚が中心だが、11年前に千尋にあげる約束をしたブルー系の美しいグッピーも置いてある。

店の中央に据え付けられた300㎝の超大型水槽では、1m50㎝にまで成長したピラルクーが暗緑色の巨体をくねらせて泳いでいる。ピラルクーはアマゾン原産の世界最大の有鱗淡水魚だ。かつては5mもあるものが捕獲された記録があるらしい。だが、この水槽ではこれくらいが限度だろう。

僕は餌用金魚の水槽から15㎝ほどの金魚を7〜8匹すくい上げ、ピラルクーの水槽に入れてやる。金魚たちを見つけたピラルクーは巨体をひるがえして近づくと、息を吸うようにしてそれらを次々と飲み込んでしまう。金魚の中に1匹だけ、頑張っていつまでも逃げまわっているのがいて、あんまり頑張るからかわいそうになって助けてやろうとした時、ついにピラルクーに吸い込まれてしまった。

店のシャッターを開ける。外は雨だが、それでも明るい光が店の奥にまで差し込んでくる。店の通路をモップで簡単に掃除し、それからいつものようにレジカウンターの内側に座る。母親に連れられて店の前を通りかかった男の子が、「お母さん、見て、見て」と言って、店の中央に据え付けられたピラルクーの水槽を指さす。店を初めて訪れる客のほとんどが、この巨大なピラルクーに驚く。

宣伝などしないし、しょっちゅう臨時休業でシャッターを閉めている。その上、僕は無口で、接客はほとんどできない。魚の価格も激安というほど安くはない。それにもかかわらず、最近はかなりの常連客ができた。

自動ドアの向こうを絶え間なく人が行き過ぎる。僕はそれを眺めながら、千尋が来店してくれることを願う。店ではいつも、そればかり願っている。

自動ドアが開き、僕は雑誌から顔を上げる。だが、入ってきたのは千尋ではなく、田中という常連客だった。僕は小さく「いらっしゃいませ」と呟き、ぎごちなく笑ってみせる。

「何か珍しい魚は入ったかい？」

「……ああ……はい……あの……アルビノの肺魚が入りそうなんですけど……」

田中は60代後半で、頭が禿げあがり、とても太っている。近くでパブやクラブを何軒か経営していて、店や自宅でたくさんの熱帯魚を飼っている。『アマゾン』と名付けられたパブには南米産の魚たちが泳いでいるし、『メコン』というクラブには東南アジア産の魚が、そして『ナイル』というスナックにはアフリカ産の魚が集められている。先日は田中に、中国産の魚を集めて『黄河』という店を始めたいのだが、と相談された。初心者の多くがそうであるように、田中もかつては何十万円もするアジア・アロワナに夢中だったが、最近はもっと変わったグロテスクなものを求めている。支払いが5万円を超える時には小切手を使う。

「アルビノの肺魚？　アネクテンスか？」

「……いえ……プロトプテルス・エチオピクスです……あの……60㎝くらいで……本当に真っ白らしいんです」

アルビノとは色素変異によって出現する白色固体のことで、全身が白く目が赤い。養殖されている魚では珍しくないが、肺魚のように養殖されていない種類ではそれなりに珍しく、マニアには人気が高い。

「で、いくらなんだ？」

「ええっと……60万円ですけど……あの……田中さんなら50万円でいいです」

「うまいこと言いやがって。エチオピクスで50万か。今ここにいないのかい？」

「ええ、まだ問屋なんですけど……」

「そうか。ちょっと現物を見てみたいな」

「……ええ……それじゃ……あの……取り寄せておきます」

「ああ、頼むよ」

田中はズラリと並んだ水槽をいつものように一通り眺め、それから餌用の金魚を200匹とドジョウを200匹くれ、と言った。僕は「ありがとうございます」と言ってから、餌用金魚と餌用ドジョウの水槽から網でボールに魚たちをすくう。常連客には100匹買うと10匹おまけすることにしているので、それぞれを220匹ずつボールに入れる。

「あんまり商売熱心じゃないけど、あんたんとこの魚はものがいいよ」

そう言って田中が笑う。僕は無言で頭を下げる。

傘をさして店を出て行く田中の背中を見送りながら、再びレジカウンターの内側に座る。千尋が来ないだろうか、とまた思う。

9

11年前、僕は千尋にグッピーをあげる約束をした。それは僕が小学校3年だったクリスマス・イヴに、横浜のデパートで母に買ってもらったグッピーの子孫だった。真っ青で長い尾をしたネオン・グッピーの雄は美しかった。それが生物なのだとは信じられないほどだった。友達づきあいがうまくなかった僕はグッピーの飼育に熱中した。卵胎生であるネオン・グッピーはやがて2㎜にも満たない50匹ほどの稚魚を産んだ。稚魚たちが大きくなり、それぞれの固体差がはっきりしてくると、僕は健康そうな雌だけを残してほかをトイレに流した。冷酷なようだが、この選別なしにはグッピーという種は存在し得ない。ただ無秩序に交配させ続けていると、すぐに原種に近いメダカのような色彩に戻ってしまうのだ。

選別に残った雌が大きくなると、僕はそれらを父親である雄と交配させた。そして稚魚が生まれ、それらがある程度の大きさになるとまた健康そうな雌と美しい雄を数匹残し、あとはまたトイレに流した。

同じ雄に、その娘や孫娘たちを4代か5代にわたって掛け合わせ続けると、雄の老化が進み、さらに近親交配による種の劣化が現れてくる。僕の経験では同じ雄とその娘や孫娘たちを交配させるのは4代が限度だ。5代目まで続けると奇形の出現率が飛躍的に上がってしまう。だからそうなる前に、僕は別の熱帯魚店から血統的に離れた同種の雄を買い求める。そして今度はその雄を父親にして繁殖を続ける。

その後も僕はサラブレッドの繁殖をするブリーダーのように、彼らの家系図を作って慎重に血統管理をしながら、ネオン・グッピーの繁殖を続けている。今、店の水槽で泳いでいるネオン・グッピーは、21年前に横浜のデパートで母に買ってもらった魚の32代目と33代目、そして34代目にあたる子孫たちだ。

このネオン・グッピーが千尋と僕を再び結び付けることになった。

10

2年前、初めてこの店に入ってきた千尋は、おずおずとした口調で言った。「あの……見るだけでもいいですか？」

あれは店がオープンして間もない頃、とても暑い日で、彼女は飾り気のないTシャツに洗いざらしのジーパンを穿いていた。ちょうど1年後に木乃美を産むことになるのだが、あの時はまだ妊娠はしていなくて、左の頬には赤いアザのようなものがあった。だがあの時はまだ、それが何なのかは僕にはわからなかった。

「あっ……はい……あの……ゆっくり見ていってください」

「……ごめんください」

僕はしどろもどろになった。あの頃すでに毎日、3階の窓から200㎜の望遠レンズを付けた一眼レフで千尋の家をのぞき見続け、千尋を模したマネキンに話しかけたりしていた僕ではあったが、本物の千尋に実際に声をかけられると猛烈にうろたえてしまった。

あの頃はまだ水槽の数は今ほど多くなくて、ピラルクーの300㎝水槽もなかったけれど、それでも大型の珍魚・奇魚・怪魚ばかりを陳列した店内はほかの熱帯魚店にはない特異な雰囲気を放っていた。だが彼女が興味を示したのはグロテスクな古代魚ではなく、青く輝くネオン・グッピーだった。

僕は9年前、千尋が、「あたしもグッピー、飼ってみたいな」と言ったことを思い出した。心臓を高鳴らせながら、もしかしたら彼女が僕を思い出すかもしれないと、ほのかに期待した。

15分ばかり店内を見てまわってから千尋はもう1度、ネオン・グッピーの水槽の前で立ち止まった。そしてレジカウンターの中にいる僕に、「ちょっときいてもいいですか？」と言った。

「あっ……はい……あの……何でしょう？」

僕は息を飲んだ。僕を思い出したのだ、と思った。だが、そうではなかった。

「このグッピーっていうのは素人が飼うのは難しいんでしょ？」

千尋は僕の目をじっと見つめて、そうきいた。

「いえ……いえ……あの……そんなことはないです……すごく簡単です……あの……よか

ったら無料で差し上げますから……あの……飼ってみてください」

「えっ？　タダでくれるんですか？」

「ええ……開店記念の……あの……サービスです」

咄嗟に僕はそんなでまかせを言った。

「でも、やっぱりヒーターとか濾過器が必要なんですよね？」

「そうですね……特に冬場は……あの……保温がないと難しいですね」

「そういうのって、高いんでしょ？」

「いえ……全部セットで……1万円ぐらいからあります」

「そう？　1万円もするのね」

彼女は恥ずかしそうに目を逸らした。瞬間、僕は1万円という金額が今の彼女にとってはとてつもなく高額なのだという事実を知った。

「ちょっと考えて、また来ます」

千尋は僕に背を向けた。

今出て行ったらもう2度と千尋はやって来ない。僕にはそれがわかった。

「あっ、そうだっ！」

店を出て行こうとする千尋の背中に僕は言った。「……あの……ちょっと傷があって商品にならない飼育セットがあるんです……あの……それでよかったら……あの……無料にします」

何でそんなことを言ってしまったのかは、今でもわからない。だが、僕はとにかくそう言った。もちろん、そんな飼育セットなどはなかった。

「あの……ガラスに少し傷があって、売り物にはならないんです……あの……開店記念にグッピーと一緒に……あの……サービスします」

「でも。そんな……悪いわ」

「気にしないでください……あの……その代わり……時々は来て……あの……グッピーの餌を買ってください」

僕はそう言って、ぎごちなく微笑んだ。顔が紅潮しているのがわかった。


あの日、僕は水槽をセットするために浜崎家を初めて訪問した。彼女の家はとても古い木造家屋だったが、室内は驚くほど整理され、床も窓ガラスもテーブルも冷蔵庫も、何もかもがピカピカに磨きあげられていた。家のいたるところに花瓶が置かれ、そこに生けられたユリが甘い匂いを放っていた。

それなのに——家の中はこんなに綺麗だというのに、どうして彼女は自分の身なりには気を遣わなくなってしまったのだろう？ こんなに立派な家に住んでいるというのに、どうして1万円が使えないのだろう？ あんなに優しそうな夫がいるというのに、どうしてこれほどやつれた顔をしているのだろう？ ぼんやりと僕はそんなことを思った。

僕は浜崎家の下駄箱の上に水槽をセットし、砂利に美しい水草をたくさん植え込んだ。

「こんなに綺麗な水槽を、本当にタダでいいんですか?」

僕が水槽のセットをしているあいだ、彼女はずっと僕の脇に立っていた。

「どうせ捨ててしまうやつだったんだから……あの……気にしないでください」

「でも、どこにも傷があるようには見えないけど」

「ほら……ここのところに小さな傷があるんですよ……あの……こんなのを売るわけにはいかないんです」

「でも、それじゃ、全然商売にならないでしょ?」

「ええ……その代わり……あの……グッピーの餌は絶対にうちで買ってくださいね」

水槽のセットが終わると、僕は彼女にグッピーの飼い方を簡単に説明した。彼女は頬に指を添えて、それを聞いていた。彼女の手はガサガサに荒れ、爪はひび割れていた。頬のアザは殴られた痕のように見えた。

だが、どれほど外見が変わろうと、千尋が僕の恩人であることに変わりない。僕は信じられないほどの幸福に包まれながらグッピーの飼育方法を話し、そのついでに店にいるいろいろな魚についての話をした。千尋は9年前と同じように、微笑みながらそれを聞いていた。

「面白そうなお仕事ね」

「ええ……まあ……」

「羨ましいわ」

千尋はそう言って少し寂しそうに微笑んだ。

僕は9年前のことを次々と思い出した。けれど、千尋はついに僕を思い出さなかった。

「……あの……きょうは魚は入れられないんです……水が新しすぎてダメなんです……1週間くらいして水質が安定したら……あの……今度は魚をもってまた来ます」

「本当にありがとうございました」

別れ際に玄関のところで、千尋は実家から送られて来たというナツミカンを「これ。よかったら、どうぞ」と言って僕に手渡した。瞬間、指と指が微かに触れた。

彼女に触れるのは初めてのことだった……。


その1週間後、水の状態が安定したところで僕は再び彼女の家に行き、美しいネオン・グッピーを20匹ほど水槽に入れた。手の込んだアクアリウムに放たれたグッピーたちは、本当に宝石のように美しかった。

「すごく綺麗」

千尋が嬉しそうに微笑み、僕はあの3日間と同じくらい幸せな気分になった。

ちょうどその時、電話がかかってきた。そのあいだに僕は何げなくダイニングキッチンを歩き、勝手口のドアの脇に掛かった銀色の鍵を見つけた。瞬間、僕は（まるで万引きでもするかのように）手を伸ばしてそれを自分のポケットに入れた。

雨上がりの空が朱に染まっている。レジカウンターの内側から僕はそれを眺める。まもなく6時になる。千尋はきょうはもう外出することはできない。

微かな失望を感じながら、ピラルクーの水槽に視線を移す。こんどはいつ、浜崎家を訪問しようか、と考える。

## 11

浜崎千尋が好きなのか？

そうきかれたら、「はい」と答えたい。そう答えることぐらいは許されるはずだ。だが、彼女を自分のものにしたいか？　ときかれたら、僕には答えることができない。千尋を、いや、誰かを幸せにする方法など、僕にはわからない。


ほかのほとんどの日と同じように、起きてからずっと3階の自室にいる。いつものように明け方に目を覚まし、千尋を模した人形に『おはよう』を言い、シリアルにミルクをかけた朝食をとり、それから6時間たって同じメニューの昼食をとった。今はマンデリンをすすりながら鉄製のベッドに寝転び、ぼんやりと天井を見つめているところだ。

そう。30年のあいだ、僕はほとんど何もしなかった。本もマンガも読まず、テレビも映画もビデオも見ず、たいていは自室に籠もって壁や天井を見つめていた。大学を卒業してすぐ、母のコネで小さな貿易会社に就職したが、僕に仕事などできるはずもなく、母に恥をかかせただけで1年ほどで退職してしまった。その後は4軒の熱帯魚店をアルバイトで転々としたが、どこも長くは続かなかった。

僕のいる場所は、この3階の自室と1階の観賞魚店、近所のコンビニエンスストア、そして80m北側にある浜崎家に限定されている。そのほかの場所に僕が出かけて行くことはめったにない。

分厚いカーテンが部屋を外界から遮断し、古代魚たちの泳ぐ22本の水槽が青白い光を投げかけている。すでに午後2時を過ぎているが、店の営業は午後3時からなので、それまでは特にすることもない。30分おきに北側の窓辺に行って、浜崎家をのぞくだけだ。

前回、浜崎家をのぞいてから30分が過ぎた。僕はベッドから立ち上がり、また窓辺まで行く。まもなく梅雨入りだが、きょうはよく晴れている。初夏の日差しが目に痛い。どこからか部屋の中に潮の香りが侵入して来る。カーテンを少しだけ開け、その隙間から一眼レフの200㎜望遠レンズを突き出す。

浜崎家にはよく日が当たっている。屋根瓦の1枚1枚が輝いている。ベランダ（日本家屋だから物干し場というのだろうか？）では大量の洗濯物がはためいている。千尋の姿は見えないが、家のどこかにいるはずだ。

浜崎家の間取りは、1階が12畳ほどのダイニングキッチンと6畳の和室がふた間、バスとトイレ、それにベビーベッドのある3畳ほどの子供部屋。2階が10畳ほどの洋間がふた間で、一方が夫婦の寝室、もう一方は夫の書斎になっている。古い借家だが、敷地はそれなりに広くて、250㎡ほどはあるだろう。何度も訪問を重ねているので、今では僕は、浜崎家のことは誰よりもよく知っている。

僕は1日に何十回もこの北を向いた窓辺に座り、三脚に固定した古いニコンの一眼レフを通して浜崎家を盗み見る。……南向きの物干し場で布団や洗濯物を干している千尋……キッチンで忙しそうに働く千尋……内職をする千尋……木乃美を抱いた千尋……庭で草むしりをする千尋……4輪駆動車に乗り込む千尋……何ヵ月かに1度は、2階の寝室のレースのカーテンの向こうに下着姿の千尋を見ることができるし、ごくごく稀には全裸の千尋を見ることもできる。そんな時、僕は夢中でニコンのシャッターを押し、その姿を高感度フィルムに焼き付ける。

この2年のあいだに千尋はさらに痩せ、すっかりやつれてしまった。僕が撮った何枚かの写真の中の千尋は老婆のようにさえ見え、ギョッとさせられる。あれほど輝いていた髪は今ではバサバサで、白髪がひどく目立つ。

かつて千尋は大学でもっともお洒落な女子学生のひとりだった。身に着けているもののほとんどはブランド物で、いったい何十着の洋服をもっているのだろうと不思議になるくらい、毎日毎日違うワンピースやスカートやスーツを着ていた。それなのに、今の千尋は毎日同じ——デニムのジャンパースカートに木綿の野暮ったいトレーナー、木綿のソックスと薄汚れたエプロン——といった格好をしている。それが悲しい。

三脚に固定した一眼レフに右目を押し付けて浜崎家を見つめ続けていると、玄関から娘を抱いた千尋が出て来た。やはりデニムのジャンパースカートに濃紺のトレーナー、木綿のソックスといった格好だ。やがて千尋は腕の中の娘に何か話しかけながら、4輪駆動車のルーフの陰に消えた。

僕と同じように、千尋の行動範囲も限られている。たぶん、車で買い物に出かけるのだろう。

やがて車が動き出す。

僕は慌てて立ち上がり、素早く外出の用意をする。まもなく店を開ける時間だが、少しくらい遅くなってもかまわない。

## 12

浜崎家まではゆっくり歩いても3分とはかからない。閑静な住宅街なので、人が通ることはめったにないが、警戒には警戒を重ね、辺りを充分に見まわしながら歩く。

浜崎家の門柱には、分厚い板に『浜崎健太郎』と墨で書かれた仰々しい表札が掛かっている。その門柱の脇のジンチョウゲの木陰で素早く屈み込み、敷地の中にサッと身を入れる。鬱蒼と茂るアジサイやイブキの植え込みの陰に隠れながら中腰で進み、裏の勝手口にまわり込む。ヤグルマソウが青い花を咲かせている。ここまで来ればもう大丈夫。スチール製の物置の陰になって、通りから見られることはない。

ポケットから鍵を取り出す。これはもちろんコピーで、オリジナルはずっと前に元の場所に返してある。その鍵で勝手口の扉を開き、脱いだ靴を持参したビニール袋に入れて上がり込む。そっと扉を閉め、元どおりにロックする。いつものように……そう。いつものように。

いつ訪問しても家の中はとても清潔で、完璧に片付いている。フローリングの古い床は鏡のように磨き上げられて黒光りしているし、こんなに潮風が吹く地域だというのに窓ガラスはどれも完全に透き通っている。家具や家電や調理器具も新品みたいにピカピカだ。シンクに汚れた食器が積んであったことも、テーブルに食べ残しの皿が置いてあったことも1度もない。家のあちこちに置いてある花瓶にはいつも季節ごとの花が咲いていて、きょうは色鮮やかなアジサイが生けてある。もちろん、このアジサイは今月の10日に僕が彼女に贈ったものだ！

たとえ真っ暗でも困らないほど、僕はこの家に熟知している。前回の訪問時に玄関のグッピーの水槽の手入れはしたので、きょうは真っすぐに2階へ向かう。擦り減った古い階段が微かに軋む。階段を上り切ると短い廊下があり、左側は高窓になっていて、右側にはドアがふたつ並んでいる。奥が夫の書斎、そして手前が目指す夫婦の寝室だ。

窓の外から見られないように身を屈め、寝室のドアを開け、中に入る。10畳ほどのフローリングの部屋にベッドがふたつ並んでいる。健太郎と千尋の体臭が微かに漂っている。

窓には二重にカーテンが引かれているが、カーテンを開ければ南向きの物干し場があり、そこからは真南にある僕の住む3階建のビルと、その向こうに広がる湘南の海が見えるはずだ。

僕はふたつのベッドのあいだに屈み、サイドボードに載せた笠付きの電気スタンドを持ち上げる。――そこに銀色の使い捨てライターが転がっている。

ライター？　そう。それはどう見ても、どこにでもある安っぽい使い捨てライターだ。石を回転させると、火花が散って炎が出るから、煙草に火を点けることもできる。もし万一、千尋や夫の健太郎が見つけてもただのライターだと思うだろう。だがそれは、実は半径100mまでの場所なら確実に電波を送ることができる高性能のマイクなのだ。雑音が少なく、感度も抜群だが、バッテリー寿命が短いのが欠点だ。5日前にバッテリーを替えたばかりなのに、今朝はもう電波を送って来なくなった。だからバッテリー交換をしてマイクを生かし続けるために、僕は頻繁にこの訪問を繰り返さなくてはならない。

小さなドライバーを使ってバッテリーを手早く交換し、それをまたサイドボードに無造作に転がし、その上に笠付きの電気スタンドを載せる。これで今夜はまた、浜崎夫妻の寝室での会話を聞くことができる。

一連の作業が済むと、僕は千尋の枕に顔を押し付けた。彼女は毎晩、ここに頭を載せているのだ。流れ落ちる涙をこの枕に染み込ませているのだ……安物に違いないシャンプーとリンスの香りがする……微かな汗の匂いがする……僕は11年前の彼女の姿を、たった今のことのように、まるで今も見ているかのように、思い出す……。

11年前のあの日、彼女は体の線がはっきりとわかる白いミニ丈のノースリーブのワンピースを着ていた。薄いストッキングに包まれた細い脚が眩しかった。つややかに光る亜麻色の髪を背中に垂らし、顔には丁寧にファンデーションを施し、眉を三日月型に美しく整え、アイラインとマスカラとアイシャドウで目を際立たせ、唇を優しいピンクに光らせ、踵の高いエナメルのストラップサンダルを履き、ルイ・ヴィトンの巾着型のバッグを提げ、伸ばした爪にピンクのマニキュアを塗り、足の爪にはブルーのペディキュアを塗っていた。指輪とブレスレットとピアスとペンダントはお揃いで、十字架の形をしたプラチナの台に小さなダイヤが散り嵌められていた。

「三井クン」

ささやくように僕を呼ぶ彼女からはとても甘い香りがした。僕がぎごちなく「いい匂いですね」と褒めると、彼女は「ゴルチエなのよ」と優しく微笑んだ。

「……ゴルチエ？」

「そう。ジャン・ポール・ゴルチエ」

鮮やかなルージュを塗った唇が、つやつやと光りながら動いた。僕はその唇を見つめ、少し照れながらも、ジャン・ポール・ゴルチエという言葉をフランス語の授業のように繰り返した。僕はどぎまぎしながら彼女を見つめ、彼女は……。

すぐ近くで車のエンジン音が聞こえ、僕は枕から顔を上げた。エンジン音は窓のすぐ下で止まった。車のドアが開けられ、閉められる音がした。千尋が戻って来たのだ。

予想よりずっと早かった。だが、僕は別に慌てたりはしない。こんなことは前にも何度もあったことだ。

13

玄関のドアを開けた瞬間、またあの脅えが体を走り抜け、スーパーのビニール袋を提げたまま、あたしは木乃美を抱き締めてその場に立ちすくんだ。

胸が高鳴り、体中の毛穴がいっせいに汗を噴き出す。

……いる……誰かが、いる……。

すぐ近くに、何か得体の知れないものが潜んでいるような感覚。壁や天井や扉の隙間から誰かがじっと見つめているような感覚。

1週間に1度か2度、時にはもっと頻繁に、あたしはそんな恐怖にとらわれる。それは玄関を開けた瞬間に始まり、何時間ものあいだ続く。時には一晩中続くこともある。

恐怖に駆られて家の中を見てまわったこともある。押し入れの戸を開けたり、カーテンの裏側をのぞいたり、テーブルクロスをまくり上げたりしたこともある。だけどもちろん……そこには誰もいなかった。

誰かが、いる？　バカな……そんなことがあるわけがない。たぶん、産婦人科の先生が言っていたように、不安神経症の一種なんだろう。「初めての出産の前後にはそういう状態になりやすいんですよ。大丈夫です。あまり気になさらないように」

そう。気のせいに決まってる。あたしはただ、過敏になっているだけなんだ。

原因もわかっている。出産のせいなんかではない。原因は健太郎だ。

あたしは健太郎が怖い。自分の夫である健太郎が怖くて怖くて、たまらない。だからきっと健太郎がいない時でも、すぐそばにいるような気がして、それがあたしをこんなにもビクビクさせるのだ。

壁の時計を見上げる。もう4時半だ。いつまでも不安がっている時間はない。あと2時間で健太郎が帰って来る。

あたしは急いで木乃美を子供部屋のベビーベッドに横たえ、ダイニングキッチンに戻ってスーパーの袋から買って来たばかりの食材を取り出す。今夜は酒の肴に枝豆を茹で、冷や奴にショウガと青ジソを盛り付け、アジをさばいてたたきを作り、ナスをフライパンで焼き、メインディッシュにサバのハーブ焼きと、プチトマトのマリネと、コーンバターライスと、カキのクリームスープを作り、デザートとしてフルーツポンチを作るつもりだ。

きょうは考え事をしていたら内職に身が入らなくて、予定の本数をこなすのに時間がかかってしまい、それで買い物に行くのも遅くなってしまった。とにかく急がなくてはならない。

健太郎は毎晩、6時40分に帰宅する。残業は決してしないし、会社の人たちと飲みに行くこともない。マージャンやパチンコをして来ることもない。だからあたしは6時40分までには食事の支度を終え、風呂を焚いておかなくてはならない。家の中が汚れていないか、バスタオルやバスローブが清潔か、トイレットペーパーがちゃんとあるか、バスルームの壁やトイレの便器に汚れが残っていないか、窓ガラスは曇っていないか、花瓶の花がしおれていないか、ベッドカバーに皺ができていないか、一分の隙もなくチェックしなくてはならない。

子供部屋で木乃美がぐずっている。お腹が空いたのだろうか？　それともオシメが汚れているのだろうか？　かわいそうだけど、かまっている暇はない。そんなことをしていたら間に合わなくなる。もし健太郎が帰って来た時に夕食の用意ができていなかったら？　もし風呂が焚けていなかったら？　おかずが足りなかったり、気に入らなかったら？　家のどこかが汚れていたら？……その時のことを考えると吐き気が込み上げる。

木乃美の泣き声を聞きながら、枝豆を茹でるため鍋にたっぷりと水を入れて火に掛ける。冷蔵庫から出したプチトマトを手早く洗い、タマネギをスライスして水に浸ける。アジをパックから取り出して洗い、キッチンペーパーでヌメリを取る。サバの切り身に下味を付ける……。

たったひとりの男の夕食のために、あたしは毎日、昼食時のオフィス街のレストランのコックのように慌ただしく料理を作る。金持ちに雇われた家政婦のように家事を完璧にこなし、家の中を隅々まで磨き上げる。その上、生後1年の娘の育児をし、おまけにそれらの合間を縫って内職までしている……逃げ出したい。できることなら、今、すぐにでも逃げ出したい……。

——だったら逃げ出せばいい。

そう。言うのは簡単だ。

だけど、そんなに簡単なことだったらどうして、何万人という女が今も夫の暴行に耐え続けているというのだ？　いったいなぜ、毎年何十人もの妻が夫に殺されるまで家にとどまっているというのだ？

——だったら逃げ出せばいい。

そんな言葉を聞くと腹が立つ。それは何も知らない幸せな人たちのセリフなのだ。

手早く米を研ぎ、炊飯器にセットする。ザルに生ガキを入れ、塩で軽く揉んでから冷水で手早く洗う。そうするうちに鍋の水が沸騰する。沸騰した鍋に塩を入れようとしたら、ひび割れができてしまった自分の爪が見えた。

何て汚い爪なんだろう……どこかのオバサンみたい……結婚前はいつも長く伸ばして、毎日違うマニキュアを塗っていたのに……ペディキュアだって欠かしたことはなかったのに……。

急に涙が滲んで視界がぼやけた。涙は目の縁を越え、化粧をしていない頬を流れ、まな板の端にポタポタと滴り落ちた。

……どうしてあたしはこんなところで、こんなことをしているんだろう？……どうしてなんだろう？……どうしてなんだろう？……。

鼻がグジュグジュになって、あたしは思わず俯いた。

けれどあたしには泣いている時間も、考えている時間もない。親に叱られて泣いていた頃や、恋人に裏切られて自分の部屋で何日もメソメソしていた頃が懐かしい。できることならあの頃に戻って、いつまでもひとりで甘い涙に暮れていたい。

手の甲で涙を拭い、鍋に塩を入れ、続いて枝豆をいれる。キッチンタイマーをセットする。ふと、誰かの気配を感じて振り返る。

もちろん、誰かがいるはずもない。


夕食の支度を終え、「間に合った」と胸を撫で下ろした瞬間、呼び鈴が鳴った。心の中で小さな悲鳴を上げ、子供部屋で泣き続ける木乃美を抱いてやる暇もなく、あたしは玄関に走った。玄関の前で健太郎は秒読みをしているに違いない。たとえ何があっても、10秒以内に出迎えなければならない。

曇りガラスに木の格子の入った引き戸の向こうに、ベージュのスーツを着た健太郎の姿が見える。玄関のたたきを見まわし、履物が散乱していないのを素早く確認してからガラガラと引き戸を開ける。

「おかえりなさい……お疲れさまでした」

「ああ、ただいま」

健太郎が上機嫌に微笑む。あたしの背筋を恐怖が走り抜ける。

## 14

呼び鈴が鳴った瞬間、千尋はよく訓練された警察犬のように玄関に向かって走った。裸足のまま玄関のたたきに降り、「おかえりなさい。お疲れさまでした」と言って引き戸を開けた。千尋の華奢な背中の向こうに、麻のスーツを着た健太郎が立っているのが見え、客間の入り口からのぞいていた僕は慌てて襖の陰に身を隠した。

幸いなことに、きょうの健太郎は機嫌がよさそうだ。にこやかに微笑んでいる。だが、安心はできない。

健太郎はまるで国会議員のように横柄に妻にカバンを渡し、玄関のたたきに乱暴に靴を脱ぎ捨ててこちらに向かってくる。千尋は玄関に屈み込み、夫の靴を素早く整え、足早に夫のあとを追う。子供部屋では相変わらず赤ん坊が泣いている。それを聞いた瞬間、にこやかだった健太郎の顔が豹変する。

「木乃美を黙らせろ！　近所迷惑だぞっ！」

健太郎が怒鳴り、スーツの上着をソファの上にバサリと投げ捨てる。後ろから来た千尋が、「すみません。今、静かにさせます」と答えながら上着を拾い上げる。

「先に風呂にする。10分たったら背中を流しに来い」

そう妻に命じて健太郎は浴室に向かい、あとに残された千尋はタンスから夫の着替えを出して浴室に運び、それから子供部屋に行って、泣き続ける赤ん坊をようやく抱き上げることができた。子供部屋から彼女の「ごめんね、木乃美、ほっておいて……さあ、いい子だから泣かないでね」という声が聞こえてくる。

「泣かないで……あんたが泣くとパパが怒るのよ」

僕は客間のカーテンの陰で耳を澄ます。家の中には千尋が作ったばかりの夕食の匂いが充満している。浴室からは健太郎がシャワーを使う音が聞こえる。

……さて、どうしよう?

僕は考える……何度かそうしているように、このままこの家の中に真夜中まで潜んでいてもいい。ダイニングキッチンのソファの下に潜り込んでしまえば、まず安全だ。寝室の押し入れやベッドの下に身を潜めてもいいし、ダイニングキッチンの床下（そこには野菜などを貯蔵する広いスペースがある）に潜り込んでもいい。シンクの下にも身を隠すスペースがあるし、短い時間ならテーブルクロスに覆われたテーブルの下でも大丈夫だ。ズボンの下にはパンツ型のオシメを穿いているから小便の心配もない。

だが、きょうは真夜中までこの家にとどまる理由もない。食料はほんの少ししか持参していないから、深夜までいることになると、きっとすごく空腹になってしまうだろう。やはりきょうは帰ったほうが無難かもしれない。このあとの夫婦の様子は、ベッド脇のサイドボードに仕掛けたマイクで聞くことにしよう。

「おいっ、千尋っ、何してるっ！　早く背中を流しに来いっ！」

浴室から健太郎が怒鳴る声がする。

「あっ、はい……すぐ行きます」

子供部屋から千尋が答える。

「ごめんね、パパが怒ってるから、行かなくちゃ……すぐに戻って来るからね……もうちょっと、ここでおとなしくしててね」

赤ん坊にそう言い残すと、千尋は子供部屋を出て浴室に向かった。

「何してるんだっ、遅いぞっ！」

健太郎が怒鳴り、千尋がおどおどとした声で「すみません」と謝っている。

僕は客間から出ると、古い床が軋まないようにゆっくりと廊下を歩いて子供部屋に向かった。浴室からはまだ健太郎が文句を言う声がする。

狭い子供部屋のベビーベッドには、1歳になったばかりの木乃美が仰向けになっている。部屋に入って来た僕を見て、嬉しそうな顔をして両手を突き出す。

木乃美は人見知りをする赤ん坊だが、生まれた時からの知り合いである僕にはまったく警戒心を見せない。まだおぼつかない口調で、「……なおちょ……なおちょ……」と繰り返し僕を呼ぶ。そうだ。木乃美は直人という僕の名を覚えてくれたのだ！

僕はベビーベッドの脇にしゃがみ込み、汗ばんだ木乃美の額をそっと撫でてやる。ポケットからカロリーメイトを取り出し、小さく割って木乃美の口の中に入れてやる。かなり空腹だったのだろう。木乃美はそれを夢中で食べた。

「心配しなくていいよ」

僕は木乃美の小さな手を握り締めて約束する。「いつか必ず、ここから救い出してあげるからね」

浴室から物音が聞こえる。夫の背中を流し終えた千尋がまもなく戻って来る。グズグズしているわけにはいかない。

「それじゃあ、また来るからね」

木乃美にそう言い残し、顔の周りに落ちたカロリーメイトの屑を素早く払って立ち上がる。子供部屋の窓を開ける。まだ辺りには夕暮れ時の微かな光が漂っている。ビニール袋に入れた靴を地面に降ろし、そこに飛び降りる。窓を閉め、ゲリラのように素早く木陰に身を潜める。

15

千尋の顔にアザができているのは夫に殴られたせいだ。千尋は夫の健太郎に、ひどい暴力を受け続けているのだ。

僕がそのことに気づいたのは2年前、浜崎家の水槽にグッピーを入れた数日後だった。

あれは確か水曜日、週に1度の定休日で、僕はあの日もほとんど1日中、3階の窓辺に座って200㎜望遠レンズで浜崎家をのぞいていた。健太郎はいつもと同じ時刻、6時40分頃に帰宅した。たぶんすぐに風呂に入ったのだろう。30分ほどあとに健太郎は白いバスローブを羽織って庭に面したダイニングキッチンに現れた。大きなテーブルには千尋が時間をかけて作った料理の数々が、ところ狭しと並んでいた。

僕の自室からは浜崎家の南を向いたダイニングキッチンがよく見える。食卓についた健太郎はビールを飲み、笑顔で何かをしきりに話しながら箸を動かしていた。千尋は夫の向かいに座り、夫の話に頷きながら、自分も箸を動かしていた。それはどこにでもある普通の夕食の光景に見えた。それだけを見ている限り、そこに僕が割り込む余地はなさそうに思えた。

嵐は突然、始まった。

声が聞こえないので何が切っ掛けだったのかはわからない。それまでにこやかに食事をしていた健太郎が突然、千尋の顔にグラスの中のビールを浴びせた。そして千尋が顔を覆うより早く、健太郎の手がワイパーのように動いて目の前に並んでいた料理のすべてをテーブルから叩き落とした。

驚いた僕にはシャッターを押すこともできなかった。ただ200㎜の望遠レンズの向こうの出来事を、瞬きもせずに見つめるだけだった。

料理を床に叩き落とした健太郎は椅子を引っ繰り返して立ち上がると、左手で妻の髪を鷲掴みにし、右の拳を千尋の腹部に叩き込んだ。腹を殴られた千尋は体をふたつに折って床に崩れ落ちた。健太郎はそんな妻の頬に数発の平手打ちをくらわせた。そして、妻の髪を摑んで引きずるようにしてダイニングキッチンを出て行った。

僕が震えながらファインダーをのぞき続けていると、やがて彼らは2階の寝室に姿を現した。健太郎は相変わらず千尋の髪を鷲摑みにしていた。健太郎の顔が怒りのために真っ赤になり、千尋の顔が恐怖に歪んでいるのがはっきりと見えた。

寝室に入ると健太郎は何かを怒鳴り散らしながら再び千尋の顔を何発か張った。千尋が床にうずくまると、今度は腹部を蹴飛ばした。それから健太郎は窓辺に駆け寄ってカーテンを閉めた。

その後のことはわからない。僕にはただ、そのカーテンを見つめ続けることしかできなかった。

その翌朝も、僕は早くから起きて浜崎家の様子をのぞき見た。千尋はほかの朝と同じようにダイニングキッチンの食卓にスープやサラダやコーヒーやトーストを並べ、健太郎もいつものように新聞を眺めながらそれを食べた。食事が終わると健太郎は妻に手伝わせてスーツに着替え、それから妻の運転する車の助手席に乗って駅に向かった。

変わったことは何もないように見えた。すべてが僕の妄想だったかのようにも思えた。

午後から僕は、散歩のふりをして浜崎家の前を通った。千尋は庭に屈んで雑草を抜いていた。僕は不自然にならないように注意しながら、ある程度の時間をおいて浜崎家の前を3度、4度と通り過ぎた。何度目かにそこを通り過ぎようとした時、草むしりをしていた千尋がふと顔を上げた。帽子のひさしの下の左目が真っ赤に充血し、顔全体が腫れているのが見えた。

千尋を救い出さなくてはならない。僕は決意した。

千尋を健太郎から奪い、自分のものにする――そんな大それたことは考えていない。僕のような男にそんな資格はない。ただ……僕は、彼女に恩返しがしたいだけだ。僕に幸せを教えてくれたことの恩返し。

そして、もしできることなら、もう1度だけ向かい合って熱いコーヒーを飲みたい。僕の願いは、ただそれだけだ。

## 16

最後まで残っていた若いカップルが、結局何も買わずに店を出て行った。マイクロミニのスカートから突き出した女の脚が自動ドアから出て行くのを見届けてから、僕は壁の時計に目をやった。

午後10時の閉店までまだ15分あるが、もう客は来ないだろう。閉店することに決めてシャッターを下ろす。鍵を掛け、自動ドアのスイッチを切る。

店内の照明を落とすと、青白い光に照らされた72本の水槽が、暗闇の中にいっせいに浮かび上がった。それぞれの水槽の中で、魚たちが身をくねらせて静かに泳いでいる。体長40cmほどの淡水エイが、まるでアゲハチョウが羽ばたくようにゆったりと浮沈している。肺呼吸をするために肺魚が白い腹を見せて水面に浮かび上がる。1m近くまで成長したレッドテール・キャットが水槽の底に敷かれた砂を舞い上げる。過背金龍とも呼ばれるタイプのアジア・アロワナの鱗が、火を噴き付けたあとの金属のように青く光る……。

僕は魚たちを眺めながらいつものように店の奥の電子レンジでレトルト食品を温め、レジカウンターの内側に腰掛けて半暗がりの中で食事をする。僕は食べ物に興味はない。だから健太郎が、なぜあれほど食事にうるさいのかがわからない。

3階の自室に上がる。そこでは、あの日の千尋が腕にニセモノのオメガを嵌めて僕を待っている。千尋の人形に「ただいま」と言い、ベッドの縁に腰を下ろす。ふと見ると、マイクからの音声を感知したデッキがまわっている。僕はアンプに近づき、ヴォリュームを上げる。バッテリーを交換したばかりなので、感度は良好だ。80m離れた場所に仕掛けられた小型マイクが、まるで同じ部屋にでもいるかのように浜崎夫妻の会話を送信してくる。

会話？——いや、それはとても会話といえるような内容ではない。

『おい、千尋、お前は俺の何なんだ？　言ってみろ』

小型だが性能のいいスピーカーから、男の声が響く。『何で黙ってる？　お前は俺の何なんだ？』

『……あなたの……妻……です』

女のおどおどとした声が、そう答える。

『妻だって？　奴隷じゃなかったのか？　えっ？　お前は俺の奴隷じゃないのか？』

『……奴隷……です。すみません……』

『そうだろ？　奴隷だろ？　妻だなんて言うから驚いたよ』

男が低く笑う。もちろん、女は笑わない。たぶん、いつものように、夫の足元でじっと俯いている。

『おい、千尋、教えてくれよ。俺とお前ではどっちが上なんだ？』

男はとても楽しそうだ。『さあ、教えてくれ。俺たちはどっちが偉いんだ？』

『……あの……あなたです』

女の声は今にも消え入りそうだ。アンプに手を伸ばし、もっとヴォリュームを上げないと聞き取ることができない。

『えっ？　何だって？　聞こえないぞっ！』

ヴォリュームを上げたスピーカーから男の大声がし、アンプの針が大きく振れる。

『……あなたです……あなたが上です』

僕は北側の窓辺に行き、カーテンと窓をほんの少し開く。窓の外を夜の闇が覆っている。潮の香りが立ち込めている。三脚に据え付けられたままの２００㎜の望遠レンズで浜崎家の様子をうかがう。だが浜崎家の寝室は、この僕の部屋と同じように分厚いカーテンで遮られていて、カーテンの隙間から赤みを帯びた光が漏れてくるだけだ。

けれど、僕には彼らの寝室の様子を思い浮かべることができる。おそらく——健太郎は素肌にタオル地のバスローブを羽織り、サイドボードに置かれたグラスのウィスキーを飲みながら、ベッドの端に踏ん反り返って座っている。千尋は下着姿で、いや、もしかしたら全裸で、そんな夫の足元に跪いている。千尋は脅えきった顔で夫の顔色をうかがい、夫の要求するとおりの返事をしようとしている。

『おい、千尋、お前たち親子は、誰のお陰で飯が食えるんだ？　言ってみろ』

『……あの……あなたです』

『本当にそう思っているのか？』

『……はい』

『俺がいなかったら、お前らはどうなるんだ？』

『……わかりません』

『考えろ、バカ野郎っ！』

コップの水が撒かれるような音がし、同時に千尋の小さな悲鳴が聞こえる。氷がフローリングの床を転がる音がする。

『……ああ、ごめんなさい……ぶたないで……』

『殴られたくなかったら、ちゃんと答えろっ。俺がいなかったら、お前らはどうなるんだよっ？』

『……路頭に……迷います……』

『本当にそう思ってるのか？　本当は俺が死ねばいいと思ってるんじゃないのか？』

『……いいえ……そんなことは思ってません』

『それじゃあ、お前が俺に服従するのは当たり前だよな』

『……はい』

『よし、服従の証しとして俺の足を嘗めろ』

『……足……ですか？』

『そうだ。足の指を1本1本しゃぶってみろ』

千尋に躊躇している時間はない。命じられるがまま、顔の前に突き付けられた夫の足先を口に含む。見ているわけではないが、間違いない。部屋には健太郎の声だけが続く。

『お前らを養うために俺はもうクタクタなんだよ。わかるか、お前に、俺の苦労が？　不景気で大変なんだよ。電話は売れない。パソコンは売れない。コピーもファックスも売れない。たいした金を払ってるわけでもないのに、客のやつらは偉そうなことばかり言いやがる。家でボケっとしてるお前なんかにはわからないだろうけどよ、金を稼いでくるっていうのは大変なんだよ。だからお前が俺にそのくらいの奉仕をするのは当然なんだ。おい、バカ野郎っ、もっと丁寧に、心を込めてやれないのか？　俺に対する感謝の気持ちを込めてしゃぶれないのかよっ！』

浜崎家の寝室ではほとんど毎晩、こんな会話が繰り返されている。こんなことを繰り返すことによってのみ、健太郎は自尊心を保つことができるし、その欲情をかき立てることができる。

『なんだ、お前。泣いてるのか？　おいっ！　てめえは、ご主人様の足を嘗めるのがそんなに嫌なのか？』

千尋は夫の足から口を離して顔を上げる。屈辱のあまり、たぶん──その目からは涙が溢れている。

『いいえ……泣いてません……嫌じゃありません……』

『そうだよな。お前に泣く理由はないよな。もう足はいい。今度はこっちをくわえろ』

『……はい……あの……』

『何だ？　何か文句があるのか？』

『……いえ……ただ、あの……きょうは生理だから……』

『だから口を使えって言ってんだろう、このバカがっ！』

ピシャリと頬を張る音がし、再び千尋の小さな悲鳴が響く。

『早くしろ、このどブスっ！』

すすり泣きの漏れる千尋の口が健太郎の硬直した性器によってこじ開けられ、塞がれる。千尋に選択の余地はない。おぞましさに身を震わせながらも、口の機能のすべてを使ってそれをするだけだ。

『おい、もっと丁寧にやれ……もっと奥まで……もっとだ……そうだ……それでいい……

ああ、いいぞ……うまいぞ……お前は本当にこういうことに慣れてるんだなあ……天然の娼婦っていうか、生まれつきの好きものっていうか……本当にお前は、こういうことだけのために生まれてきたような女だもんなあ……』

もちろん千尋には答えることができない。夫の股間に顔を埋め、髪を鷲掴みにされ、乱暴に顔を打ち振らされているだけだ。

『……ああ、いいぞ、千尋……お前はバカで何の役にも立たないけど、これだけは最高だ……これをお前に仕込んだ男に感謝しなくちゃならないな……』

マイクがくぐもった千尋の息遣いや、猫が水を飲むような音を拾い上げる。僕は目を閉じ、夫の足元に跪き、屈辱に耐えて口に性器を含む千尋を思い浮かべる。千尋の目から溢れる涙や、彼女のへこんだ頬や、いっぱいに開かれた唇や、そこから出入りする硬く濡れた男性器を思い浮かべる。

## 17

『湘南古代魚センター』という店の名の入った軽ワゴンで、深夜の国道1号線を横浜に向かっている。時計の針はまもなく午後11時を指す。この時間の上り車線は空いている。さっき電話で問い合わせたところによると、小松真利子の勤務時間は午前0時までだというから、急がなくてはならない。

毎月2度、時には3度、人恋しくてどうしようもなくなった時、僕はこうして横浜の歓楽街の小松真利子の店に行く。そしてそこで、『カオルさんを』と言って彼女を指名する。カオル——それが小松真利子の、現在の店での呼び名だ。25歳だと言っているが、僕は彼女が僕と同い年の30歳だということを知っている。

ポツリポツリと雨が降りだした。もうすぐ梅雨入りだ。ワイパーを作動させ、さらに深くアクセルを踏み込む。

濡れたアスファルトが鏡のように光っている。僕は傘をさして夜の歓楽街を歩く。あちらこちらの店の入り口に下着が見えるほど短いスカートを穿いた女や、スタイル抜群のバニーガールが立って客を呼び込もうとしている。

「おや、いらっしゃい……今夜は遅いね」

いつもの店の前で、赤ら顔の中年の呼び込みが僕に微笑む。僕は無言で微笑み返し、地下に通じる階段に向かう。狭い階段の両脇には、店で働く女たちの写真がベタベタと貼り付けられている。どの女たちも濃く化粧を施し、誘うようにこちらを見つめている。階段の突き当たりのドアを開ける。

「いらっしゃいませ……あっ、こんばんは」

顔見知りの若いボーイが愛想よく笑いかけ、「ええっと……カオルさんですよね?」と言う。店の中は薄暗くて、ほとんど何も見えない。霧のように立ち込める煙草の煙を、小さなライトが照らしている。

ボックス席に案内され、ソファに座って足を組む。

「すぐにまいりますので、少々お待ちください」

彼女がすぐにやって来るのはわかっている。ほかの店でもそうだったけれど、30歳になった彼女はこの店でも売れっ子というわけではなく、たいていは控室で手持ち無沙汰に煙草をふかしている。

店内にはいつものように軽快な音楽が流れている。僕はそっと辺りを見まわす。それぞれの席は簡単なカーテンやパーテーションで仕切られてはいるが、目が暗さに慣れてくれば、そこでうごめく人々の様子を盗み見ることもできる。時折、人々のささやきや女の笑い声、そして淫らな声が聞こえてくる。立ち込める煙に閉口しながら、カオルが、いや、小松真利子がやってくるのを待つ。


小松真利子は今から16年前、僕と同じ横浜市立根岸第四中学校の2年8組に在籍していた。

中学1年の秋に都内から転校して来た彼女は、色白で可憐で、とても痩せた少女だった。栗色の長い髪をポニーテールに束ねていて、笑うと唇のあいだから白い八重歯がのぞいた。音楽部に所属していて、放課後は毎日のように音楽室でピアノを弾いていた。制服のスカートから突き出た脚が、折れてしまいそうに細かった。体育の授業の時に彼女が白い2本線の入った濃紺のブルマーを穿くと、まったく脂肪のない下腹部から盛り上がった恥丘や飛び出した腰骨の形がはっきりと見てとれた。中学生だった僕にはそれが妙に色っぽく感じられた。

彼女は整った顔立ちをしていたけれど、痩せすぎで胸なんてほとんど膨らんでいなかったし、おとなしくて引っ込み思案で、クラスでも目立たないほうだった。けれど——僕は彼女が好きだった。いつか彼女の栗色の髪に触れてみたいと思った。ちょっと力を込めれば腕の中で崩れてしまいそうな細い体を、いつか両手でギュッと抱き締めてみたいと思った。けれど、僕にできたのは左前方の席に座った彼女の背中を、薄いブラウスの向こうに透けるブラジャーをじっと見つめることだけだった。

小松真利子の家は根岸の丘の上、僕の家のすぐ近くにあった。緑の芝が茂った庭には白いテーブルと白い椅子が置かれ、その周りにシラカバが何本も植えられていた。春と秋には生け垣で無数のバラが咲いた。僕は毎日のように自転車に乗ってその前を走った。時には彼女が、大きな犬と芝生の上で戯れているのを見ることができた。母親と庭のテーブルでミルクをかけたイチゴを食べているのを見かけたこともあったし、家の中からピアノの調べが聞こえたこともあった。

中学2年の3学期に、小松真利子は再び都内の学校に転校して行った。そしてやがて、僕は彼女を忘れてしまった……。

それから15年ものあいだ、僕は彼女のことを忘れていた。ごく時折、ぼんやりと思い出すことはあったかもしれないが、それだけだった。だが去年の5月の、20代最後の誕生日にひとりで自室のベッドに横になっていた時、突然、彼女の映像が網膜に現れた。

小松真利子の映像は次から次へと現れて、瞬く間に頭の中を占領し尽くした……教室で授業に聞き入る小松真利子……友人の冗談に笑う小松真利子……牛乳を飲む小松真利子……ピアノを弾く小松真利子……庭で犬と戯れる小松真利子……ブルマー姿の小松真利子……濃紺のスクール水着を着た小松真利子……。

僕は彼女を捜すことに決めた。

72時間で浜崎千尋を見つけた興信所は、小松真利子を見つけ出すのに1カ月近くかかった。もうダメかと僕が諦めかけていた頃、興信所はついに彼女の居場所を突き止めた。今からちょうど1年前、去年の6月のことだった。

あの日、横浜のうらぶれた風俗店で、『メグミ』と名乗っていた小松真利子はベビードール姿で僕の前に現れた。相変わらず拒食症かと思われるほど痩せていて、透き通った薄い布の向こうに小さな乳房や、ワイングラスのようにくびれた腰や、陰部を申し訳程度に覆ったショーツが見えた。僕は息を飲み、汗ばんだ手を握り合わせた。

おそらく体重は中学生の頃とさして変わりがないだろう。しかし十数年の歳月は、さすがに彼女の外見を変えていた。ツルンとしていた頬の肉は張りを失い始め、厚くファンデーションを塗り込めた皮膚の向こうに無数の毛穴が開いているのが見えた。目の下には化粧では隠しきれない青黒い隈ができていた。そばに寄ると、微かに煙草の匂いがした。

もちろん、小松真利子には僕がわからなかった。自分の顔を見つめ続ける僕に、「どうかしました?」と、尖った八重歯を見せて微笑んだだけだった。

「……あの……昔……好きだった人に……あの……似てるなって……」

僕がしどろもどろになって言うと、彼女は「ホント?」と言ってまた微笑んだ。

「その人、綺麗だった?」

「……ええ……すごく……」

「ホント?　嬉しいな」

それから僕は客として彼女の元へ通うようになった。その後、彼女は2度ほど店を変わったが、僕はどの店でも彼女を指名し続けた。彼女はそれをとても喜び、小松真利子という本名を教えてくれた。僕の名もちゃんと覚えてくれて、『三井さん』と呼んでくれる。そうだ。彼女は僕の名を呼んでくれる。半月も行かないと心配して携帯に電話をくれる。

「どうして来てくれないの?　忙しいの?……それともあたしを忘れちゃったの?……三井さんが来てくれないと寂しいよ」

彼女は風俗嬢で、僕はそこの常連客というだけの関係だが、それでも僕には彼女が僕を気にかけてくれていることが嬉しい。生まれて初めて、僕の不在を寂しがってくれる人がいることが嬉しい。

「こんばんは、三井さん」

僕の座るボックスに、小松真利子がハイヒールの靴音を響かせてやってきた。青いサテンのブラジャーとショーツを身に着け、その上に薄いガウンを羽織っている。暗闇からあの八重歯を見せて僕に笑いかける。

「今夜は随分と遅いのね」

「うん……急に真利子さんに会いたくなって……それで……でも……遅すぎた？……迷惑だった？」

「迷惑なわけないじゃない？……三井さんなら、いつ来ても嬉しいよ」

「……本当？」

「本当だよ。来てくれて、ありがとう」

彼女は僕の隣に座る。剝き出しの腕と腕とが触れ合う。彼女の腕は驚くほど細く、ひんやりとしていて、僕の体温をたちまち吸い取っていく。

彼女の姓は今も中学生の時と同じ小松だが、ずっとそうだったわけではない。高校3年の時に父母の離婚によって石田に変わり、翌年、母親の再婚によって井上になり、19歳の時に最初の結婚をして酒井になり、22歳で離婚して小松に戻り、24歳で2度目の結婚をして三浦に変わり、26歳で再び離婚して小松に戻った。最初の夫とのあいだに女の子がひとり、2度目の夫とのあいだに男の子がひとりいる。今は子供たちと3人で、横浜の外れのアパートに暮らしている。興信所からの報告書にそう書いてあった。

小松真利子が華奢な体を僕にすり寄せ、慣れた手つきで水割りを作ってくれる。僕は彼女の剥き出しの太腿にそっと手を載せる。寒いのだろうか？　脱毛した毛穴が尖っている。かつては絶対にそんなことはできなかった。しかし、今はそれができる。

「ねえ。あたしずっと考えてたんだけど、三井さんが何をしてる人だかわかったよ」

彼女が僕を見上げて言い、僕は無言で笑う。

「コンピュータのプログラマーでしょ？　どう？　今度は当たりでしょ？」

「プログラマー？……違うよ。僕はね……」

「あっ、言わないで。自分で当てたいの……そうか、プログラマーじゃないのか。今度は自信があったんだけどな。学校の先生でもない。塾の講師でもない。雑誌の編集者でも、フリーライターでもない。プログラマーでもない。何なんだろう？」

「だから教えてあげるよ。僕は……」

「ダメダメっ。三井さんが次に来る時までに考えとくから、言っちゃダメだよ」

大袈裟な身振りで彼女が言い、僕は口をつぐむ。

「でも、おかしいな。お客さんの仕事はたいていすぐにわかるのに……」

マニキュアを塗り重ねた小松真利子の指先が僕の股間をまさぐり、ズボンのジッパーを下ろす。流れるような一連の動作に続いて、ウェイヴのかかったふわふわの髪が僕の股間に屈み込む。まるで栗色の猫が膝に乗ったみたいにも見える。湿った唇が硬直したペニスに触れる。僕は目を閉じ、14歳だった彼女を思い出す……。

……あれはとても暑い夏の朝だった……全校生徒がグラウンドに整列して、壇上で話す校長の声を聞いていた。強烈な日差しが照りつけ、額から汗が流れ落ちた。

その時、僕の前方に立っていた小松真利子が突然、フラフラと足を踏み出した。

どこに行くのだろう？

そう思った次の瞬間、彼女は砂利を敷き詰めたグラウンドに顔面から倒れた。薄いブラウスに包まれた背中や、細い棒のような脚がヒクヒクと痙攣していた。

すぐ背後にいた僕は、駆け寄ってきた担任教師とふたりで彼女を抱き上げ、保健室に運んだ。彼女はとても骨張っていて、信じられないほど軽かった。顎の辺りが擦り剝けて血が滲み、顔面は蒼白で、唇や八重歯にグラウンドの土が付いていた。

彼女はその日はそのまま帰宅したが、翌朝、登校した時、僕に「三井クン、昨日はありがとう」と言って微笑んだ。僕は真っ赤になって首を振ったが、彼女が僕の名を知っていたということに歓喜した。

彼女に話しかけられたのは、あれが最初で最後だった。

小松真利子の柔らかな髪の中にすべての指を入れ、10本の指先に彼女の頭皮を感じながら、僕は彼女の口内に射精した。その瞬間、網膜の内側に映ったのは小松真利子の顔ではなく、千尋の顔だった。

——硬直した性器を口に含んだ千尋の横顔。

いつもそうなのだ。意識してしているわけではないのだが、小松真利子にそれをしてもらっている時、僕はいつも千尋にそれをしてもらっている自分を思い浮かべてしまう。そして射精のあとではいつも、小松真利子に謝りたい気分になる。

店の出口まで見送りに来た小松真利子は僕の目をじっと見つめて、「三井さん、また来てね」と言った。

僕は無言で頷き、彼女は「絶対だよ、絶対に来てね」と繰り返した。

僕は誰からも必要とされていない。かつて必要とされたこともない。

だが、今、少なくとも——彼女は僕を必要としてくれている。

「ねえ、気のせいだと思うんだけど……昔、どこかで三井さんに会ったことがあるような感じがするの」

僕は息を飲む。猛烈な喜びが下腹部から湧き上がるのを感じる。

「……気のせいだよ」

「そうよね、気のせいよね……それじゃ、三井さん、おやすみなさい」

「……おやすみなさい……真利子さん」

歓喜に震えながら僕は店を出る。雨はやんでいる。

まもなく午前2時になる。小松真利子の店から戻った僕は、3階にある自室のベッドに横たわり、あの日の千尋を模したマネキン人形を見つめている。部屋を囲んだ水槽の明かりは消えていて、カーテンの隙間からわずかに差し込む光が部屋の中をほのかに照らしている。窓の外から街路樹の葉を叩く雨音がする。時折、路面に浮いた水の膜を切って車が走っていく。

アンプのヴォリュームは最大にしてある。だが、スピーカーから聞こえて来るのは健太郎のイビキだけだ。千尋はもう寝ついたのだろうか？——せめて彼女が今、楽しい夢を見ているといいのだが……。

## 18

隣のベッドから大きなイビキが聞こえる。健太郎に背中を向けて、あたしはそれを聞いている。

目からはとめどなく涙が溢れ、次々と流れ落ちては枕に吸い込まれていく。悔しくて、悲しくて、惨めで、情けなくて、頭がどうにかなってしまいそうな気がする。

今夜の健太郎の行為はいつにも増してひどかった。裸のあたしを自分の足元に正座させて、あれを口に含ませるのはいつものことで、それは今さら驚くようなことではないけれど、今夜はあたしにそれをさせながら、あたしやあたしの両親を徹底的に侮辱した。あたしの髪を抜けるほど強く摑んで喉の奥に乱暴にあれを突き入れながら、まるであたしが誰とでも寝る男好きの淫乱女みたいなことを言い、あたしの母も同じような女なんだと言った。自分のことなら我慢できるけれど、母のことまで言われるのは許せない。

その上今夜は、行為のあとでもあたしが眠ることを許さず、自分が眠るまでウチワで扇いでいるように命じた。あたしは疲れ切っていて、横になりたくてたまらなかったけれど、それでも健太郎の命令どおりにベッドの脇でウチワで扇ぎ続けた。健太郎は「おい、奴隷女、もっとゆっくりとやれ」とか、「もっと大きく扇げ」とか命令して、10分ぐらいでイビキをかいて眠ってしまったが、あたしは悔しくて悔しくて、今すぐに台所から包丁を持って来てこの男を刺し殺したいとさえ思った。

枕元からティッシュを取る。音をさせないようにそっと鼻をかむ。健太郎は相変わらずイビキをかいて、気持ちよさそうに眠っている。


どうしてこんなことになってしまったのか、わからない。あたしには健太郎は理想の夫みたいに思えた。

あたしたちが結婚したのは今から6年前、あたしが24歳で健太郎が29歳の時だった。あの頃、あたしは新卒で入社した神田の小さなOA機器販売会社で事務員をしていた。本当は商社や外資系の会社に就職したかったのだけれど、世の中はすごく不景気で、そういう一流と呼ばれるような会社の試験にはすべて落ちてしまった。

けれど、あたしの入った会社には健太郎がいた。だから、あたしはほかの会社を落ちてよかったとさえ思った（なんて愚かだったんだろう！）。

健太郎は3人の係長の中ではいちばん若くて、営業成績はいつもいちばんで、明るく朗らかで顧客に人気があり、面倒見がいいので部下からも慕われていた。背が高くてハンサムで、週に2回、空手の道場に通っているせいで顔や体が引き締まっていた。何人かの女子社員は健太郎にぞっこんだった。だから健太郎から『佐々木さん、君が好きだ』と告白された時は得意な気がした。

当時、あたしには何人ものボーイフレンドがいたけれど、みんな子供っぽくて、頼りなかった。そういう同世代の男の子たちと比べると健太郎は大人で、男らしくて優しくて、頼りがいがあるように感じられた。何より健太郎はあの会社のヒーローだった。あたしはヒーローを手に入れて、みんなに羨ましがられたかった。

あの頃、健太郎は紳士で、優しかった。誕生日やクリスマスにはたくさんのプレゼントをくれたし、夏休みや冬休みには一緒に旅行にも行った。付き合い始めてから1年後に、健太郎が「これ、受け取ってくれるね」と言ってダイヤの婚約指輪をくれた時は、思わず泣いてしまった。

けれど、新潟に住むあたしの両親はいい顔はしなかった。

両親がひとり娘であるあたしに東京の大学に行くことを許したのは、あたしが両親とある約束をしたからだった。それは卒業後はすぐに帰省し、新潟で公務員か教師になり、やはり新潟で公務員か教師をしているような次男か三男を婿にもらい、先祖代々の土地や家を相続し、二世帯住宅に立て替えた家で両親と一緒に暮らすという約束だった。

あたしがその約束を破って東京で勝手気ままなことを続けていたということもあるけれど、両親はあたしが連れてきた健太郎を見て、あからさまに顔をしかめた。確かに健太郎は高卒だったし、名もない零細企業のセールスマンだった。おまけにあたしと同じようにひとりっ子だった。

父は初めて会う健太郎に、佐々木家の養子になって新潟で暮らすつもりはあるのかときいた。健太郎が養子にはなれないし新潟でも暮らせないと言うと、「それなら結婚は許さない」と断言した。それだけだった。父はあたしに健太郎のことを「口先だけで、調子がいいやつ」だと言った。母は「ずるがしこそうな男ね」と言った。

障害はそれだけではなかった。

平塚に住む彼の両親に初めて会いに行った時、健太郎に言われたとおり、あたしは化粧もマニキュアも香水もしなかった。アクセサリーもしなかったし、服やバッグや靴もそのためにわざわざ地味なものを買った。彼の両親に気に入られたい一心だった。それなのに、あたしの両親が健太郎を嫌ったように、健太郎の両親もあたしを毛嫌いした。

健太郎のお父さんは頑固で封建的な感じの人で、お母さんはそれにお似合いの質素で地味で頑固そうな女性だった。ただのサラリーマンだったくせに、彼らは『浜崎家の嫁として』みたいなことを延々とあたしに言い、あたしの挨拶の仕方が悪いとか、長い爪や染めた髪が不潔だとか、お茶のいれ方が悪いとかいちゃもんをつけた。

だけどあたしは、反対されればされるほど、健太郎と結婚したいと思った。そして、それらすべてに反発して健太郎との結婚に突き進んだ。

あたしたちの結婚式は高輪のホテルで行われた。両親たちは結婚式のあいだもずっと不機嫌そうな顔をしていたけれど、あたしはもう気にしなかった。あたしには健太郎がいたし、健太郎が必ずあたしを幸せにしてくれると信じていた。健太郎は相変わらず会社のヒーローだったし、あたしのヒーローだった。

新婚旅行は7泊9日でバリ島に行った。神々が住むと言われるその島で、あたしの地獄の結婚生活が幕を開けた。バリのウブドゥ村にある世界でも最高級のリゾートホテルに宿泊した最初の晩から、健太郎はどす黒い本性を顕したのだ。

あの晩、遅い時間にチェック・インしたあたしたちは、夢のようなスィートルームにある広い浴室で入浴を済ませたあと、ものすごく素敵なバーラウンジに行って軽食とお酒を楽しんだ。オープンエアのバーラウンジからは丘の斜面を切り取ったような独特の形のプールや、その向こうに広がる森や渓谷が見下ろせた。生ぬるい熱帯の風が流れ、虫やカエルやトッケーという爬虫類の鳴き声が聞こえて、うっとりするほどロマンティックだった。

あたしはすっかりくつろいだ気分になってカクテルをいくつも注文した。昔付き合っていた人がカクテルを作るのが趣味だったせいもあって、あたしはカクテルには詳しかった。だから健太郎にカクテルの名前の由来や、その調合方法をひとつひとつ説明してあげた。

「第一次大戦の時に戦場にあったバーに毎晩サイドカーに乗ってやって来る兵隊がいて、その人がいつも注文したお酒だったからサイドカーっていう名前が付いたのよ」「マルガリータっていうのは、このお酒を考え出した人の死んだ恋人の名前なの」「ホワイトレディはサイドカーの変形で、ブランデーの代わりにジンが使ってあるのよ」

ただ、それだけのことだった。かつてあたしがそうだったように、健太郎も喜んでそれを聞いていると思っていた。だけど、そうではなかった。

あたしの話を聞いていた健太郎は突然、不機嫌になった。

「いったい誰とそんなカクテルを飲んだんだ?」「そいつはお前の何だったんだ?」「その男とはどこまでいったんだ?」

そんな健太郎を見るのは初めてだったから、あたしはとても驚いた。

その晩、あたしたちは深夜に部屋に戻った。つまらないことで言い争ったせいで少し気まずい雰囲気だったけれど、それでもあたしたちの部屋は南の国の女王様の部屋みたいに素敵で、あたしはすぐにまたロマンティックな気分に戻って健太郎に縋り付いた。

あたしたちは渓谷を見下ろす窓のカーテンを全開にしたまま、白いレースに覆われた大きな天蓋付きのベッドで愛し合った。それまでは求められなかったからしたことはなかったけれど、あの晩、あたしは健太郎の股間に顔を埋め、あれを口に含んであげた。男はみんなそれが好きだと聞いていたから、健太郎も喜ぶと思ったのだ。

健太郎が、「おい、千尋」と呼んだ。

あたしは健太郎のあれを含んだまま、彼の優しい眼差しを期待して目を上げた。けれど、健太郎は微笑んでなどいなかった。月明かりの中で、鬼のような形相であたしを睨みつけていた。

ヒーローが鬼に変わった瞬間だった。

「貴様、誰にそんなやり方を習ったんだ?」

貴様——そう。健太郎はあの時、あたしを『貴様』と呼んだ。あたしの全身が凍ったように冷たくなった。

「誰にってきかれても……」

笑おうとしたあたしの頬に、記念すべき1発目の平手打ちが飛んだ。平手で殴られるのなんて、生まれてから初めてのことだった。

「おいっ、どこの誰に、そんな淫売みたいなことを仕込まれたんだっ? 言えっ! 白状しろっ!」

健太郎は悲鳴を上げるあたしの髪を鷲摑みにし、続けざまに数発の平手打ちを見舞った。耳がキーンとなり、頭がボーっとして、涙が溢れ出た。さらにあたしを大理石の床に蹴落とし、腰やお腹を力いっぱい蹴飛ばした。あたしは息が詰まるほどの苦しみに呻きながら、イモムシみたいに身をくねらせて冷たい床の上をのたうちまわった。

「おい、どこで仕込まれたんだっ! どこの誰にあんなこと仕込まれたんだっ! 言えないのかっ! おいっ、言えないのかっ!」

健太郎はあたしを蹴飛ばしながら怒鳴り続け、このままでは殺されると思ったあたしは、泣きながらボーイフレンドだった男のひとりの名を言ってしまった。それは大失敗だった。健太郎はさらに激怒した。「貴様っ、やっぱり誰とでも寝る女だったんだなっ！」「俺を騙しやがったなっ！」「その柴田ってやつと何をしたんだっ！」と狂ったように怒鳴り散らしながらあたしを殴りつけ、蹴飛ばし、あげくの果てに大理石の冷たい床の上で、まるで強姦するかのようにメチャクチャに犯した。口の中には血の味が広がり、頭の中が真っ白になり、あたしには何が何だかわからなかった。

——あれがすべての始まりだった。あのたった一晩で、主人と奴隷という今の関係が完成してしまったのだ。

外面のいい健太郎は、顔を腫らしたあたしをほかの人たちに見られたくなかったんだと思う。バリにいるあいだ中、健太郎はあたしが外出することを許さず、食事も部屋に運ばせた。だからあたしたちは、バリでの残りの日々をずっとホテルの部屋で過ごした。健太郎はあたしが日本から持参した5～6着のビキニを「娼婦みたいな格好をするなっ！」と言って切り裂いて捨て、ミニスカートもショートパンツもノースリーブのワンピースも、お洒落なレストランで着るつもりだった肩が剝き出しになったドレスも、健太郎のためにと思って揃えたセクシーな下着も、何もかも、「人妻のする格好ではない」と言って捨ててしまった。あたしが「レストランに行きたい」とか「ケチャ・ダンスが見たい」とか言うと、「偉そうなことを言うなっ、この淫売っ！」と怒鳴ってまた殴りつけた。顔は目立つのがわかったのかあまり殴らず、お腹や背中や、腰や足を主に殴った。そして毎日、朝も昼も夜も、これでもかというほどあたしを犯した。

あの時、すぐに別れるべきだったのだ。だけどあたしは、友人や親戚たちに『成田離婚』と言われるのが恥ずかしくて離婚を決意できないでいた。特に、あれだけ結婚に反対した両親に「離婚します」とは言い出せなかった。そして、さらに深い泥沼へと足を踏み入れていった。

あたしたちは健太郎の実家の近くの、平塚という湘南海岸沿いの街に新居を構えた。新居といっても築30年ほどの木造の借家で、庭には古い樹が鬱蒼と茂っていた。古かったけれどあたしたち夫婦には不相応な広さと賃貸料で、その家賃を払うために健太郎の給料の3分の2が消えてしまうことを、あたしは結婚して初めて知った。

新婚生活が始まると同時に、あたしは実にさまざまなことを義務づけられた——あたしは会社を辞め、その古い家をいつもピカピカに保っておくことを義務づけられた。健太郎のために魚介を中心とした料理のレパートリーを飛躍的に増やすことを義務づけられ、相撲の付き人のように健太郎の身の周りを甲斐甲斐しく世話することを義務づけられ、月に2〜3度訪問して来る健太郎の両親をにこやかに接待することを義務づけられ、家計のために内職をすることを義務づけられ、健太郎の性的な要求にどんな時でも応じることを義務づけられ、彼の暴力や暴言を甘んじて受け入れることを義務づけられた。

健太郎はあたしの行動のすべてを管理しようとした。まるで小学生の夏休みの1日の計画表のように、あたしの1日の行動表が作られた。そして、あたしがその行動表にちゃんと従っているかどうかをチェックするために、会社や出先からたびたび電話をしてきた。時には抜き打ちで帰宅した。あたしが勝手に外出をしたり、友達と会ったりすると怒り狂い、気絶するほど殴りつけた。

健太郎は成績のいいセールスマンだったけれど、会社の規模は小さく、経営状態もそんなによくなかったから、給料もボーナスもあたしが思っていたよりずっと少なくて、家計は火の車だった。健太郎は余計な出費は1円たりとも許さなかった。銀行の通帳やクレジットカードはすべて健太郎が管理し、あたしは必要なお金をその都度申告して、それを健太郎から受け取っていた。健太郎はあたしに家計簿をつけることを命じ、毎晩のようにそれを細かくチェックしたから、あたしは美容室に行くことも服や化粧品を買うこともできなかった。ハンバーガーやソフトクリームを食べることも、自動販売機で缶コーヒーを買うことさえできなかった。

付き合っていた頃はあれほど頻繁にプレゼントをくれたというのに、結婚してからの健太郎は誕生日にも結婚記念日にもプレゼントなどくれなくなった。あたしの内職には毎日のノルマが与えられ、そのノルマが果たせない限りは眠らせてもらえなかった。水道光熱費は徹底的に切り詰められ、健太郎がいない時はエアコンを使うこともシャワーを浴びることも、テレビを見ることも許されなかった。電話料金のチェックは特に厳しくて、あたしは友人や、新潟の両親に電話を掛けることすらままならなかった。

健太郎はアメと鞭であたしを調教しようとした。そう。まさしくアメと鞭だ。料理がうまくできた時には「千尋の料理を食べ慣れると、よそでは絶対に食えないな」と褒めてくれた。家の中のすべてがピカピカで満足すると、健太郎はあたしを抱き締め、付き合っていた頃のような優しいキスをしてくれた。「千尋、お前は最高の女だ。俺はお前なしには生きていけないよ」と耳元でささやいた。そんな時には昔の健太郎が戻ってきたような気がした。だが、あたしが少しでも逆らったり、何か気にいらないことがあると、健太郎は突然、鬼のようになって、罵ったり殴ったり蹴飛ばしたりした。あたしはそれが怖くて、少しでも優しくされたくて、まるでサーカスの動物たちのように、あるいは萎縮した子供のように、健太郎の言い付けに従うようになっていった。

いつだったか、大学の時の親友だったユミが電話をくれてお互いの近況や昔の思い出話をしていた時、あたしはついポロリと、自分の惨めな結婚生活のことをユミに打ち明けてしまった。

それまでは、そんなみっともないことを他人に言ったことはなかった。言ったって自分が惨めになるだけだとわかっていた。だけどあの日、あたしはついに恥を忍んで、それらのすべてをユミに告白してしまった。

けれど——ユミにはそれらのことが理解できないようだった。

「どうして別れないの？」

ユミは言った。「どうして逃げ出さないの？」「どうして警察に駆け込まないの？」「どうして両親に相談しないの？」――やはり他人には理解ができないのだ。

いったいどこに逃げて、どうやって生活しろと言うのだろう？　どこに逃げても健太郎は必ず追ってくる。必ずあたしを捜しだし、力ずくで連れ戻し、さらに凄まじい暴力を奮う。相談できる人などどこにもいない。あれほど結婚に反対した両親のところへなど絶対に行けない。こんなこと恥ずかしくて惨めで誰にも相談できない。経済的に今さらひとりで生きていける自信もない。それに何より、かつては健太郎を愛したことがあったのだということ、そしてそのすべてが間違っていたのだということ、それを認めるのが辛かった。自分の選んだ人生のすべてが否定されるようで、それが辛かった。

あたしは健太郎が昔の健太郎に戻ってくれることを願い、同時に彼の死を願った。

そんな暮らしが4年ばかり続いたあとで、あたしは妊娠した。あたしは赤ちゃんが欲しかった。子供が生まれれば健太郎も変わってくれるかもしれないと淡い期待を持った。

けれど健太郎はあたしの妊娠を喜ばなかった。彼の両親が孫の顔を見たがっていたこともあって、さすがに堕胎しろとは言わなかったが、あたしの妊娠を面白く思っていないことは明らかだった。つわりがひどくて歩けないような時でも、健太郎は家事や内職を怠ることを許さなかった。体が辛くて料理の手を少しでも抜こうものなら、流産するのではないかと思うほど殴られた。臨月が近づいてセックスができなくなると、口での処理を強要した。

木乃美が生まれた時も、健太郎はちっとも喜んではいなかった。医者や看護婦や自分の両親の手前、嬉しそうな顔はしたけれど、木乃美を疎ましく思っているのは明白だった。病室に誰もいなくなると、あたしの耳元で、「お前が好きで産んだんだから、お前が勝手に育てろ」と冷たくささやいた。

健太郎は育児にはまったく協力してくれなかったから、木乃美が生まれたことであたしの負担はさらに増えた。木乃美が泣くと、「うるさい、黙らせろっ！」と怒鳴って、あたしを殴った。木乃美の入浴をさせてくれたことも、オシメを替えてくれたことも、抱いて散歩に連れて行ってくれたことも1度もなかった。あたしは育児をし、家事をし、殴られ、健太郎のあれを口に含まされ続けた（健太郎はまたあたしが妊娠することを恐れ、口を使うことを多く求めるようになった）。

いったい、いつまでこんな暮らしが続くのだろう？　何か脱出の糸口を見つけなければならない。けれど木乃美が生まれた今、あたしはさらにどうしていいかがわからなくなってしまって、ただ出口のない暗がりをさまようようにオロオロと毎日を生きている。

ベッドの中の暗がりでじっと目を開いていると、花瓶に生けたアジサイの花びらのひとつがハラリと床に落ちた。

もう2年になるだろうか？　毎月10日に、決まって花束が贈られてくる。贈り主はあたしの母の名になっているけれど、それを贈ってくるのは母ではない。

最初は気持ちが悪かった。あまりの不気味さに受け取りを拒否したこともあるし、花束をそのままゴミ箱に放り込んだこともある。だけど……今では、花束が届くのが待ち遠しくさえ感じられる。

きっと男の人だろう。なぜかはわからないが、そんな気がする。ヒーローが、どこかからあたしを見守っているのだ。

誰でもいい。あたしを助けて欲しい。早くあたしの前に姿を現して、あたしをここから救い出して欲しい。

見ず知らずの人をヒーローのように思って頼りにするなんて、あたしはどうかしてしまったのだろうか？　今ではその人だけが、あたしの心を支えている。

19

まもなく夜が明ける。今夜はまだ眠っていない。

僕はごく短い時間しか眠らない。毎晩、ベッドの中で何時間も暗闇を見つめている。

そんな時、よく兄のことを思い出す。本当は思い出したくなんかないのだけれど、気がつくと、いつのまにか兄のことを考えている。

僕には3つ年上の兄がいた。兄は有名私立大の付属の幼稚園に行き、そのまま大学まで進学し、大学に入った年に19歳で死んだ。それからすぐに僕の両親は別居した。

僕は昔、兄と同じ幼稚園を受験し、それに落ちてしまった。両親は僕の無能さをひどく嘆いたらしい。僕が兄ほどかわいがられなかったのは、そのせいなのだと僕は長いあいだ思っていた。

だが、たぶん、そのせいではない。なぜなら、僕には赤ん坊の頃の写真がほとんどないからだ。赤ん坊だった兄の写真は何百枚と残っているのに、僕が赤ん坊だった頃の写真は数枚しかない。

昔、5月の節句には両親や祖父母たちから送られた武者人形や大きな鎧兜がいくつも飾られた。それらはすべて兄のものであって、僕のものではなかった。大きな七夕飾りも、クリスマスツリーもすべて兄のものであって、僕のものではなかった。4月には毎年、家族みんなで兄の誕生日を祝ったが、5月に僕の誕生日を祝ったことはなかった。新品の学習机、新品の自転車、新品の洋服……。兄にはいつも新品が与えられ、僕にはいつも兄のお下がりを与えられた。

だが、僕だって経済的に不自由な思いをしたことはない。かつてどこかの国王が赤ん坊を使った実験をしたように、僕には暖かな部屋で充分な食物が与えられた。そして僕は誰からも心配されず、何の期待も受けずに育てられた。

兄が死んだ時、両親は目もあてられないほどに取り乱した。ふたりは葬儀のあいだじゅう激しく泣き続け、参列者へのお礼の言葉も言えないほどだった。葬儀のあとも父は仕事に行かず、母も自室に閉じこもって泣き続けた。そして、数カ月後に、ふたりは別居した。僕は母に引き取られ、横浜のマンションに移った。やがてそこには母の愛人が同居するようになった。

　両親は僕たちを差別したけれど、僕たち兄弟はとても仲がよかった。兄は僕をこの世でいちばんかわいがってくれたし、僕も兄がとても好きだった。だが、兄は死んでしまった。僕のすぐそばで、冷たい物体へと変わってしまった。

兄は……僕が殺したのだ。


　1時間ばかりウトウトして目を覚ます。まだ太陽は昇らない。しかし、もう眠ることはできないだろう。ベッドから出ると千尋を模したマネキンに『おはよう』を言い、部屋の隅に申し訳程度に据え付けられたキッチンで、サイフォンにミネラルウォーターを入れてアルコールランプの火にかける。

　僕は煙草は吸わない。アルコールは飲めるが、自分からすすんでは飲まない。そんな僕にとってコーヒーは唯一の嗜好品だ。銘柄はマンデリン。大きなカップで毎日、少なくとも5～6杯は飲んでいる。

　サイフォンの下ボールに入れた水が充分に沸騰してから、密閉した容器から取り出したマンデリンの粉を上ボールに入れて下ボールに重ねる。すぐに下ボールの水が上ボールに上昇し、部屋の中に香ばしい匂いが満ちる。竹ベラで上ボールの中をゆっくりとかき混ぜる。1分ほど沸騰させたあとでアルコールランプの火を消す。上ボールに上昇した褐色の液体は膨張と収縮のバランスのあと下ボールに吸い込まれていく。

できあがったマンデリンをカップに注ぐ。ベッドの縁に腰掛け、あの日の千尋を模した人形を見つめながら飲む。

カーテンの向こうでスズメやヒヨドリが鳴き始めた。まもなく夜明けだ。

## 20

カーテンを開くと、霧のような雨が海沿いの街をまんべんなく濡らしている。

僕の部屋には北側にだけではなく南側にも窓があり、そこからは海が見える。今朝の海はとても穏やかだ。海上に低く垂れ込めた鉛色の雲が、こちらに向かってゆっくりと移動してくる。すぐ隣の家の屋根で、スズメたちがさかんにさえずり、雨に濡れるのもかまわずに飛びまわっている。湿った空気を深く静かに吸い込む。潮の香りがする。鼻の奥が微かにくすぐったい。

今度は北側の窓辺に移動し、カーテンの隙間に細長い200㎜望遠レンズの先端を突っ込んで80m向こうにある浜崎家をのぞく。1階のダイニングキッチンのテーブルで朝刊を広げる健太郎の姿が見える。

テーブルにはコーヒーカップとサラダの入った皿が載っている。コーヒーはマンデリンなのだろうか？　トマトとレタス、それに紫キャベツ。そこにエプロン姿の千尋がスクランブルドエッグとトーストを運んで来る。

千尋の髪はひどく乱れていて、やつれ切った様子だが、幸いなことに顔は腫れていない。そのことに僕は少し安堵する。血の気をなくした千尋の唇にピントを合わせてから静かにシャッターを押す。古いニコンFのカシャンという小気味のいい音が響く。


ベッドの端に腰を下ろし、ミルクをかけたシリアルを食べていると電話が鳴った。ナンバーディスプレイでそれが母からだとわかる。用事がなければ母は決して電話などしてこない。受話器を取る。

『もしもし』

母の声と同時に、あの強い香水の匂いを嗅いだような気がした。

「……ああ……どうしたの？」

僕は電話が嫌いだ。たとえそれが誰からであろうと、早く切りたくてたまらない。

『実は根岸の家を売ることにしたの』

「……そう？……それで？」

『それだけ。一応、教えとこうと思って。今ならまだ自由に出入りできるから、何か欲しいものがあったら、家具でも電化製品でも何でも、車で行ってもって来るといいわ』

「……わかった……お母さんは何かもって来たの？」

めてから僕も電話を切る。

『あそこに欲しいものなんてないわよ』

ありがたいことに、母の電話はいつもとてもシンプルだ。母が受話器を置いたのを確かめてから僕も電話を切る。

きょうは昼前に問屋が来るが、それまではすることがない。シリアルを食べながらしばらく考えた末、僕はかつて僕たち家族が暮らしていた横浜市根岸の丘の上の家に行ってみることにした。

祖父から譲り受けた印刷会社を経営していた父が肝硬変で死んだのは今年の2月だった。最愛の長男を失った父は生きる希望のすべてを失い、その直後から酒に溺れた。母や僕と別居し、去年の暮れまで12年ものあいだ根岸の大きな家にたったひとりで、いや、兄の幻想とふたりで暮らしていた。

たとえどれほど辛いことがあろうと、たいていの人はいつか立ち直る。だが父は十数年の時間が過ぎても、なお立ち直ることができなかった。かつてはあれほどエネルギッシュで、生命力と自信に満ちていたというのに、ただ長男がいなくなってしまったというだけのことで、彼は積極的に生きることをやめてしまった。

今年の2月、2カ月にわたる入院生活のあとで父は死亡した。僕は1度も見舞いに行かなかったが、2度ほど様子を見に行った母の話によると、父は自分の遺骨を兄の隣に安置するよう、何度も母に念を押したということだった。自分たちの墓は母が守り、母が死んだあとは僕が責任をもって守ること。それさえ約束するなら遺産はすべてお前たちにくれてやる。父はそう言ったという。

## 21

僕が生まれ育った家は丘の中腹、瀟洒な住宅が立ち並ぶ一角にある。僕はその家の前に軽ワゴン車を停めて中の様子をうかがった。ここに来るのは12年ぶりだった。

霧のような雨が僕の育った家を濡らしている。かつて兄と僕が交替で芝生を刈った庭には名も知れぬ雑草が生い茂っている。いつだったか真夏の午後に兄と僕が塗装した鉄の門は、今ではすっかりペンキが剝げ落ち、茶色のサビを全面に浮かせている。剪定を受けていない木々の枝は鬱蒼と重なり合い、庭のあちこちに落ち葉が厚く堆積している。

僕は傘をさして車を降り、錆ついた門を開いた。玄関ポーチに向かう10mほどの小道を抜け、合鍵を使って生まれ育った家に足を踏み入れる。玄関には微かにポプリの香りが漂っている。2月まではたぶん定期的に家政婦が訪れていたのだろう。庭に比べると家の中はずっと片付いている。

廊下を抜け、広々としたダイニングキッチンに入る。電化製品のほとんどは新しい物に買い替えられていたが、家具は僕たちが暮らしていた頃とほとんど変わっていない。黒光りする大きなテーブルも、その周りに並んだパイン材の椅子も、黒革製のソファも、古く巨大な食器棚も、すべてがあの頃のままだ。部屋の隅には見覚えのある長いローチェストがあり、その上にいくつもの写真が額に入れられて並んでいた。僕はそれらの写真のひとつひとつを眺めた。

予想どおり、そこにあるのはすべて兄の写真だった。あるいは、兄と父の写真だった。1枚だけ母がチラリと写っているものもあった。だが、僕はどこにもいなかった。

僕はダイニングキッチンを出ると、その隣の部屋に行った。かつては家族のリビングルームだったその日当たりのいい部屋には、兄の仏壇が置いてあった。兄が生きていた頃、家族はよくそのリビングルームに集まってくつろいだものだった。そこで話をしたり、テレビを見たり、コーヒーや紅茶を飲んだり、デザートを食べたりした。けれど兄が死んですぐに、家の中でいちばんいいその部屋を父は死んだ兄だけのものにしてしまった。そのことによってこの家にリビングルームはなくなり、残された3人の家族は、家にいるほとんどの時間をそれぞれの自室で過ごすことになった。

太陽だった兄の死によって家族は完全に求心力を失った。家族が顔を合わせるのは廊下ですれ違う時くらいになり、やがて両親は別居し、三井家という太陽系は消滅した。

兄の仏壇の前に跪き、そこに置かれた19歳の少年の写真を見つめる。写真の中の兄は爽やかに笑っている。よく日焼けしていて、利発で、生意気そうで、それでいて憎めない愛らしい顔をしている。父も母も、この少年をとてつもなく愛したのだ。好きだとか、嫌いだとかいう感情は理性ではどうすることもできないものなのだ。

仏間となったリビングルームを出て2階に向かう。2階には兄と僕の部屋があった。僕はまず、南東を向いた兄の部屋の扉を開いた。

そこでは時間が止まっていた。まるでタイムスリップしたという錯覚に陥りそうなほどに、何もかもが、兄が死んだあの日のままだった。机の上には古いアルバイト情報誌が、兄が投げ出したそのままに残っていて、いくつかの情報には赤いペンで丸囲みがしてあった。部屋の隅にはリーのジーパンとアーガイルの靴下が脱ぎ捨てられ、寝乱れたベッドの上には白と水色の縞模様のパジャマが、まるでたった今脱いだばかりのように丸められていた。

いったい家政婦はこの部屋をどうやって掃除していたのだろう？　あらかじめ部屋の写真を撮り、掃除を済ませたあとでその写真に従ってジーパンや靴下やパジャマやアルバイト情報誌を元の場所に戻したとでもいうのだろうか？

兄の部屋を出て、今度は僕のものだった北東を向いた部屋に向かう。かつていつもそうしていたように、何げなく扉を開ける。

……そこは物置と化していた。そこにはさまざまな物が溢れていた。古い書籍や雑誌類、もう使わなくなったファンヒーターや電気ストーブ、キャンプ用品やバーベキューセット、ビーチパラソルやサーフボード、釣竿やクーラーボックス、旅行用のスーツケース、古いステレオ・コンポやビデオ・デッキやファクシミリ、自転車やゴルフ用品、野球のバットやテニス・ラケット、テーブルや椅子、いくつものダンボール箱……。

──そこには、かつてその家にもうひとりの少年が暮らしていた痕跡がどこにもなかった。

僕はかつての自室を出た。階段を下り、廊下を歩き、玄関を出て、雑草の茂った庭を通り抜け、錆び付いた門をくぐる。家の前に停めた軽ワゴンの運転席に座る。びっしりと雨粒の付いたフロントガラス越しに、もう来ることのないだろう家を眺める。

もし兄が死ななかったら、父もあれほど酒を飲むことはなかっただろう。そうしたら肝硬変になることもなかっただろう。だとしたら、僕が父を殺したことになる。

そうだ。僕は兄を殺し、父を殺し、家族を崩壊させたのだ。

## 22

根岸から戻ると午前11時を過ぎている。店の営業は午後3時からだが、金曜は昼前に問屋が商品を運んで来るので、その前にいったんシャッターを上げることにしている。

レジカウンターの内側に座り、濃いマンデリンをすすりながら道行く人々の姿を眺める。相変わらず霧のような細かい雨が降り続いているが、雲の合間からは時折、薄日が差し込んでいる。店の前を傘をさし、杖を突いた老人が通り過ぎる。子供の手を引いた若い主婦が通り過ぎる。金色の髪をした女子高生たちや、だぶだぶのズボンを穿いた若者たちや、肩を剝き出しにした若い女たちが通り過ぎる。サーフボードを抱えた少年が、傘もささず

ている。僕は千尋のことを考える。この頃は何をしていても彼女のことばかり考えに歩いていく。

やがて問屋の大きなトラックが店の前に止まり、運転席から若い茶髪の配達員が飛び降り、トラックの荷台から僕が注文した品々を台車に下ろす。60㎝水槽と90㎝水槽がそれぞれ2本、120㎝水槽と150㎝水槽がそれぞれ1本、毎時1000$l$の濾過能力をもつエーハイム・パワーフィルターが2セット、60㎝水槽用と90㎝水槽用の上面濾過器と蛍光灯がそれぞれ2セット、ヒーターが10本と電子式サーモスタットが5セット、大磯砂が50kg、餌用の金魚が1000匹とドジョウが1000匹、テトラ社の薬品類が少々……。このビルにはエレベーターがないので、配達員とふたりで息を切らせて2階の倉庫にせっせと運び上げる。そのあいだも僕はずっと、千尋のことを考えている。

問屋が帰ってから再び店のシャッターを閉め、3階に上がる。千尋の人形にあの香水を吹き付け、彼女のことをまた考える。

23

きょうは雨なので洗濯ができない。食器を洗い、掃除をし、床にワックスを塗ったあとで、あたしはキッチンのテーブルに座って内職をしている。

ダンボールに詰められた何千本という水性ボールペンの芯（レフィルと呼んでいる）を

5本まとめて取り出しては、白い紙にクルクルっと線を引いてその書き味を確かめる。100本に1本か2本ぐらいは書き味が悪いのがあって、それを不良品としてハネて、残りの良品を別のダンボール箱に詰めていく。1回に要する時間は5秒もかからない簡単な仕事だけれど、単調で、自分が機械になったようで気が狂いそうになる（実際、工場ではこの仕事を機械がしているらしい。機械では間に合わないから、あたしたちみたいな内職の主婦が機械の代わりをしている）。大学で英文学を勉強してきたあたしが、どうしてこんなことをしていなくちゃならないのかわからない。

おまけにこの仕事はびっくりするぐらい報酬が悪い。健太郎は1日1500円のノルマをあたしに義務づけていて、それが済むまでは夜も眠らせてくれないけれど、ノルマ達成のためにはどんなに急いでも5時間はかかる。1500円なんて派遣会社でパソコンのオペレーターでもすれば1時間で稼げる。銀座や六本木のクラブで働けば、（今のあたしじゃ雇ってはくれないだろうけど）20〜30分で稼げる。それを考えると悲しくなる。

だけど健太郎は、あたしが外で仕事をすることを絶対に許さない。あいつは近所の誰かに、妻が働いているところを見られたくないのだ。

幸いなことに木乃美はひとりで子供部屋で遊んでいる。放っておかれることに、すっかり慣れてしまったのだ。本当は一緒に遊び、抱き上げ、いろいろと話しかけたり絵本を読んであげたりしたいのだけど、あたしにはそんな時間がない。

あたしは機械になって、白い紙に5本に束ねたボールペンのレフィルを走らせ続ける。

クルクルクルクル、意味もない線を無数に引いていく。2時間も続けると肩や腕がズキズキと痛み始める。

「あーっ、もう嫌っ」

誰にともなく呟く。

……いったいどうして、あたしはこんな暮らしを続けているんだろう？　いったい何のために……。

そこまで考えて、考えるのをやめる。そう。考え込んではいけない。何も考えないのがいちばんんだ。だから……あたしはいつも、次にやることだけを考えるようにしている。それより先のことは考えないようにしている。

伸びをして時計を見上げる。次にやること——それは夕食の買い物に行くことだ。

24

北側の窓から浜崎家をのぞき続けていると、玄関から木乃美を抱いた千尋が姿を現した。いつものように車に乗り込み、狭いガレージを出て行く。たぶん駅前のスーパーに夕食の買い物に行くのだろう。

僕は反射的に立ち上がり、出かける用意をする。すぐに戻るつもりではあるが、念のためにパンツ型の紙オシメを穿き、飲料水と食料を持ち、いつものようにズボンのポケットに護身用のスタンガンを忍ばせる。1階の店でビニール袋に若く元気なネオン・グッピーを詰める。

浜崎家はきょうも完璧に掃除が行き届いている。すべてが清潔で、とてもシックだ。玄関やダイニングキッチンに置かれた花瓶には今月の10日に僕が贈った青いアジサイが咲いている。だが、そろそろ花も終わりのようだ。床に花びらが落ち始めている。

きょうは玄関の下駄箱の上に置かれたグッピーの水槽の掃除をする。僕は最低でも10日に1度、浜崎家の水槽の掃除をしている。そのおかげでこの家の水槽はいつもピカピカだ。

水槽の内側に生えた緑色の苔をプラスティックのカードでこすり落とし、砂利の上に散らばった糞や餌の残りかすを小型ポンプで吸い出す。根が浮いた水草を植え直し、汚くなった葉を取り除く。水が減った分だけ水道水を足し、念のため、塩素を中和するチオ硫酸ナトリウムを1粒入れる。老化して色の褪せたグッピーを3匹ほどすくい出し、新しく持参したグッピーを代わりに入れる。

これできょうの訪問の目的は果たした。僕は綺麗になった水槽をしばらく眺めたあとで玄関を離れ、老化した3匹のグッピーを生きたままトイレに流し、それから階段を上がって夫婦の寝室に入った。

寝室にはカーテンが引かれていて、ベッドは健太郎と千尋が今朝、そこを出たままの形に寝乱れている。ふたつのベッドのあいだにあるサイドボードに近寄り、その上の笠付きの電気スタンドを持ち上げる。もちろんそこには、銀色の使い捨てライターを模した盗聴マイクが転がっている。僕はそれに口を近づけ、「もしもし……こちらは三井直人です……感度はどうですか?」と言ってみる。たぶん、80m南にある僕の部屋で音声を感知したテープデッキが録音を開始したはずだ。あとで聞いてみよう。

笠付きの電気スタンドを元の場所に戻し、ベッドの脚元に目をやる。丸められたティッシュが投げ込まれたゴミ箱が目に入る。中に手を入れ、指先でティッシュをそっとつまみ上げる。わずかに湿っている。精液?——いや、昨夜も健太郎は精液を千尋に飲ませたのだから、そんなはずがない。

木乃美が生まれてからというもの、健太郎は自分の性欲を満たすためにもっぱら千尋の口を使うようになった。たぶん、千尋がまた妊娠するのを恐れてのことだろう。

ティッシュの湿り気が精液でないとすれば、それは千尋が涙を拭い、鼻をかんだものに違いない。僕は湿ったティッシュをズボンのポケットにそっと入れる。それから、寝乱れたままの千尋の布団をまくり上げ、そこに身を横たえた。柔らかな枕に頬を擦り付け、千尋の匂いを嗅ぐ。昨夜、千尋が『きょうは生理だから……』と言っていたのを思い出す。

ベッドが僕の体温で温まってくる。千尋の匂いが辺りに充満し、ペニスが硬くなってくるのがわかる。ずっとこうしていたい。千尋の匂いを嗅ぎながら眠ってしまいたい……だが、そんなわけにはいかない。あまり長く横になっていると僕の体臭がシーツに染み付いてしまうかもしれない。

未練を断ち切って立ち上がり、寝室を出て階段を下り、今度はダイニングキッチンに向かう。ダイニングキッチンのテーブルには何千本もの円を描いた白い紙が広げられ、その両脇にボールペンの芯がぎっしりと詰まった箱が載っている。ついさっきまで、千尋が内職をしていたのだろう。たぶん右側の箱が試し書きを終えたもので、左側がこれから試し書きするものだ。少し千尋の内職を手伝ってやることにする。

椅子に座って、左側の箱からボールペンの芯を取り出し、何千という線で埋まった紙の上にクルクルといくつか円を描いてから右側の箱に入れる。少しでも千尋の力になれればと思って、それをしばらく繰り返す。左の箱からボールペンの芯を取り、紙にクルクルと円を描き、右の箱に入れる。左の箱からボールペンの芯を取り、紙に円を描き、右の箱に入れる。左の箱からボールペンの芯を取り、紙に円を描き、右の箱に入れる……。

100本で10円ぐらいになるのだろうか？　千尋はこの単調な内職をしながらいったい何を考えているのだろう？　左の箱からボールペンの芯を取り、紙に円を描き、右の箱に入れる。左の箱からボールペンの芯を取り、紙に円を描き、右の箱に入れる。左の箱からボールペンの芯を取り、紙に円を描き……。

200本ほどの試し書きを済ませた時、窓のすぐ向こうから車のエンジン音が聞こえた。千尋が買い物から戻ってきたのだ。

もっと内職を手伝ってやりたいが、しかたがない。僕はランニングシューズの入ったビニール袋を持って立ち上がる。エンジンが止まり、ドアの開く音がする。庭を横切る足音に続いて玄関の引き戸がガラガラと開き、木乃美に話しかける千尋の声が聞こえる。

僕は静かに勝手口のドアを開ける。鍵を取り出そうとしてズボンのポケットに手を入れた瞬間、そこに鍵がないことに気づいた。

ないっ！　いったい、どこに？

玄関の引き戸が閉まる音が聞こえ、千尋の足音がこちらに近づいて来る。僕は軽いパニックに襲われる。

ないっ！　鍵がない！

無茶苦茶にズボンのポケットを引っ繰り返してみる。千尋の涙と鼻水に濡れたティッシュが入っているが、やはり鍵はどこにもない。護身用のスタンガンが床に落ちて大きな音を立てる。

このまま鍵を残して帰るわけにはいかない。慌ててスタンガンを拾い上げ、急いで勝手口のドアを閉め、テーブルから垂れ下がった木綿のテーブルクロスを素早くまくり上げ、その下に身を滑り込ませる。

テーブルの下で両足を抱え、息を殺した時、ダイニングキッチンに入って来る千尋の足が見えた。

# 25

僕みたいな個性のない人間にも特有の体臭というものがあるのだろうか？　テーブルの下からではスリッパを履いた千尋の足しか見えないが、室内に入って来た千尋はよく訓練された警察犬みたいにクンクンと鼻をヒクつかせ、しきりに周囲の匂いを嗅いだ。

木乃美を抱いたまま、千尋は落ち着きなく辺りを見まわし、それからテーブルの前に立ち、そこでしばらくじっとしている。テーブルの上に広げられた内職の道具を見つめているようだ。

千尋は明らかに侵入者の気配を感じている。テーブルの下で両足を抱えた僕は、掌に汗を噴き出させながら息を殺し、すぐ目の前にある千尋の足やスリッパを見つめ続けている。もし千尋が屈み込み、テーブルクロスをまくり上げたらどうしよう？　テーブルの下に僕を見つけた千尋がパニックに陥ったら、いったいどうしよう？……もしそうなったら……その時は……。

僕は口の中をカラカラに渇かせながら、ポケットの上からスタンガンを握り締める。

僕の頭のすぐ上、テーブルの天板の向こう側でカタコトという音がする。千尋が内職の道具をいじっているのだ。

「……どうして？……おかしい……どうして？……」

何千本という線の引かれた紙を持ち上げ、呟くように千尋が言っている。いったい、何がおかしいというのだろう？

「おかしい……絶対におかしい……」

そう繰り返している。

千尋が抱いていた赤ん坊を床に降ろす。床にペタリと座った木乃美はキョロキョロと辺りを見まわし、すぐにテーブルの下に両膝を抱えてうずくまった僕の姿を見つけた。「なおちょ……なおちょ……」と言って僕を指さし、嬉しそうに笑う。

瞬間、僕の口が悲鳴を上げそうになる。胃がせり上がり、頭皮がいっせいに汗を噴き出す。

だが千尋は木乃美の仕草には気づかない。足早にダイニングキッチンを右に行ったり左に行ったりしている。シンクの下の収納扉を開けて中をのぞき、窓辺まで行って窓の鍵が閉まっていることを確かめ、窓の脇に束ねられたカーテンの中を確かめ、ダイニングキッチンの隅に作られた押し入れの扉を開き、スリッパの音を響かせてダイニングキッチンを出て行く。

千尋はとりあえず出て行ったが、安心しているわけにはいかない。どこかに落とした勝手口の鍵のコピーを千尋より早く見つけ出さなくてはならない。もし千尋に先に見つけられたら大変なことになってしまう。

だいたいの目安はついている。勝手口の鍵は、たぶん……千尋のベッドの中だ。そうだ。

さっき、あそこに身を横たえていた時、ポケットから滑り出たに違いない。

千尋が子供部屋の扉を開く音がする。さらにほかの部屋の戸を開く音が聞こえ、トイレや浴室の戸を開く音が聞こえる。

千尋は明らかに何かに気づいたのだ。僕が手伝ったつもりの内職のどこかがまずかったに違いない。1階を一通り確認し終えたら、千尋は次はきっと2階へ行くだろう。もし千尋に先に寝室に行かれたら、ベッドの中に残された勝手口の鍵のコピーを見つけられてしまう。急がなくてはならない。

千尋は今、浴室にいる。僕はランニングシューズの入ったビニール袋を持って素早くテーブルの下から飛び出し、「なおちょ……なおちょ……」と嬉しそうに繰り返す木乃美の頭を軽く撫でてから廊下に出る。足音を忍ばせて廊下を抜け、階段へと向かう。ギシギシと軋む階段を、できるだけ音をたてないように上る。背後から浴室の確認を終えた千尋のスリッパの音が追って来る。

寝室に飛び込み、千尋のベッドにかかった毛布をまくり上げる。案の定、そこに銀色の鍵が転がっている。僕はそれを拾い上げてポケットに突っ込み、そのままベッドの下の狭い空間に身を押し込む。直後に寝室の扉が開き、天井の明かりが点けられる。

寝室の入り口のところで千尋は「誰かいるの？」と脅えたように言った。

「ねえ……誰かいるの？」

それから恐る恐る室内に足を踏み入れ、クロゼットを開けたり、カーテンの裏側をのぞいたりしたあとで、自分のベッドに——僕の真上に腰を下ろした。マットレスがたわみ、僕の耳元でベッドのスプリングがキリリと鳴った。

「……どうかしてる」

溜め息とともに千尋が呟く。「……誰がいるっていうのよ?……どうかしてる……あたしは……どうかしてる」

スリッパを履いた千尋の踵が僕の顔のすぐ前にある。鼻をヒクヒクさせれば、足の匂いが嗅げそうなほどの近さだ。

やがて千尋は明かりを消して寝室を出て行く。6時40分になれば健太郎が戻って来る。いつまでもこんなところでグズグズしているわけにはいかないのだ。

千尋の足音が階段を下りて行くのを聞きながら僕はベッドの下から出る。ベッドの下は僕が頻繁に拭いているので、服が埃で汚れるようなことはない。

## 26

少し前に雨がやんだ。空を覆った鉛色の雲の隙間から、何本もの光の筋がスポットライトのように海に射し込んでいる。扇形に広がる鏡のような河口を2台のジェットスキーが白い水飛沫を上げて行き来している。

ヌルヌルとする電車の吊り革に掴まって、俺は窓の外を眺めている。小田原行きの湘南電車はまもなく相模川河口の巨大な鉄橋に差しかかる。ここまで来ると、ようやく戻って来たという気分になる。

きょうもよく働いた。3人の部下たちを引き連れて飛び込み営業を1日中繰り返した。若いやつらは飛び込み営業を、「効率が悪い」「断られるたびに落ち込む」と言って嫌がるが、飛び込みこそが営業の基本だ。たとえ100軒断られても、101軒目の客が自分を待っているかもしれないじゃないか？　200軒断られても、201軒目の客が大量の発注をしてくれるかもしれないじゃないか？　そう思えば断られることなんて苦にならない。宝くじに当選することを待ち侘びているより、ずっといい。

そうは言っても、さしもの俺もきょうはクタクタになった。あれだけ飛び込みをして1軒の見込み客さえできないと、安岡や亀井みたいに「浜崎さん、こんなんじゃ喫茶店でサボってたほうがマシですよ」と、泣き言のひとつも言いたくなる。その上、社長や専務は営業の苦労なんて全然わかってなくて、俺たちが汗まみれになって戻って来ても、「ご苦労様」の一言も言いやがらない。あいつらが言うのは「契約は取れたか？」だけだ。さっきだって、俺が帰ろうとしたら社長のやつ、「おい浜崎、もう帰るのか？　売れても売れなくてもお前は定時に帰るんだな」と、すごく嫌な顔をしやがった。

バカ野郎。サービス残業なんて、誰がするものか。残業なんて、仕事のできないやつがやればいいんだ。この頃、売上がパッとしないのは俺のせいじゃなくて、商品と不況と会社のやり方が悪いせいなんだ。

電車が平塚駅に到着した。俺が電車から降りようとしたら、さっき席を代わってやった若い女が、「ありがとうございました」と頭を下げた。たぶんOLなのだろう。若くてスタイルがよくて綺麗だが、俺のタイプではない。化粧が濃すぎるし、スカートの丈も短すぎる。パンプスの踵も高すぎるし、明るく染めた髪の色も気に入らない。いかにも男慣れした生意気そうな顔をしていて、まるで昔の千尋を見るようだ。

「いえいえ、気にしないでください」

俺は女に爽やかな営業スマイルを披露してから電車を降りた。

確かにああいう女たちは色気があって、抱いてみたい気分にもなる。だが、遊びで付き合う女と結婚する女は別だ。あんな娼婦みたいな女を女房にするわけにはいかない。

プラットフォームに立つと、潮の香りが俺の全身をすっぽりと包み込んだ。

ずっと昔から、俺には結婚相手の理想像があった。いや、理想像といっても、そんなに厳密なものじゃない。ただ俺の妻になる女は控えめで、いつでも夫を立て、柔順で貞淑で、しとやかで家庭的な女がいいと思っていた。それだけだ。

確かに、千尋は一緒に夜遊びしたり、連れて歩くには最高の女だった。あいつと歩いていると何人もの男たちが振り返って見るのがわかったし、俺もそれが得意だったこともあった。だが、千尋は俺の結婚相手の理想像からは掛け離れていた。

千尋はわがままで、目立ちたがり屋で、自分勝手で……でしゃばりで、派手好きで、高飛車で、男慣れしていて……新しいもの好きで、金遣いが荒くて……とにかく俺の理想からはとんでもなく掛け離れていたのだ。

千尋が新卒で入社して来ると、すぐに何人もの同僚や部下たちが千尋に首ったけになった。独身の男たちの大半が千尋と付き合いたがり、毎日のように必死になって口説いていた。妻帯者である部長や専務までが千尋を愛人にしようとしていた。俺は最初、チャラチャラした感じの千尋にはたいして興味がなかった。だが、千尋が我が社のマドンナになり、男子社員のあいだで千尋の激しい争奪戦が繰り広げられ始めると傍観しているわけにはいかなくなった。たとえ賞品が何であれ、俺は競争に負けるのが大嫌いなのだ。

俺は千尋の争奪戦に参加することにした。そして激しい競争を難なく勝ち抜き、千尋を恋人にすることに成功した。千尋にぞっこんだった上司や同僚や部下たちは悔しそうに俺たちを見るだけだった。

だが、千尋に結婚を申し込んでしまってから、俺は少しずつ後悔し始めた。あいつは包丁を握ったことはおろか、米を研いだことさえなかった。あいつにできるのはインスタントコーヒーに湯を注ぐぐらいで、目玉焼きさえ満足に焼けなかった。おまけに新潟に住む千尋の両親は成り金の田舎っぺで、会ってみるとすごく意地悪で嫌みなやつらだった。

いっそ婚約を解消し、慰謝料を払って別れようかとも思った。だが婚約解消なんてみっともないことをしたら、親や親戚や会社の連中に何て言って笑われるかわからない。自分の婚約者だった女がほかの男のものになるのも面白くないし、千尋にぞっこんだった男たちを喜ばせるのも悔しい。

何日も考えた末に、俺は婚約を解消する代わりに、千尋を自分の理想に近づけるために厳しくしつけることに決めた。

昔、犬を飼っていたことがあるが、女房をしつけるのは犬をしつけるのに似ている。まず最初にしなければならないのは、主従の関係をはっきりさせることだ。女のくせに大学なんかに行ったせいで、千尋はなかなか弁がたつ。わざと俺が知らない言葉を使って優位に立とうとする。だから俺としては少しひっぱたいて怖がらせるしかなかった。アメと鞭はしつけの基本だが、千尋の場合は長いあいだチヤホヤされていたから、今度は鞭を多くしなければならなかった。

俺は千尋に化粧することを禁止し、山ほどあった化粧道具のほとんどを捨てた。化粧なんて独身の女や商売女が男に媚びるためにするもので、人妻のするものじゃない。同じ理由からブティックが開けるほど大量にあった娼婦みたいな服や下着も捨てさせたし、踵の高いパンプスやサンダルも、ブランド物のバッグやアクセサリーも、エナメルや香水やその他諸々の品もほとんど処分させた。真っ茶色に染めていた長い髪も黒く染め直させ、ついでに俺が短く切ってやった。逆らえば、心を鬼にして体罰を下した。体罰は好きじゃないが、しつけには体罰が必要な時もある。

俺だって昔はオヤジやオフクロに毎日のようにぶん殴られ、暗い物置の中や風が吹きすさぶ物干し場に何時間も放置されたものだった。俺も千尋と同じようにひとりっ子だが、俺が千尋のようにわがままにならなかったのは、あの体罰がよかったのだろう。だから時には、体罰は必要なのだ。

思い返せば俺のオヤジも、そうやってオフクロを厳しくしつけていた。オヤジはよくオフクロを殴ったり、足蹴にしたりしていた。あの頃はオフクロが可哀想だと思ったし、オヤジをなんてひどい男なんだと思ったが、今になってみれば、あれが正しいことだったのがわかる。今じゃオフクロは決してオヤジに口答えしない。俺は千尋を俺のオフクロみたいな妻にしたいのだ。

最初に厳しくビシビシとやったせいで、千尋はたちまち従順になった。これはお互いにとって楽だった。いつまでもいがみ合っていたら、俺のほうが疲れてしまう。家は仕事の疲れを癒す場所で、疲れを増幅させる場所ではないのだ。

スーツの上着を脇に抱えて家に向かう。麻のスーツは気持ちがいいが、すぐ皺になってしまうのが欠点だ。今朝はあれほどパリッとしていたのに、汗と雨でもうヨレヨレになっている。また千尋にアイロンを掛けさせなくてはならない。この暑いのに毎日アイロンを掛けるのは大変だと思うが、それも家を守る者の務めだ。

海岸へと向かう広い直線道路を足早に歩く。繁華街に面した北口と違ってこちら側の南口は車道も歩道も広くてゆったりとしている。ケヤキやサツキの植え込まれた中央分離帯も幅が広くて美しいし、行き交う車も多くない。自民党の総裁だった男のバカでかい屋敷の前を通り過ぎる。この辺りには高層建築物がないから、景色がとてもよく見渡せる。吹き抜ける海風が心地いい。

結婚したばかりの頃、千尋は海風が吹くたびに「洗濯物が気持ちよく乾かない」とか、「窓ガラスがすぐに白く曇って困る」とか、「生臭くて吐き気がする」とか、さかんに愚痴ってうるさかった。だが1度、往復ビンタを食らわせてやってからは潮風についての文句は言わなくなった。

千尋が何と言おうと、俺は潮風が好きだ。潮の匂いを嗅ぐとホッとする。俺はこの街で生まれ、育ち、学校に通った。この街で酒や煙草を覚え、女を知った。この街について文句を言われるとカッとする。

向こうから近所に住む桜庭という主婦が歩いて来る。いい年してミニスカートと踵の高いサンダルを履き、髪を染め、手の爪はおろか足の爪にまで派手なエナメルを塗っている。こんな時間に外出して、旦那や子供たちの夕飯はどうするつもりなのだろう?

「あら、浜崎さん、こんばんは」

俺に気づいた桜庭のババアが飲み屋の女みたいな口調で言う。前歯の先に真っ赤な口紅が付いていてゾッとする。

「ああ、こんばんは」

「今、お帰りなの?」

「ええ、そうなんですよ」

すれ違った瞬間、香水の甘ったるい匂いがして俺は思わず顔を背けそうになった。

俺がこのババアの夫なら、絶対にこんな娼婦みたいな格好はさせない。まったく、女房のしつけもできないなんて、最低の男だ。きっと、会社でも上司の顔色ばかりうかがって、ロクな仕事をしていないんだろう。

海岸に向かって真っすぐに歩き続ける。2年くらい前にできた熱帯魚屋の前を通り過ぎる。いつもなら店の中央にサメみたいにバカでっかい魚が泳いでいるのと、冴えない顔をした痩せこけた男が店番をしているのが見えるのだが、きょうはシャッターが閉まっている。どうせ金持ちのバカ息子が道楽でやっている店なのだろう。千尋はここで魚の餌を買っているらしい。亭主が汗水たらして稼いだ金で魚の餌とはいい気なものだとは思うが、まあ、大目に見てやっている。

熱帯魚屋の前を曲がり、昔ながらの住宅街に入る。この付近には古くてでかい屋敷が多い。俺はそれらの前を通り過ぎ、さらに何本かの小道を抜ける。

駅から徒歩13分の5LDK。ここが俺の家だ。とても屋敷とは言えないけれど立派な門柱が立っていて、そこに『浜崎健太郎』という分厚い檜の表札が掛かっている。それを見るたびに嬉しくなる。

この家は借家だし、近所の大邸宅に比べれば見劣りするが、それでも市街地の外れにある俺の実家より広くて、庭には太い木々が鬱蒼と生い茂っている。俺の両親は泊まりに来るたびに「健太郎、お前もたいしたものだなあ」「それにしても立派な家よねえ」と褒める。「庭の草むしりだけでも大変だろう？」「家賃もバカにならないでしょ？」と余計な心配までする。

確かに給料の大半は家賃に消えてしまうが、どんな家に住んでいるかによって男の甲斐性がわかろうというものだから、貧乏臭いところになんか住むわけにはいかない。いずれは俺の実家に両親と同居することになるのだし、それまでのあいだ少しぐらい贅沢しても罰は当たらないだろう。

門を開けて庭に入る。汚い濡れ落ち葉も散乱していないし、コンテナや植木の鉢もキチンと整理されている。芝は均一に刈り込まれているし、雑草も生えていない。こういう片付いた庭を眺めると、自分の力が家の隅々にまで行き届いているのだと感じる。たとえ留守にしていても、この家に君臨しているのは自分なのだと実感できる。

千尋は主婦としてよくやっているほうだと思う。俺のオフクロは「家事に気持ちがこもっていない」「口ばっかり達者で全然なってない」「雑巾の使い方も知らない」と小言を垂れるが、それでもそのへんのグータラな主婦に比べれば千尋はよくやっている。

確かに俺は千尋に文句ばかり言っている。だが、それは別に千尋が憎いからじゃない。俺はあいつを教育しているだけなのだ。バカな両親が千尋に何もしつけをしなかったから、代わりに俺がしつけているだけなのだ。ありがたく思われても、文句を言われる筋合いはない。

玄関の呼び鈴を鳴らす。千尋には俺が呼び鈴を鳴らしてから10秒以内に出迎えに来るように言ってある。心の中で、1……2……3……4……と数える。パタパタというスリッパの足音に続いて、千尋が引き戸を開けるのを待つ。

## 27

健太郎はいつものように午後6時40分に帰宅し、まず風呂に入った。浴室からいつものように横柄な口調で、「おい、背中を流しに来いっ！」と怒鳴っているのが聞こえた。

健太郎の両親が泊まりに来る時にだけ使われる1階の客間の押し入れに潜んでいた僕は、千尋が浴室に向かった隙に廊下に出た。

家の中には夕食の素敵な匂いが立ち込めている。今夜は魚介をふんだんに使った和食のようだ。食事に関心のない僕でさえ、その匂いにはうっとりとなる。さっき1度、そっとダイニングキッチンをのぞいたら、まな板で刺し身を切る千尋の後ろ姿が見えた。

浴室から健太郎の自信に溢れた大声が響き続けている。あいつは本当に自信満々だし、本当によく喋る。嫌な男には違いないが、無口な僕にはそれが眩しくもある。

まあ、とりあえず千尋に発見されるという危機は去った。今夜はこれから再びダイニングキッチンのソファの下か、寝室の千尋のベッドの下に潜り込んで明日の朝まで千尋のそばにいるという選択肢もある。

しかし、そういうわけにもいかないだろう。きょうは金曜だから、夜から店は賑わうはずだ。遅くなっても店を開け、稼げる時にちゃんと稼いでおかなくてはならない。

僕は子供部屋に入り、ベビーベッドにいる木乃美のフワフワした髪を撫でる。木乃美は不確かな発音で「なおちょ……なおちょ……」と笑いながら繰り返す。この子は、本当にいい子だ。僕によく懐いている。

「さようなら、木乃美ちゃん……直人兄ちゃんはまた来るからね」

立ち去りがたい思いを振り切り、子供部屋の窓から庭に出る。

いつのまにか雨はやんでいる。身を屈めて勝手口にまわり、スチール製物置の陰に立て掛けておいた傘を摑む。

## 28

週末は健太郎が家にいるので、浜崎家を訪問することができない。第一、土曜と日曜は午前10時から午後10時まで12時間も店を開いているので、僕にもそんな時間がない。3階の北向きの窓から浜崎家をのぞき見る暇さえ、ほとんどない。

土曜は天気がよかったせいもあって店はマニアたちで賑わった。田中がやって来て、アルビノのプロトプテルス・エチオピクスを50万円で買い、小切手で支払いをしていった。

日曜はあいにくの雨だったが、それでも思ったほど客足は悪くなかった。2日間の営業で90㎝水槽が2本と60㎝水槽が3本も売れ、アジア・アロワナが3匹とシルバー・アロワナが2匹、それにレッドテール・キャットと淡水エイとポリプテルス・ビチャーとポリプテルス・レトロピンニスとノーザン・バラムンディとプロトプテルス・アンフィビュースと、20万円もするキューバン・ガーがそれぞれ1匹ずつ売れ、餌用の金魚が600匹とドジョウが350匹売れ、そのほかにも固形飼料や薬品類や雑誌類がよく売れた。

土曜の晩は晴れていたので電波状態が良好で、午後10時に店のシャッターを下ろしたあと、熱いマンデリンをすすりながら浜崎家の寝室での夫婦の話し声を聞くことができた。健太郎は夕食のカレイの煮付けが塩辛かったと文句を言い、新潟の人間はしょっぱければうまいと思ってるといちゃもんを付け、新潟県民の味覚をさんざんバカにした。僕は千尋がいつ殴られるかとハラハラしながら耳を澄ましていたが、幸いなことに土曜の晩は殴られずに済んだ。

日曜の晩は雨交じりの風が吹き荒れた。電波状態が悪かったせいで浜崎家の寝室の声はよく聞こえなかったが、時折、健太郎の命令するような声と、千尋の嗚咽のような声が聞こえた。そのたびに僕は北側の窓辺に駆け寄って200㎜望遠レンズで浜崎家の寝室をのぞいたけれど、寝室の窓には分厚いカーテンがぴったりと引かれていて、中の様子を知ることはできなかった。

土曜と日曜はたまらなく寂しい。僕は千尋のマネキン人形に寄り添い、「……あと28時間で月曜になる……あと27時間……あと26時間……」と時計ばかり見つめて過ごす。

## 29

やっとのことで地獄のようだった週末が終わり、月曜の朝が来た。
たいていの人はうんざりとした気分で月曜の朝を迎える。以前はあたしもそうだった。
だけど今は違う。助手席に座る健太郎を駅前で降ろせば、つかの間の休息がやって来る。
その瞬間が待ち遠しくて、アクセルを踏む右足につい力が入ってしまう。

　昨夜は暴風雨が吹き荒れたが、それは未明には収まって、今は細かい雨が海岸沿いの低い町並みを静かに濡らしている。海から生臭い微風が吹き込み、重たそうな鉛色の雲が北へ北へと移動していく。

　わずかに開いたサイドウィンドウから潮の匂いが車内に流れ込む。結婚前はあれほど海が好きだったのに、今では潮の匂いを嗅ぐと吐き気がする。この匂いとともに、あたしの苦悩はやって来たのだ。

　いつものように車を駅前ロータリーのタクシー乗り場のすぐ後ろに停車させる。迷惑そうな顔をするタクシー運転手に頭を下げながら、助手席に座る健太郎に「行ってらっしゃい」とぎごちなく微笑む。

「ああ、行ってくるよ」

　そう言って健太郎は、爽やかな微笑みを返す。あたしを抱き寄せて、キスさえしそうな感じで、「帰り道には気をつけるんだよ」と言う。

その時の健太郎は、結婚前の優しい健太郎になっている。土曜、日曜とあたしをいたぶり続けた鬼はどこにもいない。玄関を出て、車の助手席に乗り込んだ瞬間、健太郎の頭の中の何かがパチンと切り替わるらしい。その瞬間から健太郎は別人になる。顔付きどころか、声や仕草まで変わってしまう。そしてハンドルを握るあたしの隣で、「今年の梅雨はどうなのかなあ？　あんまり雨が続くのは嫌だけど、雨が降らないとお百姓さんたちも困るだろうしなあ」とか、「夏休みには近くの河原でバーベキューでもしようか？　それぐらいなら木乃美がいてもできるだろう」などと、まるで普通の家の旦那さんみたいなことを穏やかな口調で言う。一瞬、結婚前の健太郎が戻って来たのかと錯覚しそうになる。もちろん、そんなことがあるわけもないのだけれど……。

車から降りた健太郎はサラリーマンやＯＬの群れに合流し、背筋を伸ばして颯爽と歩いて行く。あたしが汗だくでアイロンをかけた麻のスーツをパリッと着込んだ健太郎は、背が高くて、体が引き締まっていて、人込みの中でも一際目立つ。結婚式で誰かがあたしたちのことを、「絵に描いたような美男美女」と言っていたことを思い出す。

健太郎が階段の手前で振り返り、こちらに向かって手を振って微笑む。あたしもまるで新妻のように、運転席から手を振り返す。健太郎の後ろを歩いていた若いＯＬが、『この素敵な男の人の奥さんはどんな人なんだろう？』とでもいうように、車の中のあたしを見る。ミニのスーツに身を包み、きっちりと化粧をし、長く美しい髪をしたＯＬに見つめられ、あたしは思わず目を逸らす。口紅さえつけていない素顔や、ボサボサで白髪交じりの髪が恥ずかしい。

今はこんなだけど、結婚前のあたしはあなたよりもっとお洒落だったのよ。心の中であたしは言う。あたなよりもっと綺麗で、もっとスタイルもよかったのよ。

健太郎の姿が見えなくなったのを確認して、ロータリーから車を出す。きっと健太郎は今も会社では、女の子たちに優しくて人気があるんだろう。あたしはみんなから羨ましがられてるんだろう。

だけど、騙されてはいけない。あたしと木乃美以外は誰ひとり知らないけれど、たった今、駅の階段に消えて行ったのは、健太郎の仮の姿に過ぎないのだ。傲慢で性格の悪い俳優がカメラの前では正義感に溢れた立派な人間を演じることができるように、家を出た健太郎も爽やかないい人を演じることができるのだ。

雨なので駅前の道はいつもより混雑している。がっしりとしたワイパーがフロントガラスに付着した霧のような雨粒をかき分ける。信号が赤に変わり、ブレーキを踏む。

映画を見たい。

ふと思う。もう映画なんて何年も見ていない。映画が無理なら、せめてビデオを見たい。すぐそこにある24時間営業のビデオ屋まで足を延ばし、お洒落なフランス映画を何本か借りて帰り、熱いコーヒーをゆっくりと飲み、雨音を聞きながらぼんやりと眺めていたい。

だけどもちろん、そんな時間はない。今朝、車に乗り込む前の健太郎がボンネットやボディを忌ま忌ましげに睨みつけ、「おい、この車のざまは何だっ？　お前、1日家にいて何してる？　洗車してワックスぐらい塗っておけっ！」と言ったのを思い出す。健太郎が帰宅した時にまだ車が埃にまみれていたら、それを理由にまたネチネチといじめられる。もし機嫌が悪ければ、昨夜のようにいきなり鳩尾に拳を突き入れられるかもしれない。

……畜生っ。

昨夜の寝室でのことを思い出すと、屈辱と嫌悪感で発狂しそうになる。

健太郎があたしをいたぶるのに理由なんていらない。あたしがどんなに従順にしていても、あいつは必ず何らかの理由を見つけ出す。もしどうしても理由がない時は、昨夜のように あたしの過去の男関係を持ち出せばいいだけのことだ。

畜生、あの男……畜生っ……。

信号が青に変わる。車を左折させ、人通りの少ない公園脇の路肩に停める。シートを後ろにずらして、その下に手を入れる。そこにマルボロが1箱転がっている。箱の中にはまだ12本が残っているはずだ。

手探りで拾い上げた箱から1本抜いて口にくわえ、エプロンのポケットに忍ばせたライターで火を点ける。車内が煙草臭くならないようにすべての窓をいっぱいまで下ろし、雨に濡れた公園を眺めながら吸う。白い煙が濡れた松の枝のあいだを流れ出ていく。頬の表面が心地よく痺れ、微かな陶酔感が訪れる。

こんなふうにして、あたしは1日に1本だけ煙草を吸う。健太郎は女が煙草を吸うことを嫌悪しているから、見つかったら半殺しにされるのはわかっている。だけど今ではこれがあたしの唯一の息抜きだし、健太郎への唯一の反抗だ。煙草代を捻出するのは簡単ではないけれど、毎月誰かから贈られる花束を自分で買ったことにすれば、20日に1箱くらいならどうにかなる。

灰が車の中に落ちないように腕を窓の外に突き出し、濡れた芝生の上で跳ねまわる小鳥たちを羨ましく眺める。雲のあいだから時折太陽が差し込む。まもなく雨はやむだろう。雨がやんだら布団や洗濯物を干し、それから車を洗ってワックスをかけなくてはならない。庭も掃き清めなければならないし、週末にできなかった分の内職もしなくてはならない。

今頃、健太郎は満員電車の吊り革に摑まって新聞を広げているのだろう。目の前の座席が空いても決して座らず、隣に立っている若いOLに「僕はけっこうですから、どうぞ、座ってください」と爽やかに微笑んでいるのだろう。

外で爽やかで清々しい人でいるために、家の中で健太郎はあたしにあたる。そばに誰かがいる時は優しく理解のある夫を装っているが、誰も見ていない場所ではあたしを口汚く罵り、いじめ、奴隷か娼婦のように扱う。そうすることでプラスとマイナスが補い合い、健太郎の心のバランスが保たれる……。

煙草はたちまち短くなって、あたしのつかの間の休息は終わる。もう1本吸いたいけれど、そんな贅沢は許されない。短くなった煙草を指先でしごいて粉と火を路上に落とし、フィルターだけをエプロンのポケットに入れる。窓を開けたまま車を出す。

健太郎はあたしの自尊心をムチャクチャに踏みにじる方法を知っている。あいつはあたしの生い立ちや、受けてきた教育や、してきた仕事や、趣味や味覚や服の好みや考え方や価値観のひとつひとつを徹底的に否定していく。あたしが今までしてきたことは、何もかもが間違っていたのだと決めつけ、あたしにもそれを信じ込ませようとする。

あたしも今では自分がひどく無価値で、どうしようもない女なのだと思うことがある。あたしはバカな人生を送って来た女で、生きてる価値なんてなくて、ただ料理と洗濯と育児と掃除と、健太郎の性欲の処理だけをしていればいいのだと思うことがある。

……ああ、もうやだ……死にたい。

目の前が曇って、一瞬、ワイパーが止まったのかと思った。だがもちろん、ワイパーはちゃんと動いている。ただ、あたしの目に涙が溢れたというだけのことだ。

30

雨の中を傘をさして銀行に行く。銀行のカウンターで問屋への支払いと、家賃や水道光熱費の支払いと、田中の使った小切手を換金して週末の売上と一緒に入金する手続きをする。店で使う釣銭のための両替をしてからソファに座って新聞を眺める。新聞の国際欄に、左前足を吹き飛ばされたタイのインドゾウの記事が載っている。ミャンマーとの国境付近で木材の運搬作業中に地雷を踏んでしまったらしい。ゾウ使いの少年は泣きながらも3本足になったゾウを3日間歩かせて、ゾウのための医療センターまで連れて行った。ゾウにはただちに応急処置が施され、数日後には大手術が行われる予定だが、現在はまだ予断を許さない状況だという。医師団のひとりが『これほどひどい傷は見たことがない』とコメントしている。新聞には負傷した『モタラ』という名の雌のインドゾウと、その飼い主の少年の写真が載っている。瀕死の大怪我をしたゾウが残った3本の足で、ジャングルの中を3日間も歩き続けたことを思うと涙が込み上げて来る。3回の昼と3回の夜――ゾウを励ましながら密林を歩き続けた少年の気持ちと、ゾウの苦痛を思う。銀行の片隅にWWFの募金箱があったことを思い出し、発作的に立ち上がってその箱のところまで行き、募金箱の中に財布に入っていた1万円札2枚と5千円札1枚と千円札6枚をねじ込み、ポケットにあったすべての小銭を入れる。近くにいた老人が驚いた顔で僕を見る。ソファに戻り、暗澹とした気分でまたゾウの写真を見つめていると、顔見知りになった支店長がカウンターの向こうからわざわざやって来て、「三井様、おはようございます」と頭を下げていった。やがてカウンターの女性が「三井様、三井直人様」と、僕の名を呼んだ。名前を呼ばれるというのはいいものだ。暗かった気持ちがほんの少しだけ高揚する。地雷を踏んでしまった『モタラ』というインドゾウのことを考えながら銀行を出る。『モタラ』とは森の緑を意味する言葉らしい。家に着く前に雨があがる。傘を閉じる。鉛色の雲が流れている。また『モタラ』のことを考える。

公道を走る駅伝やマラソンのランナーたちは、沿道で声援する人々の声に――特に自分の名を呼ぶ人の声に――とても元気づけられるらしい。苦しくて頭が朦朧となり、足が動かなくなった時、誰かが「頑張れっ」と言って自分の名前を叫ぶ。それを聞くと、体のどこからか不思議な力が湧いて来るのだという。

もちろん、僕にはその気持ちがよくわかる。

名前を呼ばれるというのはいいものだ。

雨が上がると、6月の太陽が街を輝かせた。

濡れたアスファルトが乾き始めたのを確かめてから、僕は熱いコーヒーを入れたポットを持って屋上に出た。ビーチパラソルを広げ、シャツを脱いで全身に日焼けどめクリームを塗る。ビーチチェアに横たわり、眩しいほどに輝く湘南の海を見つめる。

天気のいい日には僕はここで太陽を楽しむことにしている。付近にはここより高い建物はないから、駅前に建つマンションから誰かが双眼鏡を使ってのぞいてでもいない限り、屋上のプライバシーは保持されている。

サングラスをかけ、カップに注いだマンデリンを飲む。時折、持参した200㎜望遠レンズつきのニコンFで、海とは反対側にある浜崎家をのぞく。まだ千尋の姿は見えないが、まもなく洗濯物を干すために物干し場に姿を現すだろう。

僕の前にはこのビルには子供のいない夫婦が暮らしていた。不動産屋がそう言っていた。

証券会社を脱サラしたという40代後半の夫と、夫より10歳以上年下に見える美しい妻。都内からやって来た彼らはこのビルの1階で花屋を営み、2階の半分を僕のように倉庫に使い、2階の残り半分と3階を住居にしていた。花屋は一時はそこそこに繁盛し、何人かの従業員を使っていたようだ。夫は1日中忙しく働いていたが、妻のほうは店の手伝いはせず、有閑マダムのような優雅な暮らしをしていたらしい。

何が原因かはもちろんわからないが、やがて夫婦は離婚し、夫は店を畳んで都内へと戻っていった。不動産屋は妻の浮気が原因ではないかと、下卑た顔で笑った。

いつだったか、前の住人が残していった大きな冷蔵庫を移動させた時、その下に僕は埃にまみれた写真を見つけた。それはポラロイドカメラで撮った女の写真だった。たぶん花屋の妻なのだろう。長い髪をフワフワに波打たせ、濃いサングラスをかけた女は、金色の金具の付いた黒い小さなビキニを着て屋上のビーチチェアに横になっていた。小麦色に焼けた四肢がサンオイルで光り輝き、眩しいほどに美しかった。

その写真を見て僕は、いつか彼らの消息を調べてみようと思った。そして、自分も屋上で日光浴しようと思いたった。

マンデリンを飲み、ニコンFで浜崎家をのぞく。相変わらず千尋の姿は見えない。カメラを脇のテーブルに置き、屋上の縁に並べられた茶色のプランターを眺める。

プランターでは、5月の僕の誕生日に蒔いたアサガオが順調に生長している。そろそろ蔓を巻き付かせるための支柱が必要だろう。梅雨が明ける頃、茶色の小ぶりな花をいっせいに咲かせるに違いない。

このアサガオは僕が小学校に入学した時に担任の教師から配られた種の末裔だ。23年前、小学1年だった僕たちはぎっしりと種の詰まった小箱からクジ引きでもするかのように1～2粒の種を選び取り、自分の名札を立てた植木鉢に蒔いた。やがてクラスメイトたちの植木鉢にはどれも色鮮やかな大輪のアサガオが咲いた。青、青紫、水色、白、ピンク、赤、赤紫……。だが、僕のアサガオだけは地味な茶色で花も小さかった。クラスのみんなは僕のアサガオを笑ったし、僕もひどくがっかりした。担任の女の教師は「地味だけどすごく綺麗だし、それにこんな色はとても珍しいよ」と慰めてくれたが、僕はそれを気休めだと思った。

夏休みに僕はそれを嫌々自宅に持ち帰った。そんなみっともないアサガオを持ち帰るのが恥ずかしかった。自宅の庭では兄の蒔いたアサガオが鮮やかな大輪を無数に咲かせていたからだ。しかし、その茶色のアサガオを見た母が、「あら……珍しいアサガオね」と言った。「こんなアサガオ、見たことないわ」

覚えている限り、母が僕のしたことに興味をもってくれたのは、それが初めてだった。

やがてアサガオは結実し、僕は採取した種をまた翌年も蒔いた。翌年もアサガオは小さな茶色の花を咲かせ、母はまた「あんたのアサガオは本当に素敵ね」と褒めてくれた。

それから23年間、僕は毎年その茶色のアサガオの種を蒔き続けている。そして担任の教師や母の言葉を思い出している。

太陽が移動して体に日が当たるようになった。僕はビーチチェアをパラソルの陰に移動させる。また一眼レフで浜崎家をのぞくが、やはり千尋の姿はない。カップの中のマンデリンを飲み干し、ポットから新たに注ぐ。いつか、この屋上で千尋と水着姿で日光浴することを思う。そんなことは絶対にないだろうが、ビキニを着た千尋を隣に感じながら、このビーチチェアで微睡む日がくることを想像する。

31

アジサイは水揚げが悪くて、日もちがしない。贈られてからまだ何日もたっていないというのに、青い花びらがもう床に散り始めた。健太郎は「家に花を絶やすな」と言うけれど、花を買うお金なんていったいどこにあるというのだろう？

毎月10日になると誰かがあたしに花束を贈ってくれる。そのおかげで、あたしはその花束を買ったことにして煙草を買うことができる。木乃美にお菓子を買ってやることもできる。誰が贈ってくれるのかはわからないけれど、いつの頃からかあたしは毎月10日を心待ちにするようになった。

見知らぬ人から贈られる花束だなんて、普通の女なら気味悪がってすぐに捨ててしまうだろう。警察に届け出て、その贈り主を徹底的に捜すかもしれない。それなのに今のあたしは気味悪がるどころか、「今月はいったいどんな花なんだろう？」なんて、楽しみにさえしている。本当にあたしの精神状態はどうかしている。

あたしはキッチンのテーブルに座って内職を始めようとしている。週末は健太郎がいるので内職をすることもできないから、月曜にはその分を取り返すために必死でやらなければならない。

木乃美はきょうも子供部屋のベビーベッドの中でひとりで遊んでいる。あの子は本当にいい子だ。聞き分けがよくて、おとなしい。

ボールペンのレフィルがぎっしりと詰まった箱をテーブルに置き、試し書きのための大きな紙を広げる。そこには金曜にあたしが書いた無数の線が引かれている。

あたしが？　本当にあたしが書いたのだろうか？

あれは金曜のことだった。買い物から戻り、キッチンのテーブルに広げたままの内職用の紙を見た瞬間、背中に水を浴びせられたような戦慄が走り抜けた。そこに自分が書いたとは思えない何本もの線を見つけたのだ。

——ここに誰かがいたんだっ！　あたし以外の誰かがここに座って、レフィルの試し書きをしていたんだっ！

体がこわばり、口の中がカラカラになった。

発注先の万年筆会社から指示されたとおり、レフィルの試し書きでは必ず5本一緒に握って書くようにしている。いや、そうしているつもりだった。それなのに……それなのに、テーブルに広げられた紙にはレフィルを1本だけ持って書いたと思われる円がいくつも、いくつもあったのだ！

あたしは脚を震わせながら家の中を見てまわった。怖くてしかたなかったけれど、じっとしていることなんてできなかった。だがもちろん、家の中には誰もいなかったし、戸締まりもちゃんとしてあった。第一、泥棒が内職を手伝っていくわけがない。だとしたら……それはあたしが、無意識のうちに書いたものに違いない。

間違いない。疲れ切ったあたしは、精神に異常をきたし始めているんだ。無意識のうちにレフィルを《1本だけ》握って、紙にクルクルと線を引いていたのだ。

本当にそうなのだろうか？……もしかしたら……いや、そんなわけはない……。

あたしは天井の木目を見上げる。

不思議なのはこのことだけではない。実を言うと、あたしの周りは不思議なことだらけなのだ。毎月10日に贈られて来る花束はその代表だけれど、よくよく考えればそれ以外にも不思議なことはいくつもある。

たとえば——時々、勝手口のドアの外にランニングシューズみたいな足跡が残っていることがある。健太郎はランニングシューズなんて履かないし、あたしも履かない。たぶん御用聞きかセールスマンだろうと思って今まではたいして気にしたことはなかったが、勝手口から御用聞きやセールスマンが来たことはない。

それから……天井の木目を見つめながら、あたしは思い出す……月に何度か訪ねて来る健太郎の父親が、玄関のグッピーの水槽を見て「いつもこれだけ水槽を綺麗にしておくのは大変だろう」と言ったこと。「水槽っていうのは、放っておくとすぐに汚れちまうもんなんだよなあ」

義父の言葉にあたしは曖昧に頷いたけれど、実はこの2年のあいだ水槽を掃除したことなんて1度もない。汚れたら掃除をしようとは思っていたけれど、不思議なことにあの水槽は決して汚れないのだ。おまけにグッピーの寿命は2〜3年だと聞いていたのに、この2年で魚の死骸を見た覚えも1度もない。

あたしはさらに思い出す。……いつだったか健太郎がウィスキーのビンの蓋をソファの下に転がしてしまったことがあった。健太郎は自分でソファの下に潜り込んでウィスキーの蓋を拾い上げたあと、あたしに「ソファの下までピカピカに掃除してあって気持ちがいいな」と上機嫌に笑った。

あの時もあたしは曖昧に笑い返したけれど、ソファの下なんて掃除をしたことがなかったので不思議だった。

ほかにも……外出から戻った時に、家の中に他人の気配を感じることがたびたびある。気配だけではなく、その人の体臭みたいなものを感じることもある。それから……今ではあたしは香水なんて絶対にしないのに、家の中のどこからか微かに甘い香水が匂うこともあった。乾き切っていたはずの窓辺のプランターに水がやってあったこともあった。外出前にテーブルに少しだけこぼしてしまったはずの砂糖が、帰宅した時には跡形もなくなっていたこともあった。確かに濡れていたはずの木乃美のオシメが、短い外出から戻ると綺麗になっていたこともあった……。

……そういえば、木乃美が時々、「あおちょ」と言っている。あるいは「おおちゅ」か「なおちょ」かもしれない。いったいそれは何のことなんだろう？　そんな言葉、いったいどこで覚えたんだろう？………思い出せば、限がない。

頭の中を空っぽにして内職を始めようとする。こんなくだらない仕事、吐き気がするほどやりたくないのだけれど、でもどうしてもやらなくてはならない。あたしはレフィルを5本束ねて握る。無数の線が引かれた紙に、クルクルと大きくペン先を滑らせる。そしてまた思う。

……やっぱり、この線を書いたのはあたしではない。

金曜には気のせいだと納得しようとしたけれど、たとえ無意識にでも、あたしがそんなことをするわけがない。だとしたら……？

「誰かいるの？」

呟くように言ってみる。

だが不思議と恐怖は感じない。そう。もし——もし万一、誰かが侵入しているとしても、それはあたしの敵ではない。敵が花束を贈ったり、内職を手伝ったり、水槽の掃除をしたり、木乃美のオシメを取り替えてくれるわけがない。植木に水をやったり、テーブルの上を拭いてくれるわけがない。

誰かが——あたしの味方が——いつもあたしを見守っている。哀れなあたしを、いつもどこかから、優しい眼差しで見つめている。神様？　守護霊？

「ねえ……もしあなたがあたしの味方なら……あたしをここから救い出して」

口に出して、そう言ってみる。

誰かが背後にいるような気がして振り返る。『だるまさんがころんだ』みたいに、サッと素早く振り返る。――もちろん、誰かがいるわけがない。

いったいあたしは何をしているんだろう？

「ああ、もうイヤっ」

そう呟いた時、急に近くの熱帯魚店のことを思い出した。

歩いて2～3分のところにある熱帯魚店――『湘南古代魚センター』といって、グロテスクで大きな魚ばかりを売っている。あたしは木乃美を連れて、月に1度か2度、その熱帯魚店に行く。

不思議なことに、あそこでは安らげる。いつもお金がなくてほとんど何も買ってあげられないけど、あそこの主人はあたしが何も買わなくても嫌な顔をしない。それどころか、あたしが行くのをとても喜んで歓迎してくれているように見える。

年はあたしと同じくらいだろうか？　地味で無口で色白で、少しおどおどしたところがあるけれど、とても誠実で正直そうだ。もしかしたら、あたしのことを好きなのかも……いや、そんなことがあるはずない。今のあたしはどこから見ても、生活に疲れたただの主婦なのだから。

きょうは何だか仕事に集中できない。内職の手を休めて、またあの熱帯魚店の男の人のことを考える。

『湘南古代魚センター』の前まで来ると、ベビーカーの中の木乃美が、とても嬉しそうに「あおちょ……あおちょ……」と繰り返した。

32

開店直後の店内は閑散としている。

学生みたいなカップルが、水槽に顔を押し付けるようにしてピラルクーの巨体を眺めている。若い母親に連れられた10歳くらいの男の子が、数種類のガーパイクを混泳させた水槽を指さして喋っている。僕はレジカウンターの内側に座り、コーヒーを飲みながら雑誌を眺めている。

レジカウンターのすぐ前では30歳前後の男が、アマゾン産の淡水エイを見つめている。ヨレヨレのシャツに色褪せたジーパン。とても顔色が悪く、痩せていて、特徴のない顔をしている。何十回見ても、目を閉じた瞬間に忘れてしまいそうな顔だ。

男はほとんど毎日のように店に顔を見せる。何を喋るわけでもなく、ただ時間をかけて水槽をひとつひとつ丹念に眺め、たいていは無言のまま帰っていく。時には餌用の金魚やドジョウを買っていく。男がいつからこの店に来るようになったのか覚えていないが、その名前は知っている。

男の名は——水島……勤。そう。水島勤だ。以前、注文書にそうサインしていた。水島は僕がよく行く近くのコンビニエンスストアで販売員として働き、浜崎家の先の古い木造アパートの2階にひとりで暮らしている。以前、僕は3回ほど、彼が購入した120cm水槽を車で彼のアパートに運んだことがある。

水島の住むアパートは少なく見積もっても築30年はたっていそうな、ボロボロの木造2階建だった。彼はその2階の、狭くて散らかった6畳間の黄ばんだ畳の上に、120cm水槽を3本も置いて、そこでブラック・アロワナを3匹とショートノーズ・ガーを2匹と、ポリプテルスを4匹飼っている。

僕にとって彼のようなマニアの存在はありがたいのだが、彼の住む古い木造アパートの床が、120cm水槽3本分もの重さにいつまで耐えられるのかが僕には心配だった。水を満たすと120cm水槽は1本で250kgにもなる。もし万一床が抜けて水槽が落下し、階下に暮らす住人が死んだり大怪我をしたりしたら大変なことになる。確か水島の部屋の真下には若い夫婦と赤ん坊が住んでいたはずだ。

水島が3本目の120cm水槽を注文した時には、さしもの僕も、「あのう……床の強度から考えると……あの部屋に120cm水槽を3本も置くのはちょっと無理だと思うんですけど……」と言ってみた。けれど水島は無表情に「大丈夫だよ」と答えただけだった。僕にはそれ以上言い返す言葉もなく、黙ってそれを彼の部屋に運んだ。10分近く淡水エイを見つめていた水島は、今度はアミア・カルヴァの水槽の前に移動した。通路にしゃがみ込み、最下段に置かれた北米産の古代魚を、また無言で見つめている。

水島は毎日のように店に来るが、その声を聞くことはめったにない。どうしても必要な時だけ、「金魚50匹」とか、「ドジョウ30匹」とか言うだけだ。微笑むことはないし、僕が「ありがとうございます」と言ってもそれに応じることもない。

客をえり好みできる立場でないことはわかっているが、彼が来ると気が重くなる。水島を見ていると僕は、恥ずかしさにも似た気分に襲われる。

恥ずかしさ？　そう。彼を見る時、僕はまるで、自分の嫌な部分を見ているような恥ずかしさを感じる。勘違いして、誘われてもいないバーベキュー・パーティに顔を出してしまった時のような、あるいは、心の中で呟いたつもりの不適切で場違いな言葉を誰かに聞かれてしまった時のような……何ともいえない恥ずかしさを感じる。

僕と同じように、水島には心を許せる友人など、ひとりもいないのだろう。恋人なんて、もちろんいないだろう。水島がコンビニエンスストアの社員なのか、アルバイトなのかは知らないが、レジにいる彼の顔を見ればその仕事にも満足していないことは明白だ。彼の口から「いらっしゃいませ」という言葉を聞いたことなど1度もないし、その口が「ありがとうございました」と動いたところを見たこともない。

たぶんこの水島勤という男は、3本の120㎝水槽を置いた狭く散らかった部屋で、世の中の誰からも必要とされず、敷石の下の虫のように忘れられて、たったひとりで暮らしているのだ。僕のように？　そう。僕のように。

アミア・カルヴァを眺める水島の横顔を見ていると、突然、水島が振り向いた。僕は慌てて目を逸らしたが、一瞬、彼の目を見てしまった。まるで鏡を見るかのように、彼の目を見てしまった。

もしクラス全員でハイキングをしている時に水島の姿が見えなくなったとしても、きっと彼がいないことには誰も気づかないだろう。もし卒業アルバムの写真撮影の時に水島がいなかったとしても、誰ひとり彼の不在に気づかないだろう。

レジカウンターの中で自分の手を見つめながら、僕は水島が早く立ち去ってくれることを願った。

自動ドアが開き、ベビーカーに赤ん坊を乗せた女が入って来た。瞬間、僕の中で歓喜が爆発した。

「こんにちは」

千尋が言い、僕は弾かれたように椅子から立ち上がり、しどろもどろになって「あっ……はい……どうも……いらっしゃいませ」と呻くように言った。床にしゃがんでいた水島が鬱陶しそうに千尋を見上げ、それからやはり鬱陶しそうに僕を見上げた。

千尋は見慣れたデニムのジャンパースカートに、踵の低いサンダルという格好だ。いつものように化粧気はなく、白髪交じりの髪は艶がなくてパサついている。

「……あの……いつもご来店ありがとうございます」

レジカウンターから出て、僕はぎごちない口調で言う。「……あの……ゆっくりとご覧になっていってください」

月に1度か2度、千尋は木乃美を連れて店にやって来る。時にはグッピーの餌を買っていくこともあるが、たいていは何も買わずに水槽の中の魚たちを眺めていくだけだ。だが、もちろん、そんなことはかまわない。彼女にはできるだけ頻繁に来てもらいたいし、できるだけ長く店にいてもらいたい。

「いつも見るだけで、ごめんなさい」

千尋が微笑み、僕は慌てて首を振る。ベビーカーの中では木乃美が嬉しそうに「なおちょ……なおちょ……」と繰り返し僕の名を呼んでいる。

「……そんなこと……あの……全然、気にしないでください」

「ここで頂いたグッピーたち、すごく綺麗なんですよ。本当に宝石が泳いでいるみたい」

「そうですか？……それはよかった」

千尋の声を聞くと、僕は死ぬほど幸せな気分になる。僕はこの瞬間のために、ここで店を営んでいるのだ。

ベビーカーの中の木乃美に「こんにちは。ゆっくりしてってね」と言ってから、千尋が気を遣わなくていいように再びレジカウンターの内側に引っ込む。そして雑誌を眺めるふりをしながら、彼女の様子を盗み見る。

千尋はベビーカーを押しながら水槽のひとつひとつを丹念に見てまわっている。時折、水槽を指さし、木乃美に話しかけている。

「あら、木乃美、このお魚、ワニみたいなお口ね。これは何ていう名前なのかな？……えっと……アリゲーター・ガーだって……ほら、ギザギザの歯が見えるでしょ？……パクって噛まれたら痛そうね」

レジカウンターの内側で、僕は千尋の声を味わうように聞く。

「あの……もし……もしよかったら……あの……コーヒー……飲みませんか？」

千尋がカウンターのすぐそばに立った時、僕は思い切ってそう声をかけた。

「コーヒー？」

ちょっと戸惑った表情で千尋が僕を見る。僕の心臓が高鳴る。

「ええ……あの……マンデリンなんですけど……」

「マンデリン？」

「……ええ……ついさっきサイフォンでいれたばかりだから……あの……まだ香ばしいと思うんですけど……あの……マンデリンは嫌いですか……？」

そう言って僕は、カウンターの脇に置いたポットを指さす。

「いいえ……大好き。喜んでいただきます」

千尋の答えに僕は再び歓喜する。カウンターの下の棚にあったカップを取り出し、ポットの中のマンデリンを注ぐ。

「あの……ミルクと砂糖はどうします？」

「あっ、そのままブラックでけっこうです」

カウンターを出てカップを千尋に差し出す。僕の腕は震えているが、彼女はそれに気づかない。

「ああ、いい香り」

ひび割れた爪をした指でカップを受け取って千尋は微笑んだ。唇をすぼめてフッと息を吹きかけ、それからカップの端に口をつける。僕の心臓が高鳴る。

「おいしい」

千尋が微笑む。

「……よかった」

僕は微笑み返し、レジカウンターの内側に下がる。「あの……ごゆっくりどうぞ」と言って椅子に座り、自分もマンデリンを飲む。

千尋とテーブルに向かい合ってコーヒーを飲むこと。それが僕の唯一の夢だ。完全にそれがかなったとはいえないけれど、でも、夢に1歩近づいた。

心臓を高鳴らせ続けながら、僕は千尋を見守る。彼女はおいしそうにカップを傾けている。本当においしそうだ。

今から11年前、僕たちは学生で賑わうコーヒー専門店の片隅のテーブルに向かい合って苦いコーヒーを飲んだ。そうだ。あれは僕の人生において、もっとも幸福なひとときだった。

彼女は何かを思い出すだろうか？　僕のことを思い出すだろうか？

今、僕は幸せだ。だが——こういう時間はもうそれほど長くは続かない。それははっきりしている。ベビーカーの中の木乃美が僕をしきりに振り返り、「なおちょ……なおちょ」と繰り返しているのが聞こえる。それを聞くと気が狂うほど嬉しいのだけれど、木乃美はまもなく、もっといろいろなことを喋るようになる。そうすれば千尋にも、僕が彼女の家にたびたび侵入していることがバレてしまう。

僕はいったい、どうしたらいいのだろう？

「きょうはごちそうさまでした。また来ます。いつも何も買わなくてごめんなさい」

千尋は同じ言葉をまた繰り返し、空になったカップを僕に手渡した。

「……あの……本当に気になさらないで……あの……またいつでもお気軽にいらしてくださ い」

僕も同じような言葉を繰り返し、顔を歪めてぎこちなく笑う。千尋と視線が交わる。しかし、彼女が何かを思い出した様子はない。

「あっ、そうだ……あの……よかったら……赤ちゃんに、これ」

そう言って僕はチョコレートを差し出す。それは近所のコンビニエンスストアで水島から買ったもので、今度木乃美が来たらあげようと思っていたものだ。

「あら、そんな……悪いわ」

「いいんです……あの……パチンコの景品ですから」

僕はあらかじめ考えてあったことを言う。もちろん、僕はパチンコになんて行ったことはない。

「ほら……木乃美ちゃん……チョコレートだよ」

「あらっ、この子の名前、覚えてくれたんですか？」

「あっ……ええ……まあ……」

曖昧に笑いながらベビーカーの中の木乃美にチョコレートを渡す。小さな手が、それを握り締める。本当に小さくて、柔らかくて、とても熱い。

「すみません。いろいろと……」

頭を下げながら千尋が店を出て行く。僕はベビーカーを押す千尋の痩せた後ろ姿を見送る。

千尋が角を曲がり、その姿が完全に見えなくなってから、僕は千尋から手渡されたカップの縁にそっと口をつけてみる。ふと目を上げると、水島が無言でこちらを見つめていた。

内職の続きをするためにキッチンのテーブルに座っている。ボールペンのレフィルを5本一緒に握り、白い紙にクルクルと線を引く。木乃美はソファで、口の周りをチョコレートでベトベトに汚している。

『湘南古代魚センター』の店主のことを思い出す。やっぱりあの人はあたしに気があるのかもしれない。きょうはあたしにコーヒーをいれてくれた。しかもあたしのいちばん好きなマンデリン！

ああいう地味で引っ込み思案な感じの男の人はあたしの好みではないけれど、きっと悪い人ではないのだろう。いや、ああいう人のほうがかえってあたしを幸せにしてくれるのかもしれない。

考えながらあたしはレフィルの試し書きを続ける。

それにしても木乃美はあの店が好きだ。あそこに行くと、本当に嬉しそうな顔をする。忙しいせいで公園に連れて行って遊ばせることもほとんどなくて、いつも家の中にふたりきりでいるせいか、木乃美はすっかり人見知りをする子になってしまった。道端で知らない人に頭を撫でられただけで泣いてしまうこともある。それなのに……『湘南古代魚センター』の店主からは喜んでチョコレートを受け取っていた。それが不思議だ。

## 33

あの地味な男の人には、子供に好かれる何かがあるのかもしれない。

電話が鳴り、あたしは小さく悲鳴を上げた。健太郎だ。胃がきゅっと収縮し、吐き気が込み上げる。反射的に頭皮と掌に汗が滲み出す。ヌメる手で受話器を取る。

「はいっ……もしもしっ……」

『もしもし、千尋？　あたし、あたし……』

受話器から実家の母の声がし、ホッとすると同時に涙が滲んだ。

「ああ……お母さんっ！」

『今、大丈夫？　忙しくない？』

「うん、大丈夫。お母さん、久しぶりね。元気？」

『元気だよ。そっちはどうなの？　木乃美は元気？　もう随分と大きくなったでしょ？』

「すごく元気よ。もう摑まり立ちもできるようになったし、ママとかブーブとか、ちょっとだけど言葉も喋るようになったのよ」

『そう？　もう半年も会ってないものねえ……』

「ごめんね、ちっとも顔を出さなくて」

ここから実家に電話することは健太郎に禁止されているから、あたしは時々、葉書を送っている。なけなしのテレフォンカードを使って買い物の途中で公衆電話から慌ただしく電話を入れることもある。両親につまらない心配をさせたくないから健太郎の暴力のことは絶対に言わないけれど、健太郎があたしが実家と行き来するのを面白く思っていないことは、両親にもわかっている。だから母も遠慮して、何か特別な用事でもなければ連絡して来ない。

「お父さんも元気？」

何げないあたしの質問に電話の向こうの母はしばらく躊躇した。あたしの下腹部にどす黒い不安が急速に膨らんだ。

「どうしたの？　何かあったの？」

『それがね……実は、お父さん……入院することになったんだよ』

「入院っ！」

心臓が飛び上がり息が詰まる。「いったい、何があったの？」

『いや、とりあえずは検査のための入院ってことなんだけど……まあ、一応、お前には知らせておこうと思って』

母の声は何げなさを装っているが、それがかえってあたしの不安をかき立てる。

「検査って、何の検査なのっ？　ねえ、どこが悪いのよっ？」

あたしは急き込んできく。声が震え、上ずっているのがわかる。

『いや……まだはっきりとはしないんだけど……でも、もしかしたら……悪い病気なのかもしれないってお医者さんが……』

「悪い病気って……ねえ、それって、もしかして……」

母は何も言わない。

答えを待つ。

「……癌なの？」

声を殺すようにしてあたしはきく。『違うわよ。バカね。何言ってるの？』と笑う母の答えを待つ。

だが、母は笑わない。

『検査してみないことにははっきりしないけど……その可能性があるって……』

頭の中が真っ白になる。

『肺に……影がいくつも見えるんだって……』

「……そんな……どうして？」

あたしの目に滲んでいた安堵の涙が恐怖の涙に変わり、ついには溢れ出す。何がどうなっているのかがわからない。

『だけど、まだ癌だと決まったわけじゃないし……今はいいクスリや治療法があるから……そんなに心配しなくていいよ』

「……でも……でも……もし癌だったらどうしよう？……ねえ、どうしよう？……」

こんな時は長女であるあたしがしっかりしなければならないのに、あたしはオロオロと取り乱してしまう。下腹部で尿意が膨れ上がり、下着がわずかに濡れてしまう。

『大丈夫よ。きっと大丈夫』

母は自分に言い聞かせるかのように言う。

「入院はいつなの？　あたし……そっちに行くわ」

『大丈夫だよ。わざわざ来なくてもいいよ。今回はただ検査するだけなんだから』

「……でも」

『お前がわざわざ来ると、お父さんも変に思うかもしれないし……もし、来てもらいたくなったらこっちから電話するよ』

「……ねえ、だけど」

『本当に今回は来なくていいから。お前も忙しいだろうけど、頑張りなさい……健太郎さんも元気にしてるの？』

「ええ……元気よ」

口は反射的にそう答えたが、今は健太郎のことなんて考えられない。

『そう。そりゃ、よかったよ』

母は無理に明るい声を出す。

涙が頬を伝い、顎の先からテーブルに広げた白い紙の上に滴り落ちる。あたしは泣きながら、紙の上の滴をレフィルの先でつつく。無色透明な涙の粒の中に、黒い水性インクが静かに広がっていく。

『木乃美はそこにいるの？　いるならちょっと、電話に出して』

「ごめんなさい……ちょうど眠ってるのよ」

もちろん、木乃美は眠ってなんていない。ソファでチョコレートに夢中になっている。

けれど、あたしは嘘をつく。もうすぐ健太郎が戻って来る。いつまでもこうしている時間はないのだ。

『……そう？　それじゃあ、しかたない。またにするよ』

「ごめんね……ねえ、お母さん……何かあったら、すぐに電話してね」

『わかってるよ。そんなに心配しないように……心配しなくても、ちゃんと神様が見守ってくれてるよ』

もっと母の声を聞いていたい。だけど、あたしにはそんな時間はない。母に自分の体に気をつけるように言って電話を切る。

父は大丈夫だろうか？　母は大丈夫だろうか？

不安が際限なく広がっていく。胃が痛み、激しい吐き気がする。やっぱり健太郎に話して、新潟に戻ろう。いくら健太郎でも、こんな緊急時にはあたしが実家に帰るのを許してくれるはずだ。

手の甲で涙を拭い、壁の時計を見上げる。そろそろ夕飯の支度に取り掛からなくてはならない。ボールペンのレフィルを箱に戻して立ち上がる。

34

「浜崎係長、何かお飲みになりますか？」

街を見下ろす窓際のデスクに座って今月の俺の班の売上表を眺めていると、経理の木下美由紀が声をかけて来た。木下美由紀は今年の新卒で、若い男子社員の憧れの的だ。ちょっとボーっとしたところがあるけれど、初々しくてかわいらしい。

「君が飲むならついでにいれて欲しいけど、わざわざ俺のためにいれるならいらないよ」

「わたしも飲むんで、気にしないでください……ええっと、何をおいれしま……」

木下美由紀がそこまで言った時、そばにいた緑川瑠璃子が、「あっ、係長のお茶ならあたしがいれるから、木下さんは仕事してて」と言いながら駆け寄って来た。

緑川瑠璃子は経理のチーフで、内勤の女子社員のリーダー的存在だ。年は29歳だが、すでに当社で9年も働いていて、若手の男子社員ですら彼女に逆らうことはできない。

「あっ……でも……」

もじもじしながら立ち尽くす木下美由紀に緑川瑠璃子はダメを押すように、「いいから、あなたは自分の仕事をしてて」と強く命じた。

「はい、わかりました」

ふて腐れたように言って木下美由紀が不承不承自分の席に戻る。その後ろ姿を見ながら、緑川瑠璃子は俺の脇に寄り添うように立つと、ピンクのマニキュアの光るほっそりとした指で俺のデスクの上に落ちた黄色いバラの花びらを拾い上げた。「さて……何が飲みたいの？　コーヒー？　紅茶？　それとも日本茶？」

緑川瑠璃子の若手社員たちへの態度は事務的で厳しいが（当社に在籍していた頃は、気の強い千尋でさえも緑川を恐れていた）、俺への口調はいつも、まるで恋人に話しかける時のように優しくて馴れ馴れしい。

ピンクの制服を着た緑川からは微かに柑橘系の香りがする。見上げると、指先につまんだバラの花びらを形のいい鼻に押し付けている。

「そうだな……それじゃ、紅茶をもらおうかな？」

「オーケイ。とっておきのアールグレイをいれてあげる。すごくおいしいのよ」

綺麗な三日月型の眉をした緑川瑠璃子は俺を見つめて嬉しそうに微笑むと、黄色の花びらをゴミ箱に捨て、足早に給湯室に向かっていった。俺はそんな緑川のスカートから突き出した細い脚や、背中に流れる栗色の髪をぼんやりと眺めた。当社の制服のスカートはあんなに短くはなかったはずだが、きっと緑川が自分で20㎝近く裾上げをしたのだろう。あれじゃ、腰を少し屈めるだけで下着が見えてしまうだろう。

ほとんどの営業部員が外出しているため、夕方の社内はガランとしていてとても静かだ。パーテーションで仕切られた社長室から電話で話す社長の声がする。はっきりとは聞こえないが、どうやら仕事の話をしているのではなさそうだ。たぶん、銀座辺りのクラブの女が今夜の同伴にでも誘っているのだろう。俺の部下の営業部員たちが汗まみれで仕事をしている時に、いい気なものだ。

再び俺の班の今月の売上表に視線を落とす。このままの調子だと今月は目標金額に達しそうもない。だが、部下たちに文句を言うつもりにはなれない。あいつらは充分によく働いている。こんな時こそ上司である俺が何とかしなければならない。

俺が思案しながら売上表を睨みつけていると、緑川瑠璃子が湯気の立ちのぼるカップをトレイに載せて戻って来た。

「最高級のアールグレイなのよ」

微笑みながら緑川が俺のデスクにカップを置き、俺の耳に口を寄せてささやく。「健太郎のためにわざわざ千駄ケ谷のレピシエで買って来たんだから……いい香りでしょ？」

「どれどれ……ああ、いい香りだ」

「そうでしょ？」

緑川は得意そうだ。「健太郎の好みはよく知ってるのよ」

その時、ドアが開いて、部下の吉村が外まわりから戻って来た。吉村の顔がこわばっているのを見て、俺の体内に嫌な予感が一気に広がる。

「お疲れ様。どうした？　何かあったのか？」

「はい……実は浜崎さん……大変なことになっちゃったんです」

こんな時の俺の予感は嫌になるほどよく当たる。

「どうした？　何があった？」

「ええ……実は、浜松町のパシフィック・スター・トレーディングなんですけど……」

「おう、あの貿易会社がどうかしたのか？」

「いなくなっちゃったんです」

「いなくなった！」

まだぴったりと俺に寄り添うように立っていた緑川瑠璃子が素っ頓狂な声を出した。

「何よ、それ？　いなくなったって、吉村クン、それ、どういうことよっ？」

「はい……あの……いくら電話しても通じないんで行ってみたら、もぬけの殻で……ビルの管理会社に問い合わせたら、どうやら夜逃げしたみたいなんです……」

「夜逃げしたって……あんた、それでノコノコ帰って来たの？」

経理を預かる緑川がものすごい見幕で吉村に詰め寄る。「あんた、いったい、どうするつもりなのよ？　あそこにはまだ売り掛けが200万以上残ってんのよっ！」

しまった、と俺は思った。東南アジアから家具や民芸品を輸入していたパシフィック・スター・トレーディングは当社にとってはいい顧客だったが、最近は経営状態が芳しくないという噂を聞いていたのだ。

「……すみません」

吉村が頭を下げる。

「すみませんじゃ済まないわよ。いったい、どうするのよ！」

緑川がヒステリックに叫ぶ。「200万よっ！　わかってるの、あんたっ！」

「まあまあ、緑川も冷静になれよ」

「だって……」

「いいから黙ってろ」

なおもまくし立てようとする緑川を制して俺は吉村を見上げた。吉村は今にも泣き出しそうな顔で俺を見つめ、緑川は鬼のような形相で吉村を睨みつけている。

「パシフィック・スター・トレーディングには悪い噂が立ってるから気をつけろって、俺が何度も言っただろ？」

諭すように俺は言った。

「はい……すみません」

「そのたびにお前は、絶対に大丈夫ですって、俺に太鼓判を押しただろ？」

「はい……でも、まさか本当に夜逃げするなんて……すみません……」

「困ったな……だけど、逃げちまったものはしょうがない。この件は俺のほうで何とかする。今後はもっと慎重にやってくれ」

「……あの……売り掛け金は回収できるでしょうか？」

「わからない。努力はしてみるが……たぶん、無理だろうな」

「1円もですか？」

「ああ、たぶんな」

俺は率直に言った。こういう経験は今までにも何度かあるが、売り掛け金を回収できたことなど1度もない。

「あの……社長や専務には何て言えばいいんでしょう？」

27歳になるというのに、吉村は叱られた子供のように情けない顔をしている。

「お前は何も言わなくていい。営業の責任者は俺なんだから、社長と専務には俺のほうから報告する」

「自分は……やっぱり……クビですかね？」

おどおどと吉村がきく。

「いや、それはあり得ない。この責任は俺にある。社長や専務の前では吉村の名前は出さない」

「何言ってんのよ」

緑川瑠璃子がまた口をはさむ。「こいつに責任持たせなさいよ」

「いや、責任は俺にある」

俺は緑川と吉村を交互に見つめて断言した。「こういう時のために、俺はお前らよりた
くさん給料をもらってるんだからな。責任は俺が取る」

「……本当にすみません……あの……自分はこれからどうしたらいいんでしょうか？」

吉村がうなだれたまま、上目遣いに俺を見る。

「どうするって……決まってるだろ？　お前がするべきなのは、この失敗を取り戻すよう
に頑張って働くことだ。それだけだ。営業マンの仕事は心配することじゃなく、売上を上
げることなんだからな……もう、いい。自分の仕事に戻れ」

「はい……よろしくお願いします」

そう言って吉村が自分の席に戻っていく。

「どうして許しちゃうのよ？」

緑川瑠璃子が不満そうに頬を膨らませて俺を見る。「あいつが悪いのに、どうして健太郎が社長や専務に謝らなくちゃならないのよ？」

そう言うと緑川は、俺の肩にそっと手を載せた。尖らせた唇がルージュで光っている。

俺はその唇が、俺のあれを含んでいた時のことを思い出した。

「まったく、健太郎ったら……自分の部下には優しいんだから」

「俺は誰にだって優しいんだよ」

俺はそう言いながら、机の下でそっと緑川瑠璃子の太腿の内側に触れた。

35

夕暮れが迫っている。僕はカウンターの中で千尋と木乃美のことを思っている。千尋とコーヒーを飲み、少しの言葉を交わし、木乃美にチョコレートを渡したことで、本来なら幸せな気分に浸っていられるはずなのに、何だか不思議な胸騒ぎがする。

ハイヒールを鳴らして駆け込んで来た水商売風の女の常連客に餌用金魚を50匹売る。女は藤沢のワンルームマンションの一室で、ゴールデンタイプのアジア・アロワナと、70cmにも達したダトニオイデスを飼っている。

「これからお店なんだけど、お店が終わるまで金魚をそのビニール袋の中に入れっぱなしでも大丈夫かしら？」

どぎつい色のマニキュアを塗り重ねた長い爪で、ブランド物の財布から1万円札を取り出しながら女がきく。女の付近には香水の香りが強く立ち込めている。

「……あの……お店が終わるのは何時なんですか？」

「一応11時なんだけど、何だかんだで家に戻れるのは1時近くなっちゃうかも」

「……そうですか？　それじゃ……あの……ちょっと大きめの袋に入れて……あの……エアーをたっぷり注入しておきましょう」

「それで大丈夫？」

「……たぶん……大丈夫だと思いますけど……あの……もし死んでたら交換します」

「お宅って、良心的ね」

黒革のミニスカートにエナメルのパンプスを履いた女が金魚の袋を抱えて出て行くのを見届けてから、僕は店の中を見まわす。ちょうど客足が途切れたところで、店内には誰もいない。理由のわからない胸騒ぎは収まらない。

少しだけ考え、それから店の入り口まで行ってシャッターを下ろす。本当はこれからの時間がかき入れ時なのだが、千尋のことが気になってしかたがない。第六感などは信じていないほうだが、何だかよくない予感がする。

実は前にもこんな予感がしたことが1度だけあった。あれは木乃美が生まれて間もない頃だったから、もう1年近く前のことになるが、店の営業を終えて床の掃除をしている時に、ちょうど今のような胸騒ぎに襲われたのだ。

あの時、僕は床にモップを放り出して3階の自室に駆け上がった。デッキが自動録音を開始しているのを見てヴォリュームを上げた。同時に、スピーカーから千尋の悲鳴が飛び込んで来た。

あの時はひどかった。もちろん、見たわけではなくライター型のマイクが拾い上げた音声を聞いていただけだが、健太郎は逆上して狂ったようになり、千尋が気を失うほどひどく叩きのめした。そのあまりの凄まじさに、僕は思わずアンプのスイッチを切ってしまったほどだった。

あの時は千尋は何日も家から出て来なかった。顔が腫れ上がって外出することができなかったのかもしれないし、健太郎が外出を許さなかったのかもしれない。僕は心配のあまり、間違い電話を装って2度も電話をかけて千尋の声を聞いたほどだった。

3階の自室に上がり、緊張に震えながら三脚に据え付けたニコンFで浜崎家をのぞく。浜崎家のダイニングキッチンで千尋が夕食の用意をしているのが見える。ソファでは木乃美が、僕のあげたチョコレートを食べている。

よかった……千尋は無事だ。

僕は小さく溜め息をつく。ルイ・ヴィトンのバッグを提げて部屋の隅に佇む千尋の人形に微笑みかける。だが、胸騒ぎは収まらない。いったい、どうしたというのだろう?

確かに千尋は今はまだ生きている。だが、これからもずっと生きているとは限らない。健太郎なら、いつか千尋を殺してしまいかねない。もしそんなことになったら僕のせいだ。

僕がいつまでもグズグズしているからだ。

もし本当に千尋が殺されたらどうしよう？　そんなことになったら、どうしよう？

考えていたら胃がキリキリと痛んだ。

いつまでたっても胸騒ぎが収まらない。なぜだかわからないが、不安で不安でしかたないのだ。こんな夕方の時間に、しかも千尋の在宅中に、浜崎家に侵入するのは危険すぎるのはわかっている。だが、心配でいても立ってもいられず、今すぐ侵入しようと決意する。

ズボンを脱いでパンツ型のオシメを穿く。再びズボンを穿き、ポケットに護身用のスタンガンを押し込む。サイドボードの引き出しから、浜崎家の勝手口の合鍵を取り出す。

6時をまわったが空にはまだ充分な明るさが残っている。

辺りを慎重に見まわしてから浜崎家の庭に入り込む。いつものように真っすぐに勝手口に向かうことはせず、鬱蒼と茂ったイブキの木陰にうずくまって家の中の様子をうかがう。

ダイニングキッチンには明かりが灯り、中の様子がよく見える。夕食の匂いが漂って来るが、千尋の姿はない。夕食の支度を終えて、別の家事をしているかもしれない。

辺りの様子をうかがいながら子供部屋のほうにまわり込む。子供部屋の窓が少し開いていて、そこから千尋の声が聞こえた。はっきりとは聞き取れないが、木乃美に何か話しかけているようだ。

しばらく考えたあとで僕はズボンのポケットから携帯電話を取り出し、短縮ボタンの

『1』をプッシュする。直後にダイニングキッチンで電話が鳴り始める。

木乃美を抱いた千尋が出て行くのを見届けてから、子供部屋の窓の下にダッシュする。半開きになった窓を開け、そこから素早く室内に身を入れる。ダイニングキッチンで千尋が「もしもし……もしもし……」と繰り返しているのが聞こえる。脱いだ靴をビニール袋にしまっている時間はない。靴をサツキの茂みに放り投げ、窓を元どおりに半分閉め、素早く、だが慎重に、押し入れの中に身を潜める。暗闇で乱れた息を整える。子供部屋に戻って来る千尋の足音が聞こえる。

「いったい誰なのかしらねえ?」と木乃美に言う千尋の声が聞こえる。「なおちょ……なおちょ」という木乃美の声が聞こえて嬉しくなる。木乃美は僕が近くにいることを感じているのだ。

36

獲物が近づくのを待つカメレオンのようにピクリとも身動きせず、浜崎家のダイニングキッチンのソファの下に腹這いになっている。そこで全神経を頭上に集中させている。

幸いなことに悪い予感は外れたようだ。今夜は千尋は暴力を受けてはいないし、健太郎も特別に苛立っているふうでもない。

いつものように健太郎は6時40分ちょうどに帰宅した。すぐに入浴して千尋に背中を流させ、日本酒を飲みながら旅館のように皿数の多い食事を済ませ、今はパジャマ姿で僕のいるソファに座って（健太郎の尻が僕の後頭部のすぐ真上にある）ウィスキーのオン・ザ・ロックを飲みながらテレビでプロ野球中継を眺めている。千尋は食器を洗い終え、入浴も済ませ、健太郎の脇に座っている（千尋の尻は僕の腰の真上の辺りだ）。もちろん、ソファの下に腹這いになった僕には彼らのスリッパと足首しか見ることはできないが、その声はよく聞こえる。

ここには健太郎と千尋が浴室にいるあいだに移動した。子供部屋の押し入れから姿を現した僕を見て、ベビーベッドの中にいた木乃美はとても喜んで「なおちょ……なおちょ」と繰り返した。僕は「こんばんは。木乃美ちゃん」と言って栗色のフワフワした髪を撫でてやってから、ダイニングキッチンに向かった。

ソファの下はとても狭くて窮屈だし、ずっと腹這いになっているのは肉体的にはひどく苦痛だ。しかしここはおそらく、隠れるにはもっとも安全な場所のひとつだろう。かつては埃がひどくて閉口したが、最近は僕が定期的に掃除をしているので清潔だ。上に座られるとソファの脚が軋むが、背中を圧迫するようなことはない。今は初夏なので、冬の寒い頃のように床からの冷たさに悩まされることもない。

健太郎はジャイアンツのファンで、どうやら今夜はジャイアンツがボロボロに負けているらしい。さっきからさかんに舌打ちし、「何やってんだ、バカがっ！」と口汚く罵っている。僕は野球などに興味はないが、健太郎が悔しがるのが愉快なので、とりあえずジャイアンツが負けるのを祈る。

「ねえ……実はお願いがあるの」

真上から千尋の声がする。

「ん？　何だ？」

（たぶん）テレビに目をやったまま健太郎が応える。どうやら試合に夢中で聞こえなかったらしい。

「実は……父のことなんだけど……」

千尋が言ったが、健太郎は無言のままだ。

「ねえ……父が入院することになったの」

ひとりごとのように千尋が言い、その言葉に僕は驚くが、健太郎は相変わらず上の空だ。

「ふうん……そうか」と言って、（たぶん）またテレビに見入り、次の瞬間、ジャイアンツの選手がまた何かヘマをやったらしく、「あっ、畜生っ、何やってやがんだ、バカっ！」と罵る。健太郎が重心を変えたのか、ソファの脚がギシッと軋む。

「ねえ、お願い。聞いて……」

千尋が言い、健太郎は「何だよ、うるせえな」と言いながら（たぶん）千尋のほうに顔を向けずにきく。

「父が入院するのよ」

「ああ？」

健太郎の返事はいい加減だが、『入院』という言葉は気になったようで、「どこが悪いんだ？　頭か？　顔か？」と言って笑う。

「もしかしたら……もしかしたらだけど……肺癌かもしれないの」

《肺癌》という千尋の言葉に、ソファの下の僕はひどく驚いたし、さしもの健太郎も「えぇっ？」と呻いて驚いた様子をみせた。

「おやっさん、癌なのか？」

「まだわからないけど……その可能性があるらしいの」

「そうか。癌か。肺癌か」

呻くように健太郎は言った。しばらく無言で考え込み、それから甲高い声で笑った。

「そうか、肺癌かあ！　いやあ、そうか、そうか……かわいそうだけど、あれだけ煙草を吸えば肺癌にもなるだろうよ……いやあ、肺癌か……」

そう言って健太郎は笑い続けた。「まあ、自業自得ってやつかもな。もう60なんだろ？しかたないよ。運命だよ」

千尋は言葉も出ず（たぶん）夫の顔を見つめている。

「そうか、肺癌か……それで、おやっさん、あとどのくらいの命なんだって？」

「そんな……そんなこと検査してみなくっちゃ、まだわからないわ。本当に癌なのかどうかもまだわからないんだし……」

「あれだけ煙草を吸うんだから癌になって当然だよ。俺が煙草は嫌いだって言ってるのに、お前のおやっさん、俺の前で平気でスパスパ吸ってたもんな。だけどあの頑固じじいが肺まらないらしい。

癌とはなあ」

健太郎の声はかつて聞いたことがないほどに弾んでいる。義理の父の病気が嬉しくてた

「……ねえ、だから行かせて……お願い」

「行く？　行くって、どこに？」

「新潟の実家よ……すぐに戻って来るから……だから実家に帰らせて……お願い」

健太郎の反応は千尋には不愉快で腹が立つものに違いないが、そんな素振りは決して見せずに懸命に嘆願している。

「帰る？　お前が？　何しに帰る？」

健太郎が素っ頓狂な声できき返す。

「何しにって……だって父が入院するのよ。重い病気かもしれないのよ……長女であるあたしが帰るのは当たり前でしょ？」

「何言ってんだ、お前？　お前が帰るとおやっさんの癌が治るのか？　バカ言ってんじゃねえよ。お前が帰ろうと帰るまいと、死ぬものは死ぬんだよ」

「そんな……死ぬだなんて……そんなこと軽々しく言わないでよ」

今夜の千尋はいつものように簡単には引き下がらない。何としても譲れないギリギリのところで必死で健太郎と戦おうとしている。

その時、ジャイアンツのピッチャーがホームランを打たれた。ジャイアンツの応援をし

ていたテレビのアナウンサーが「ダメ押しの8点目が入ってしまいました」と残念そうに言っている。健太郎が「畜生っ！」と怒鳴って床を踏み鳴らす。

「ねえ、お願い……いいでしょ？　ほんの2〜3日、実家に戻ってもいいでしょ？」

千尋が（たぶん）健太郎の腕に触れて哀願している。「もし帰省することを許してくれるなら、今夜は一晩中、口にくわえててあげる。朝までずっとくわえててあげる。だから……お願い……帰省させて」

「ゴチャゴチャうるせえな、いつまでも。テレビも見てらんねえじゃねえか」

不機嫌にそう言うと健太郎はテレビを消した。たぶんジャイアンツがやられるのをこれ以上見ていられなかったのだろう。「帰るのはかまわないけど、すぐはダメだ。今月は俺の仕事が忙しいから来月にしろ」

「来月なんて、そんな……ねえ、お願い。本当に2〜3日で戻って来るから……」

「さっきも言ったろ？　お前が行こうと行くまいと、死ぬものは死ぬんだよ」

健太郎はそう言い、喉を鳴らしてウィスキーを飲んだ。

「……来月なんて遅すぎる。今、すぐに行きたいの」

「ちょっと静かにしろ。俺は疲れてるんだ。畜生っ、もう寝るぞ」

「ねえ……行かせてくれるなら何でもする。だから……」

「しつこい女だなっ。来月ならまだ生きてるだろ？　それともすぐに死ぬのかよ？　真夏の葬式なんて俺はゴメンだぜ」

その時、ピシャッという派手な音が響いて僕は体を硬直させた。いつものように健太郎が千尋の頬を張り飛ばしたと思ったのだ。

だが、そうではなかった。

健太郎が千尋の頬を張ったのではなく、千尋が健太郎の頬を張ったのだ!

「この悪魔っ! 人でなしっ!」

ヒステリックに千尋が叫んだ。「あんたこそ死ねばいいんだっ! あんたこそ……」

だが千尋の叫び声は、肉の殴られる鈍い音によって無残に断ち切られた。ソファが大きな音で軋み、次の瞬間、千尋の痩せた体が床に——僕と同じ高さの場所へ——音を立てて転がり落ちた。

「何しやがんだっ、このアマっ! てめえっ、何様のつもりなんだっ!」

真上から健太郎の大声が響き、その瞬間からダイニングキッチンは凄惨なリンチの場に変わった。

健太郎の最初のパンチは千尋の左目を直撃したらしい。その一撃でソファに座っていた千尋は吹っ飛んだのだ。床に倒れた千尋は朦朧となりながらも体を起こしかけた。その眉間に、今度は健太郎の蹴りが入った。グキッという音がして、千尋は首をのけ反らせて背後に引っ繰り返り、床に後頭部を打ち付け、1~2度身をくねらせて気を失った。

千尋が意識をなくしたのを見て健太郎はダイニングキッチンのカーテンを閉めた。そうだ。健太郎は誰にも見られていないところで妻に暴力を振るうのが大好きなのだ。

窓辺を離れると健太郎は仰向けに倒れたままの千尋の腹部に馬乗りになり、「起きろっ、この腐れアマっ！」と怒鳴りながら千尋の頬を2発3発と続けざまに張った。意識を取り戻した千尋が「ああっ……お願い、やめてっ……」と弱々しい悲鳴を漏らした。

だが健太郎はやめなかった。胸倉を鷲摑みにして千尋を無理やり立ち上がらせると、そのまま高く抱え上げ、硬い床に勢いよく叩きつけた。悲鳴とともに、ズシンという凄まじい地響きが腹にビリビリと伝わり、僕は拳を握り締めて無言で呻いた。

「おい千尋っ！　てめえ、自分が何をしたかわかってんのかっ！」

床の上で息もできずのたうちまわる千尋を見下ろして健太郎が叫ぶ。「おいっ、こらっ！　聞いてんのかっ！」

健太郎は叫び続けながら千尋の腹部を踏み付け、千尋が俯せになって逃れようとすると今度は背中を踏み付けた。

「主人に手を上げた奴隷がどうなるのか、たっぷりと思い知らせてやるっ！」

屈み込んで千尋の髪を背後から鷲摑みにし、額を床に打ちつける。仰向けにさせて今度は何発も頬を張り、引っ張り起こしては床に突き倒す。

暴力が始まってどれくらいがたったのだろう？　千尋の顔は腫れ上がり、唇は切れて血が滲み、鼻からは鮮血がタラタラと流れ落ちている。子供部屋からは異常を感じた木乃美の泣く声がする。

悶絶する千尋をすぐ目の前に見ながら、ソファの下の僕はズボンのポケットの中のスタンガンを握り締める。健太郎は今、ソファの前、僕が手を伸ばせば届くところに立っている。アキレス腱の浮き出た浅黒い足首が見える。今、僕がその剝き出しの足首にスタンガンを押し付けてスパークさせたら、健太郎はどうなるだろう？　意識を失うだろうか？　それとも悲鳴を上げて飛びのくだけだろうか？　もし健太郎が気を失って倒れたら、僕はどうしたらいいだろう？　ソファの下に潜んでいた僕の姿を認めた千尋はどんな反応をするのだろう？　意識を取り戻した健太郎はどうするだろう？

どうしても飛び出す決意がつかない。僕のしていることは違法で異常なことなのだから、飛び出すことなどできない。

健太郎の拳や足が体に食い込むたびに、腫れ上がった千尋の口が「うっ……やめて」「ああっ……許して」とうわ言のように呻く。それを聞いていることに耐えられなくて、僕は目を閉じ、そっと両手を動かして耳を塞いだ。

「バカ野郎っ！　世の中には謝って済むことと、済まないことがあるんだよっ！」

耳を塞いでも健太郎の叫びが聞こえる。肉と肉とがぶつかり合う鈍い音も聞こえる。

「……あうっ……ごめんなさいっ……ああ、許して……ひいっ……もうしません……ああ、やめて……ああっ、痛いっ……ううっ……あううっ、助けて……」

喘ぐような千尋の声がする。こんな近くにいても何もできない自分の無力さを忌ま忌ましく思う。

逃げ場のない密室で、千尋は髪をごっそりと引き抜かれ、体のすべての場所を殴られ、蹴飛ばされ、首を絞められ、半殺しにされている。気を失うたびに頬を張られて起こされ、そしてまた気を失うほど殴られている。だが――僕にはどうすることもできない。

千尋がボロ雑巾のようになってぐったりすると、健太郎は千尋の服を剝ぎ取り、下着を引きちぎって全裸にし、乱暴に抱き上げてソファの上に――僕の真上に運んだ。そしてそこでメチャクチャに凌辱した。ソファの脚がギシギシと規則的に、あるいは不規則に軋み続けた。

もう千尋には抵抗する力はなく、人形のように、ただ健太郎のなすがままに犯されていた。見たわけではない。僕に見えたのは、ソファから垂れた千尋の左足が、上下左右に跳ねているのだけだった。

やがて健太郎は立ち上がり、「今度あんなことしたら、このぐらいじゃ済まないぞっ！」と言い残してダイニングキッチンを出て行った。すぐに階段を上る音が聞こえた。

ソファの上には、血と汗と精液にまみれてぐったりとなった千尋だけが残された。

37

子供部屋から木乃美が泣き続ける声がした。

千尋が立ち上がるまでには20分もの時間が必要だった。今すぐにでもソファの下から這い出し、千尋を抱き起こして「大丈夫ですか？」と声をかけたい衝動を必死に抑えながら、僕はずっとソファの下で身を固めていた。

ようやく立ち上がった千尋は近くにあったティッシュペーパーで血と精液を拭い、裸のままよろめきながらシンクまで歩き、そこで少し吐き、水で口をすすぎ、また吐いた。嗚咽を漏らしながらしばらくそこに立ち尽くし、それからダイニングキッチンの明かりを消し、足をフラつかせて部屋を出て行った。ソファと床との隙間から、暗がりに浮き上がる千尋の肉のそげた臀部が見えた。

千尋が子供部屋の扉を開け、泣き続ける木乃美を抱き上げたのを聞いてから、僕はソファの下から這い出した。体の前半分がひどく痺れて、口はカラカラに渇き切っていたけれど、そんなことはまったく気にならなかった。床には色の変わり始めた血がこびりついていた。僕はポケットから出したハンカチでそれを拭った。

足音を忍ばせ、子供部屋の扉に近づく。そこに佇み、室内の音を聞いた。木乃美は泣きやんでいるが、千尋のほうは相変わらずすすり泣いている。嗚咽を漏らしながら木乃美のオシメを取り替えている。

僕は自分の手を噛んだ。僕には千尋を慰めてやることができない。無言で抱き締めてやることもできない。自分の無力さを激しく呪いながらダイニングキッチンに引き返す。カーテン越しの微かな光が、明かりの消えた部屋の中をほのかに照らしている。

作り付けの古い食器棚の引き出しのひとつを開ける。そこに薄汚れた千尋の財布が入っていることは知っている。財布を手にとって中身を確かめる。千円札が2枚と小銭が少し。

財布の中身はそれだけだ。これでは病院に行くことも、薬局で薬を買うこともできない。

僕は尻のポケットから自分の財布を取り出す。幸いなことに、1万円札が4枚と千円札が3枚、それに5千円札が1枚入っている。それを全部、千尋の財布に移し、元どおりに食器棚の引き出しにしまう。

こんなことをするのが危険極まりないことだとはわかっている。だが、ほかにできることがないのだから、しかたない。

足音を忍ばせて勝手口まで行き、そこから裸足で外に出る。外の空気はしっとりと湿っている。おぼろ月が庭を照らしている。

子供部屋の窓の近くのサツキの茂みに放り込んだランニングシューズを取るために、ぐるりと庭をまわる。子供部屋のカーテンの向こうに、木乃美を抱く千尋の影が見える。

地上に健太郎が存在する限り、千尋も木乃美も、そして僕も幸せになることはできない。サツキの茂みから靴を拾い上げながら、僕はそれをはっきりと知る。

## 38

3階の自室に戻る。部屋の片隅には千尋のマネキン人形が、あの日のままの美しさで立ちつくしている。

「……ごめんなさい……ごめんなさい……」

僕は人形を見つめて謝る。「……ごめんなさい……何もしてあげられなくて、ごめんなさい……」

千尋の血の付いたハンカチを握り締めたままベッドに潜り込む。ついさっき、目の当たりにした惨劇が頭の中で渦を巻いて眠ることができない。千尋の悔しさが自分のことのように思えて、胃がキリキリと痛む。

暗がりに照らし出された水槽の中を泳ぐ古代魚たちを眺め、何とかして頭の中を空っぽにしようとする。

……昔のことを思い出した。何の脈絡もなく、今まで1度も思い出したことなどない、ずっとずっと昔のことを思い出した。

あれは小学校の2年か3年の頃だった。ある秋の放課後、僕はクラスのみんなと校庭で『かくれんぼ』をしていた。僕は何人かの生徒と一緒に校庭の片隅にあった体育倉庫に入り込み、積み重ねられた跳び箱の中に隠れた。そこは最高の隠れ場所に思われた。

しばらくすると体育倉庫に鬼がやって来て、マットの陰に隠れた子や、物置棚に隠れた子や、運動会の大玉転がしで使った玉の後ろに隠れた子を次々と見つけ出していった。けれど鬼は、跳び箱の中に潜んだ僕のことは見つけることができなかった。僕を見つけられないまま、鬼は体育倉庫を出ていった。

僕は真っ暗な跳び箱の中に膝を抱えてうずくまり、鬼がいつ僕を見つけに戻って来るかとドキドキしながら待っていた。そこはひどく窮屈で、埃っぽく、静かで、乾いた土と石灰の匂いがした。

しかし、いつまでたっても鬼はやって来なかった。生徒たちが降参して、「三井、もうやめようぜ。出て来いよ」と僕を探しに来ることもなかった。

僕は跳び箱の中にうずくまり続けた。そのうち、校庭からは子供たちの声がまったく聞こえなくなった。僕はさらにしばらく鬼の来るのを待ち、それから跳び箱を出た。体育倉庫の小さな窓の外はもう真っ暗だった。

僕はすべてを理解した。みんなは、僕がまだ見つかっていないということにさえ気づかずに帰ってしまったのだ。それだけのことだ。僕にとっては、ごくありふれたことだ。

誰もいない校庭を照明灯が照らしていた。僕は星を眺めながら家路についた。母は僕の帰宅が遅れたことに文句を言ったが、心配していたふうではなかった……。

きっと窮屈なソファの下に潜り込んでいたからだろう。だから跳び箱の中に潜んでいた時のことなんて思い出したのだろう。

あの跳び箱の中は本当に狭くて真っ暗だったけれど、不思議と心休まる空間だった。誰のことも必要とせず、誰からも必要とされない世界。跳び箱の中は僕にとって、完結したひとつの宇宙だった。

もし一生をあの跳び箱の中で暮らすように命じられたとしても、僕はそれをそんなに苦には感じないだろう。同じように、一生を浜崎家のソファの下で暮らすように命じられても、僕は苦にしないだろう。

## 39

しつこく鳴らされるインターフォンの音で、僕は途切れ途切れの眠りから覚めた。手にはまだ千尋の血が付いたハンカチを握り締めている。

カーテンの向こうはすでに明るくなっているが、時計の針はまだ4時半を指している。不審に思いながらも立ち上がり、壁に掛けたインターフォンの受話器を取る。

「……はい？……どちら様でしょう？」

舌をもつれさせながらきく。

『ミズシマだけど……』

受話器の向こうからぶっきらぼうな男の声が聞こえた。

「えっ……ミズシマさん……ですか？」

まだぼんやりとした頭でいったい誰だろうと考える。

『いつも店に来てるだろっ！』

苛立った男の声が言う。

「……ああ……あの水島さんですね……？」

窓辺に寄り、カーテンの隙間から下をのぞく。シャッターの閉じた店の前に、近所のコンビニエンスストアの店員である水島勤が立っている。僕の忠告を無視して、古い木造アパートの畳の上に重たい120cm水槽を3本も置いている、あの水島だ。

「今下りて行きますので、ちょっとお待ちください」

そう言って僕は1階に下り、店を抜けてシャッターを半分ほど上げる。朝の光の中に水島が立っている。洗いざらしの安物のジーパンにヨレヨレのTシャツ。薄汚れたランニングシューズ。両手をポケットに突っ込んで体を揺らしている。こんな早朝に、いったい何の用だろう？

「おはようございます……あの……何か？」

無言でこちらを睨みつけている水島に僕は声をかける。

コンビニエンスストアでの夜勤明けなのだろうか？　それともこれから出勤なのだろうか？　水島の目は血走っている。相変わらず貧相で特徴のない顔立ちだが、無精髭のせいか今朝は特に顔色が悪く見える。

「アロワナが死んだ」

吐き出すように水島は言った。

「死んだって……あの……ブラック・アロワナですか？」

僕は水島が3つある120cm水槽のひとつで3匹のブラック・アロワナを飼っていたということを思い出した。僕が売った時の稚魚はどれも10cmほどだったが、今ではきっと40

〜50㎝に成長していることだろう。

「ああ」

水島は僕を睨みつけ、ぶっきらぼうに答える。奥歯を強く食いしばっているのがわかる。

「でも……どうして？」

「知るかよ、そんなことっ」

敵意を込めた口調で言う。

「あの……死んだのは……あの……3匹のうちの1匹だけですか？」

どんな状況で死んだのかを知るために僕はきく。アロワナ類はどれもきわめて丈夫なので、よほどのことがない限り急に死んだりはしない。

「3匹ともだよ」

「……3匹全部？」

「だからさっきからそう言ってんだろ？」

水島は相変わらず左右に体を揺らしながら僕の前に立ち塞がっている。その口調や顔付きはひどく挑戦的だ。

「……あの……それは、いつのことなんですか？」

「今朝だよ。目を覚ましたら3匹とも死んでたんだよ」

「飛び出したんじゃなく……あの……水槽の中で死んでたんですか？」

水島が無言で頷く。

「あの……昨日までは3匹とも元気だったんですか？」

再び水島が無言で、不機嫌そうに頷く。

「あの……水温のほうは？」

「煮えてた」

「えっ？　煮えて？」

「だから、煮えてお湯になってたんだよっ！」

水島が怒鳴り、僕はビクッとして後ずさる。

水温が極端に上昇していたということは、サーモスタットの故障と考えてまず間違いない。最近の電子式サーモスタットは性能がよくなり、そういう事故はめったにないのだが、絶対にあり得ないとはいえない。

「あっ、そうですか……だとしたらたぶん……あの……サーモスタットの故障が原因だと思います……あの……もし、差し支えなければ、その……サーモスタットをもって来ていただけませんか？……ちょっとメーカーとも相談したいし……あっ、もしあれなら、僕が今からお宅にうかがってもいいし……」

サーモスタットの故障だとすれば、責任はメーカーか使用者である水島にある可能性が高い。だが僕は水島に弁償してもいいと思っている。幸い、ブラック・アロワナの仕入れ価格はたいしたものではない。僕は誰とも争いたくない。頭の中は今、千尋のことでいっぱいなのだ。

「おい……お前っ」

僕を睨みつけて水島が言う。ヨレヨレのTシャツから饐えたような臭いがする。

「……はい？」

「謝れよ」

「はい……あの……」

「謝れっ！」

水島の口から唾液が飛んで僕の顔にかかる。

「あっ……すみません……」

昨夜の健太郎の声を思い出し、僕は反射的に謝ってしまう。水島は真っ赤に充血した目で僕を睨み続けている。

「……でも……あの……とにかく原因を突き止めて……」

「もういいよ……」

「あの……でも……」

「もういいんだよ、うるせえなっ……お前っ……口のきき方に気をつけろっ！」

水島は顔を真っ赤にしてそれだけ言うとクルリと背を向け、人通りのない明け方の歩道を歩きだした。僕は呆然として、コンビニエンスストアの店員の痩せた背中を見送った。

「畜生っ……いい気になりやがってっ！」

朝日の中を歩きながら、地面に向かって吐き捨てるように言う水島の声が聞こえた。

# 40

新婚旅行以来、1度も使ったことのないサムソナイトのスーツケースをガラガラと引きずって車に運ぶ。行く当てなんてどこにもないけれど、もうこれ以上、この家にいることはできない。

今夜帰宅した時にあたしがいないことを知ったら、きっと健太郎は怒り狂い、歯軋りして床を踏み鳴らすだろう。「畜生っ、あのアマっ！」と叫び、壁に拳を突き入れるかもしれない。だけどそれだけだ。もうあたしを殴りつけることも蹴飛ばすこともできない。テーブルを引っ繰り返すことや、花瓶を蹴倒すことや、床に醬油の瓶を叩きつけることはできるかもしれないけれど、そんなことをすれば結局、自分でその後始末をするハメになる……それを思うと痛快だ。

スーツケースを車に積み終えると、子供部屋に行って木乃美を抱き上げる。「さあ、車でお出掛けよ。どこか行きたいところがある？」

木乃美はあたしのしているサングラスとマスクが不思議でならないらしく、何度も手を伸ばしてそれを取ろうとする。だけどサングラスとマスクを外したあたしの顔を見たら、木乃美は怖がって泣き出してしまうだろう。あたしの左の瞼は腫れ上がってほとんど目が塞がってしまっているし、唇はタラコのように膨らんでいる。左の奥歯はグラグラとしている。

今度という今度は絶対に許せない。もうあたしも腹を決めた。こんな生活を続けるくらいなら恥をかいたほうがいい。親戚や友人たちに笑われ、「やっぱりね」とか、「出戻り」と言われたほうがいい。

今朝、目を覚ますと、頭が割れるように痛く、つわりにも似た吐き気がした。鏡を見ると顔は別人のようになっていた。目を覚ました健太郎もあたしの顔を見てさすがに顔をしかめ、みっともないから外出する時はサングラスとマスクをするようにと命じた。

今朝は健太郎が駅まで車を運転し、あたしは助手席に座っていった。駅での別れ際に健太郎は、まるであたしの怪我と自分は無関係みたいに「片目だと危ないから慎重に運転して帰るんだよ」と優しい口調で言った。

「昨夜はちょっとやりすぎた……済まなかったな」

「いいえ……あたしが悪かったんです」

「来月になったら新潟に戻っていいよ」

あたしは「ありがとう」と言って柔順に頷いたけれど、もう心は決まっていた。駅から戻るとすぐに家を出る支度を始めた。

問題はお金だった。

財布には2千数百円しか入ってないことはわかっていた。キャッシュカードやクレジットカードは健太郎が持ち歩いているし、銀行の通帳は健太郎が書斎の金庫に保管しているから、鍵の番号を知らないあたしには取り出すことができない。健太郎はあたしに余計なお金を持たせないことで、身動きできないようにしているのだ。

今は主婦でもサラ金で簡単にお金を借りることができるというけれど、この腫れ上がった顔でサラ金に行くのはさすがにためらわれた。あたしは途方に暮れて財布を開いた。そして驚いた。財布の中には5万円もの大金が入っていたのだ！

反省した健太郎が夜中にこっそりと入れたのだろうか？　いや、そんなわけはない。それだけは絶対にあり得ない。結婚してから1度に1万円以上のお金を渡したことのない健太郎が、そんなことをするわけがない。でも……だとしたら、いったい誰が……？

考えるとさすがに背筋が寒くなった。だが、考えていてもしかたない。あたしは財布をバッグに突っ込み、頭を空っぽにしてスーツケースに荷物をまとめた。今ではあたしは悲しくなるほど何も持っていないから、荷物はとても少なくて済んだ。

木乃美を後部座席のチャイルドシートに座らせ、あたしは運転席に座る。イグニッションにキーを差し込んでまわし、しばらくアイドリングしてエンジンを暖める。

さて、どこに行こう？

5万円あれば車にガソリンを満タンにし、厚木から高速に乗って新潟の実家に戻ることができる。……だけど……新潟の実家に戻れば、きっと健太郎が追って来るだろう。そしてあの家で、昨夜のような凄絶な修羅場を繰り広げるだろう。あたしを殴ったついでに父や母まで殴るかもしれない。

両親を巻き込みたくなかった。第一、父は病気で入院するのだ。そんな時にこんな腫れ上がった顔を見せて余計な心配をさせるわけにはいかない。

どこに行ったらいいんだろう？

チャイルドシートで木乃美はおとなしくしている。あたしは窓を全開にし、胸のポケットからマルボロのパックを取り出す。また財布に入っていたお金のことを考える。

あのお金を入れたのは誰なんだろう？　昨夜も家の中にあたしたち以外の誰かが……誰かあたしの味方が……いたのだろうか？

だがその誰かは、あたしがあんなにひどい目に遭わされているというのに助けてはくれなかった。

胸のポケットから使い捨てライターを取り出して煙草に火を点ける。今朝はもう、5本目になる。エンジンは軽快なアイドリングを続けている。あたしは深く煙草を吸い込む。手の中の銀色の使い捨てライターを見つめる。

このライターは寝室の電気スタンドの下に転がっていた。さっき荷物をまとめている時、ちょっとした拍子に体が触れてサイドボードに載せた笠付きの電気スタンドが引っ繰り返ってしまった。幸いなことに電気スタンドは無傷だったけれど、あたしはそこにこのライターが転がっているのを見つけた。

そんなライターには見覚えがなかった。健太郎は煙草を吸わないから、健太郎のものだとは考えにくい。だとしたら……いったい誰が……？

本当に、あの家では不思議なことばかりが起きる。だけど、あの家にいるのもきょうまでだ。

「さあ、木乃美。これからママとドライブよ」

煙草の吸い殻を庭に投げ捨て、ついでにペッと唾を吐く。健太郎に唾を吐きかけているようで何だか気分がいい。唾にはまだ褐色の血が混じっている。

ライターをダッシュボードの上に放り出してガレージから車を出す。行き先はまだ決まらないけれど、とりあえず、茅ヶ崎方面に向かうことにする。そうだ。大切なのは、この家を出ることなのだ。

走りだしたバックミラーにあたしたちの家が映る。それがどんどん離れ、やがて見えなくなる。あたしは大きく息を吐く。ダッシュボードに転がった銀色のライターを見る。そして——神様も煙草を吸うのだろうか、と思う。

いつのまにか神様を信じそうになっている自分がおかしい。

「もうお家には戻って来ないのよ。木乃美もそのほうがいいでしょ？　あんなパパとはもう会いたくないでしょ？」

何だか本当にドライブに行くようで心が弾み、あたしは深くアクセルを踏み込んだ。

# 41

３階の自室の窓辺で熱いマンデリンを飲みながら、２００㎜望遠レンズの付いたニコンFで浜崎家の様子をうかがっている。ダイニングキッチンや寝室の窓の向こうに時折、千尋の姿がチラリチラリと見え隠れしている。

体の具合はどうなのだろう？　もう財布の中の紙幣に気づいただろうか？

千尋は濃いサングラスをかけ大きなマスクをしている。けれど、それでも彼女の顔がひどく腫れ上がっているのがはっきりとわかる。それが僕をたまらない気分にさせる。

もう少ししたら病院が開くだろう。そうしたら千尋は手当を受けるために車で家を出るだろう。千尋が外出したら僕は、すぐにまた浜崎家に侵入するつもりでいる。僕にできることなど何もないが、こんな日くらいは、せめて近くにいてやりたい。

一眼レフのカメラから目を離し、コーヒーをすする。その時、音声感知式のアンプがガタンという音を拾い上げた。続いて千尋の「あっ」という声。何かの倒れた音と、それを起こす音……それに続く沈黙……ガサガサという大きな雑音……再度の沈黙と、遠くからの呼吸音……またガサガサという大きな雑音……。

どうやら千尋が寝室の電気スタンドを引っ繰り返し、その下に転がっていたライターを発見し、ポケットかどこかに放り込んだようだ。だが、大丈夫。それが超小型のワイヤレスマイクだとは気づかないだろう。マイクを失ってしまったのは残念だが、また購入して別の場所に仕掛ければいいだけのことだ。

千尋のポケットに放り込まれたライターは、その後もさまざまな音を僕の部屋に送って来た。階段を上ったり下りたりする音……扉やクロゼットやタンスを開け閉めする音……衣類をどこかに詰め込んでいるような音……何かを引きずるようなガラガラという音……言葉にはならない木乃美の声と、「さあ、車でお出掛けよ。どこか行きたいところがある?」という千尋の声……車に乗り込み、エンジンを始動させる音……たぶん盗聴マイク付きのライターを点火させたカチャッという大きな音……長く息を吐くフーッという音……「さあ、木乃美。これからママとドライブよ」という声……。

僕は慌てて窓辺に駆け寄り、200㎜望遠レンズで浜崎家をのぞく。車の運転席に座った千尋の姿が見える。相変わらずサングラスとマスクをし、顔をいびつに腫れさせている。まだ病院やスーパーマーケットが開くには時間がある。こんな早くに、いったいどこに行くつもりなのだろう? 天気がいいのにきょうはまだ洗濯も布団も干していない。

やがて車が動き出し、電波の状態が急速に悪化する。

『……もうお家には戻って来ないのよ……』

千尋の声が微かに聞こえる。『……木乃美もそのほうが……パパとはもう会いたくない……』

車が角を曲がって見えなくなる。

あの盗聴マイクの守備範囲は１００〜１５０ｍほどだ。すぐに……スピーカーからは何も聞こえなくなってしまう。

もうスピーカーからはザーッという雑音しか聞こえない。僕は窓の外を呆然と見つめ、《もうお家には戻って来ないのよ》という千尋の言葉を反芻している。

千尋はいったい、どこに行ってしまったのだろう？　もし千尋が本当にもうあの家に戻らないのだとしたら、僕がわざわざ平塚に引っ越し、店まで開いた意味がまったくなくなってしまう。そうだ。千尋がいないとしたら、この土地には何の意味もない。

その時、窓の外から救急車のサイレンが聞こえた。けたたましいサイレンの音がこちらに向かって来る。ひとつだけではない。いくつものサイレンがコーラスのように高く低く響き、重なり合いながらこちらに近づいて来る。

片目で運転していた千尋が事故を起こしたのだ。

そう思った瞬間、口の中がカラカラになった。慌てて窓辺に駆け寄る。カーテンの隙間から外を見る。

窓の下に何人かの人がいて、辺りを見まわしている。きっとみんなサイレンの音に飛び出したのだろう。下腹部が冷たくなり、掌が汗を噴き出す。

窓ガラスを開いて顔を突き出し、遠くを見渡す。サイレンの音がうるさいほどに響き渡っている。浜崎家のさらに向こう、鬱蒼と重なり合った家々の庭木の向こうに赤色灯を回転させたパトカーや救急車が停まっているのが見える。

やはり千尋だ。走りだしてすぐに事故を起こしたのだ。

たまらず部屋を飛び出し、階段を駆け下りる。店を抜け、シャッターを開け、路上に出る。隣のサンドウィッチ店を経営する中年夫婦が、顔をしかめて腕組みしている。

「あの……何があったんですか……?」

サンドウィッチ店のオーナー夫妻とは挨拶程度の付き合いでしかないが、千尋が心配でたまらず、思い切ってそうきいてみる。

「この先のコンビニで人が刺されたらしいんだ」

でっぷりと太ったサンドウィッチ店の主人が答え、同じように太った妻が「コンビニの奥さんが誰かに刺されて亡くなったみたいなのよ」と言った。

その答えに僕は静かに溜め息をついた。

よかった。千尋は無事だった。

42

相変わらず外が騒がしいが、僕はもう気にしない。ただ、千尋のことはとても気になるので、これからまた浜崎家に行くことにする。近くを警察官がウロついているようだが、注意すれば大丈夫だろう。

浜崎家への侵入が長時間になる可能性も考慮して、ズボンの下にパンツ型のオシメを穿き、少しの水と食料を持つ。念のためポケットにスタンガンを忍ばせる。

自室を出て階段を下りかけた時、インターフォンが鳴った。


シャッターを開けると、スーツ姿の中年男がふたりと警察の制服を着た若い男がひとり立っていた。スーツ姿の白髪の男が「おそれいりますが、ちょっとお尋ねしたいことがありまして……」と口を開く。おそらく刑事なのだろう。

「……はあ……何でしょう?」

内心迷惑しながら僕は言う。コンビニエンスストアで誰が殺されたか知らないが、そんなことは僕には関係ない。あのコンビニエンスストアが倒産してなくなるというのは不便で困るが、そこで人が殺されただけなら別に困ることもない。そんなことより僕は一刻も早く浜崎家に行き、千尋の行き先を何とか調べ出したいのだ。

「こちらの経営者の……三井さんですか?」

刑事が僕を《三井》と呼んだのには驚いた。たとえ相手が誰であろうと、固有名詞を呼ばれるというのはいいものだ。

「……ええ……三井です……」

招き入れたわけでもないのに刑事たちは店に入って来た。しかたなく店の照明を点ける。3人の警察関係者は申し合わせたように店の中を見まわし、一様にピラルクーの姿に驚き、年配の刑事が3人を代表して「いやあ、すごいなあ……三井さん、これは、何ていう魚なんですか？」ときいた。

刑事が再び僕を《三井》と呼んだことに気をよくし、僕は「ああ……これはピラルクーっていいます」と答える。

「ピラルクー？　海にいるんですか？」

「いえ……淡水魚です……アマゾン川が原産です……」

「ふーん……アマゾンねえ」

「……世界最大の淡水魚なんです……」

そこまで言ってから、僕は自分が喋り過ぎていることに気づく。「……あの……ご用件は何でしょう……？」

「ああ、失礼しました。あんまりでっかい魚だから、つい驚いちゃって」

そう言って年配の刑事はひとりで笑い、それから「いやあ、実はですね」と話を切り出した。

「実は、その先のコンビニで殺人がありましてね」

「……ああ……そうですか？」

僕は気のない声を出す。制服姿の警察官は僕が近所での殺人事件に興味を示さないことに不満そうだ。

僕もまったく興味がないわけではない。だが、今はそんなことより千尋の行方が心配でならないのだ。

「失礼ですが、ミズシマ……ツトムという男をご存じですか？」

年配の刑事がきく。

「……ミズシマ……ツトム？……ああ……ええっと……うちの常連客に……水島勤さんっていう方がいらっしゃいますけど……その人のことでしょうか？」

「ええ。おそらく、その男だと思われます」

「……あの……それで……水島さんが何か……？」

「いや、その水島という男が今朝、そこのコンビニでオーナーの奥さんを刺し殺しましてね……」

「えっ、水島さんが？」

さしもの僕もびっくりし、制服姿の警察官がようやく満足した顔を見せる。

「ええ、奥さんの首のところを、大きなカッターで……こう……ズバッとね」

刑事はその時の様子を右手を振り下ろして再現してみせ、僕は無言でそれを見つめる。

「救急車が来た時はもう虫の息で、出血多量でまもなく亡くなられました」

「……はあ……そうですか……？」

「それで、今朝、4時半頃ですかね。水島がこの店の前に立って三井さんと話しているのを見かけたという人がいましてね。それでちょっとお話をうかがおうかと思って……今朝、4時半頃、水島はこちらに来ましたか？」

「……ああ……はい……」

「朝の4時半に？」

「ええ……それぐらいの時間でした……」

「それで、どんな用件だったんですか？」

「……ええっと……あの……ブラック・アロワナが死んだって……」

「ブラック・アロワナ？　そりゃ、何ですか？」

「……ええっと……南米のアマゾン川原産の……オステオグロッスム科の魚で……あの……学名は確か、オステオグロッスム……ああ、そうだ……オステオグロッスム・フェアレイライ……それで英名がブラック・アロワナで……あの……シルバー・アロワナより生息範囲が狭くて……採集が難しくて……輸送に弱いところがあって……あの……幼魚の時は全身が黒っぽくて……自然の環境だと70㎝くらいになって……餌は主に……」

「ああ、はいはい。要するにここで販売されてるような観賞魚ですね」

壁を埋め尽くした水槽を指さして刑事が言う。

「ええ……まあ……」

「それで水島は何て？」

「……ああ……その水島さんがブラック・アロワナを3匹飼っていて……あの……今朝、目が覚めたらそれが3匹とも死んでたって……」

「要するに水島は、飼っていた魚が死んだといって、そんな朝っぱらから三井さんのところに押しかけて来たんですか？」

刑事が《三井》という言葉を口にするのは、これが4回目だ。どうでもいいことだが、刑事の口が《三井》と動くたびに何だか嬉しくなる。

「……ああ……はい……」

「朝の4時半ですよ。いつもそうなんですか？」

「いえ……あの……初めてです……」

「そうですか？　で、水島は今朝、何て言ってました？」

「ええっと……そうだ……謝れって……」

「謝れ？　三井さんに？　魚が死んだのは三井さんのせいなんですか？」

5回目。6回目。

「……いえ……たぶんサーモスタットの故障が原因で……あの……僕の責任ではないと思いますけど……」

刑事は無言で頷いて話の先を促す。

「……僕が謝って……あの……それからサーモスタットの故障が原因だと思うから、それを持って来て欲しいって頼んだら……もう、いいって……」

「もう、いい？」

「……ええ」

「それだけですか？　ほかには何か言ってませんでしたか？」

「ええっと……口のきき方に気をつけろって……それから……いい気になるなって……」

「以前に三井さんと水島のあいだで何かトラブルみたいなものはあったんですか？」

7回目。かってこれほど何度も名を呼ばれたことはない。

「……ない……はずなんですけど……」

僕の答えに刑事はふたりとも、うーんと唸って腕を組み、制服姿の警察官は意味もなく笑った。

43

刑事たちはさらに30分近くもあれこれと質問を続けたあげく、ろくに礼も言わずに店を出て行った。

刑事たちの姿が見えなくなってから、照明を消して店を出る。浜崎家に向かってゆっくりと歩く。相変わらず通りにはたくさんの人がいて、それぞれのもっている情報を交換しあっている。……知ってるよ、派手な感じのババアだよ……やったのは、そこの店員だって？……らしいね。何が原因だったんだろう？……いくつぐらいのやつなんだ？……確か、30だって、猪股さんが言ってたな……あのコンビニで働いてたなら、顔を見ればわかるかもな……。

やじ馬だけではなく、今ではマスコミ関係者のような人々もゾロゾロと歩きまわっている。通りのあちこちにテレビ局のロゴの描かれたバンやマイクロバスが停まっている。人がひとり殺されたというだけで、いったいどうしたというのだろう？

人々のあいだを縫って浜崎家に向かう。だが、問題のコンビニエンスストアが浜崎家の先にあるため、浜崎家の前にもたくさんのやじ馬や報道関係者がいて浜崎家に侵入することができない。こんな大切な時に……まったく水島も迷惑な男だ。

しかたなく浜崎家の前を通り過ぎる。歩き続けると水島が働いていたコンビニエンスストアが見えてくる。パトカーが何台も停まっている。やじ馬や報道陣、それに制服姿のたくさんの警察官がいる。誰もが口々に喋っている。……当分はあの店も休むんじゃないかしら？……そうでしょうね。中は血の海だって話よ……気持ち悪い。もうあそこには行けないわ……便利だったのに、残念。でも人が死んだんじゃあね……その男、見たことある？……さあ？　どうかしら？　でも奥さんは知ってるわよ……あたしも知ってる。派手な感じの人でしょ？……そうそう。いい年して、こんなミニスカート穿いて、ケバいオバサンって感じの人……でも殺すだなんて、よっぽどのことがあったのかしら？……。

テレビで見たことのあるスーツ姿の女性レポーターが、気の強そうな顔をわざとらしくしかめてマイクに喋っている。それを若いカメラマンが撮影している。すぐそこにロープが張られていて、制服姿の警察官が押し寄せるやじ馬からロープを守っている。あちこちでストロボが光る。

いったい水島に何があったのだろう？

僕は喋り続ける人々の中に無言で佇み、この数時間で急に有名人になった水島勤という男のことを考えた。

44

水島勤は30年前に神奈川県伊勢原市で生まれた。小さい頃から無口で目立たない子供だった。地元の高校の普通科を卒業後、平塚にあるプラスティック成型工場に就職した。本当は大学か専門学校に行きたかったのだが、親は彼の学費を出すとは言わなかったし、彼にも自分で学費を稼ぐほどの向学心があるわけでもなかった。

平塚のプラスティック成型工場には半年ほど勤務したが、口うるさい上司が嫌で辞めてしまった。だが、当時は景気がよく、働き口に困るということはなかった。自動車製造工場、菓子工場、筆記具工場、化学樹脂工場……水島は平塚の工場街で短期のアルバイトを転々とした。3カ月働いては3カ月フラフラする。半年働いた時は半年遊ぶという生活だった。20歳になった時に平塚にアパートを借りてひとり暮らしを始めたが、贅沢をするわけではないので金に困るということもなかった。

そう。水島は自分で稼ぐ以上の金を使うような性格ではなかった。友人たちと旅行をしたり、どこかに遊びに出掛けるということはなかった。居酒屋で酒を飲むことも、映画を見に行くことも、パチンコや競馬をすることもなかった。パブやスナックや風俗店に行くことこともなかった。働いている以外の時間はたいていはアパートの自室で、テレビやビデオを見たり、コミック誌を読んだり、ビデオゲームをしたりして過ごした。食事はいつもコンビニエンスストアの弁当だった。

友人と呼べるような人間はいなかった。恋人がいたことは1度もなかった。親や親戚に会うこともほとんどなかった。

寂しいと感じたことはない。と言えば、嘘になる。だが、昔からひとりでいるのには慣れていた。むしろ、誰かがそばにいると鬱陶しくてしかたなかった。

これから先のことを考えると不安になる。だからなるべく、先のことは考えないようにしていた。毎日毎日、同じような時間が過ぎていった。大きな喜びはなかったけれど、その代わり、大きな悲しみも苦しみもなかった。

……そんなふうにして、水島勤は20代のほとんどの時間を過ごした。

一昨年の初めに、たまたま募集広告が張り出されていた近所のコンビニエンスストアに応募し、アルバイトとして採用された。深夜の街に眩しいほどの光を投げかけるコンビニエンスストアで働くことが、水島には何だか楽しいことのように思えたのだ。

だが、実際に働き始めてみるとそこでの仕事は細かくて、接客に気を遣い、勤務時間が不規則でまとまった休みが取れず、おまけに給料が安く……とにかく最低だった。

1年ほど働いたあと、やっぱりまた工場で働こうと思った。だが、水島が応募した3社からは、すべて不採用の通知が来た。湘南の工業地帯はひどい不況の波にさらされていた上に、水島自身も30歳になっていた。

しかたなく水島はコンビニエンスストアでの勤務を続けた。

同じ店に勤務する同僚たちはよく一緒に飲みに出掛けたり、映画や買い物に行ったりしていたが、彼らが水島を誘うことはなかった。水島もまた、親しくしたいとは思わなかった。

そんな水島の楽しみは観賞魚の飼育と、パソコンだった。特にパソコンには熱中し、毎日何時間もモニターの前に座り続けた。《チャット荒らし》や《ホームページ荒らし》は愉快だった。人々がオンライン上で楽しげに話している中に無理やり割り込んで、彼らの話をメチャメチャにしてやるのは最高だった。子育ての悩み事を打ち明けあう主婦たちのホームページに子供のポルノ写真を送りつけたり、愛犬家たちが作るホームページに犬の惨殺死体の写真を送りつけたりするのが愉快でたまらなかった。

水島勤はそういうふうに生きていた。彼は誰からも必要とされていなかったし、誰ひとり彼のことを気にかけたりはしなかった。

## 45

車の窓からハンバーガーとポテトフライとコーヒーの紙袋を受け取り、アルバイトらしい女の子に財布から出した1万円札を渡す。濃いサングラスに大きなマスクというあたしの顔を見た女の子は、少しだけ驚いた様子をみせたが、もちろん何も言わなかった。

車を駐車場の隅に停め、後部座席のチャイルドシートにいる木乃美の隣に移動し、受け取ったばかりの包みを開く。マスクを外してチキンを挟んだハンバーガーに齧り付く。滲み出たソースが傷だらけの口の中にビリビリと染みる。以前はおいしいなんて思ったことはなかったのに、安っぽくて油っぽいハンバーガーが、まるで自由の象徴みたいに思える。

木乃美にもポテトフライをあげる。ファーストフードのポテトフライを食べるのなんて初めてなものだから、木乃美はとても珍しそうにしてそれを口に押し込んでいる。

車の中にはあたしたちの食べるジャンクフードの匂いが充満している。その匂いを、あたしは思い切り吸い込む。本当は車の中ではなく、店の中で食べたかった。けれど、こんな顔で店に入るわけにはいかないから、しかたない。

木乃美がポテトフライをもっと欲しいとねだる。あたしは「たくさん食べなさい」と言って、ポテトフライを袋ごと木乃美に渡す。あたしもガツガツとハンバーガーに齧り付く。

フロントガラスの向こうにハンバーガーショップの店内が見える。制服姿の高校生や、子供を連れた主婦や、若いカップルが喋っている。みんなとても楽しそうで、とても幸せそうだ。

あの家を出て来て本当によかった。

こんな簡単なことが、今までどうしてできなかったんだろう？　いったいあたしは、何に縛られていたんだろう？　あんなにも我慢を続けて、いったい何を守ろうとしていたんだろう？

木乃美が持っていた袋を落とし、シートにポテトフライが転げ出る。健太郎がいたらきっと、それだけで逆上してあたしを殴りつけるところだ。だけど、大丈夫。もう健太郎はいない。

「もう、木乃美ったら、気をつけてよ」

そう言ってあたしは笑う。シートに油の染みができてしまったが、気にならない。拾い上げたポテトフライを自分の口に放り込む。油臭いポテトフライからももちろん、自由の味がした。

46

路上には相変わらずたくさんの報道関係者がウロついているが、午後になるとやじ馬の姿は随分と減った。3階の自室に待機していた僕は、時計が午後3時を指すと同時に家を出て、再び浜崎家に向かった。店を開く時間だが、きょうは臨時休業だ。

浜崎家のガレージには車がない。やはり千尋は戻っていないのだ。

家の真ん前にはテレビ局の車が停まっているし、やじ馬もまだ何人か残っている。だが、いつまでもグズグズしているわけにはいかない。何度も周囲を見まわしたあとで、思い切って浜崎家の庭に入り込む。さりげなく勝手口にまわり込み、鍵を開けて中に入る。

もちろん室内に人の気配はない。ダイニングキッチンのテーブルに小皿が置いてあり、そこに煙草の吸い殻が何個か転がっている。小皿の下に小さな紙がある。

手に取って眺める。

千尋の字で『さようなら』と書いてあった。

今月の10日に僕が千尋に贈ったアジサイは、すっかり花を落としている。下駄箱に載せた水槽のグッピーたちはひどく腹を空かせている。1時間近く家の中をウロついたが、千尋の行き先がわかるようなものは何もなかった。家出したのだから、考えてみれば、当然のことだ。

新潟の実家に戻ったのだろうか？　それとも、親しい友人の家だろうか？　千尋のアドレス帳は以前にすべて書き写してあるが、おそらくそんなものは何の役にも立たない。たとえもし、千尋の行き先がわかったところで、僕には訪ねていくことも電話をすることもできない。

寝室にはカーテンが引かれている。ベッドは寝乱れたままだ。サイドボードの笠付き電気スタンドの下には、やはりライター型の盗聴マイクがない。僕は千尋のほうのベッドに腰を下ろし、呆然と壁を見つめた。

もう永久に千尋の姿を見ることができないかもしれない。そう思うと、猛烈な切なさが込み上げてくる。

とにかく、健太郎が帰宅するまでこの家に留まることにする。

寝室のテレビを点ける。瞬間、テレビの画面に水島の顔が映ってハッとする。ちょうど午後のワイドショーの時間なのだ。水島の写真に続いてテレビに、殺されたコンビニエンスストアのオーナーの妻の写真が映る。あの店には何百回となく行っているが、その女性には見覚えがなかった。

僕は千尋のベッドにゴロリと横になった。そして、水島の起こした殺人事件を伝えるワイドショーを聞きながら目を閉じた。

## 47

「ねえ、朝よ。起きて……ねえ、起きて……起きてったらあ」

しつこく続くアイドルタレントの声に、水島勤は目を覚ました。アラームのスイッチを切ると少女の甘い声が途切れ、部屋に再び静寂が戻った。アパートの屋根を歩く鳥の足音がした。

ヒリヒリする目を見開いて時計を見る。午前4時。遅くまでパソコンに向かっていたせいで、まだ2時間半しか眠っていないが、起きなくてはならない。火曜の彼の勤務時間は、午前4時半から午後1時半だった。

水島はさらに5分ほどグズグズし、アイドルタレントが再び喋り出す前に湿った布団から出た。カーテンは開けずに天井の蛍光灯を点ける。黄ばんだ畳。染みのできた襖。散乱した雑誌やビデオテープや、紙くずやスナック菓子の空き袋やコーラの空き缶……。それらが白っぽい光に照らし出される。

「……畜生」

もう口癖になっている言葉を力なく呟くと、水島は大きく伸びをした。6畳の狭い部屋の3方に置かれた大きな水槽に目をやる。瞬間、口から「あっ！」という声が漏れた。足元に置かれた水槽の水面に、40㎝にまで成長したブラック・アロワナが3匹とも腹を上にして浮いていたのだ。

慌てて水槽に近づく。3匹の魚はすでに完全に死に、大きな目が濁っている。水槽のガラスの表面に触れてみる。まるで暖かい飲み物を入れたマグカップのように温まっている。水はどんよりと白濁し、水温計は44℃を示している。

サーモスタットが故障して、ヒーターのスイッチが入りっぱなしになっているのが原因だと、すぐにわかった。たぶん、一昨日の夜、水槽の掃除をしている時に誤ってサーモスタットを水没させてしまったのが故障の原因だろう。

「畜生……たかがあれぐらいのことで、どうして……？」

やりどころのない怒りが込み上げ、水島は歯を食いしばりながら黄ばんだ畳をドンドンと踏み鳴らした。

「……畜生……畜生……畜生……」

水槽の前で死んだ魚たちを呆然と見つめていると、階下の住人が棒の先のようなものでドンドンと天井をつつき返す音がした。

ふだんはそんなことはしないのだが、今朝はカッとして、水島はさらに強く何度かドンドンと畳を踏み鳴らした。すると今度は、電話がかかって来た。水島が受話器を取ると、

『バカ野郎っ！』という男の声が耳に響いた。階下に住む若い夫婦の夫のほうに違いない。

『静かにしろ！　この変態男っ！』

水島は無言で電話を切った。そしてさらに何度か、ドンドンと強く畳を踏み鳴らした。

48

リモコンを操作してテレビのワイドショーを消す。スピーカーからの音声が途絶え、代わりに外のざわめきが耳に届く。浜崎家の前にはまだ報道陣ややじ馬が残っているようだ。

千尋のベッドに横になったまま天井を見上げ、ゆっくりと深呼吸を繰り返す。水島勤という男が急速に身近な存在に思われてくる。僕に似た平凡で、存在感が希薄な男。

そうだ。たぶん、水島と僕のあいだの違いなどほとんどない。明日の朝、目が覚めた時に、水島と僕が入れ替わっていたとしても何の不思議もない。もし本当にそうなったとしても、誰もそのことに気づかない。僕たちは忘れられた存在なのだ。

あの日のことを思い出す。

あの日――僕は父が運転する車の後部座席に座り、外の景色を見つめていた。強烈な真夏の日差しにアスファルトが輝き、店々のショーウィンドウが輝いていたが、エアコンの利いた車内は涼しかった。助手席の背もたれの向こうにはまだ幼い兄がいて、父にカブトムシをねだっていた。

やがて車は駐車場に入った。その向こうにはできたばかりの巨大なショッピングセンターがそびえていた。

「お前はここで待っていなさい」

僕にそう言って父は車のドアを開けた。賑やかな音楽とともに、ドライヤーから送られてきたかのような熱風が車内に吹き込んだ。

「うわあっ、蒸し風呂みたいだ」

父は笑いながらドアを閉めると、兄の手を引いて広い駐車場を歩いていった。僕は車の中からふたりの背を見つめていた。

どれくらいの時間が過ぎたのかはわからない。いつの間にか眠っていた僕は、あまりの寝苦しさに目を覚ました。まるで水をかけられたかのように全身がぐっしょりと濡れ、シャツが体に張り付いていた。日陰にあったはずの車はいつの間にか炎天下にあり、夏の猛烈な日差しが合成樹脂のシートをグニャグニャになるほど熱く焼いていた。

僕はドアを開けて外に出ようとした。しかし、なぜかドアは開かなかった。次にドアに付いたボタンを操作してウィンドウを下げようとした。だが不思議なことに、さっきまではボタンひとつで開閉できたはずのウィンドウはピクリとも動かなかった。

そうするうちにも車内の温度は上がり続けた。頭から多量の汗が流れ落ち、息を吸うたびに胸が熱くなった。遠くで波のように高まる恐怖を感じながら、僕は少しでも涼しい場所を探そうと後部座席を右に行ったり左に行ったり、運転席に行ったり助手席に移ったりした。

車内の気温はさらに上昇していった。あまりの暑さと息苦しさに、頭がボーっとした。喉が猛烈に渇き、恐怖が爆発しそうに高まっていった。

……大丈夫。お父さんたちはすぐに戻ってくる。大丈夫。大丈夫。

駐車場を人が歩いていた。だが父も兄もショッピングセンターから出て来なかった。僕はウィンドウを叩いて助けを求めようかと思った。だが、そんなことをして大騒ぎになったら、きっと父は怒るだろう。きっと例の鬱陶しそうな目で僕を冷たく見るだろう。

車のすぐ脇、2mと離れていないところには小さな木陰があり、そこはとても涼しそうだった。草が風にそよいでいて、土が湿っていた。

あまりの暑さに頭の芯が痺れた。暑いはずなのに、頬に鳥肌が立つのがわかった。押し寄せる生命の恐怖に駆られ、僕は少し尿を漏らしてしまった。

「……助けて」

誰にともなく言った。「……誰か……助けて」

もう限界だった。僕は再び運転席に移動した。ハンドルにしがみつき、しばらくためらい、その中央に付いたフォーンボタンに恐る恐る触れた。またしばらくためらい、それからフォーンボタンを押した。けたたましく響く音を聞きながら、これでお父さんは僕をもっと嫌いになるだろうな、と思った。

あの日、クラクションを聞き付けた警備員が駆けつけた時、僕はすでに気を失っていたらしい。随分とあとで母からそう聞いた。僕は脱水状態に陥り、3日間入院した。警察の事情聴取を受けた父は僕のことを「忘れていた」と答えたという。

毎年、夏になると、炎天下の車の中に取り残された赤ん坊や幼い子供が熱中症で死んだというニュースが繰り返される。子供たちが車の中で灼熱地獄の苦しみを味わっている時に、彼らの両親は冷房の利いた店内で買い物に夢中になっていたのだ。あるいは煙草をふかし、冷たい物を飲み、夢中でパチンコ玉を弾いていたのだ。

そんなニュースを聞くたびに、僕は炎天下の駐車場の車の中にいた幼い日の自分を思い出す。そして、安堵する。

——忘れられた子供は僕だけではない。

千尋のやつはどうしているだろう？　顔の腫れはいくらかひいただろうか？

電車の吊り革に摑まって夕暮れの相模川河口を見下ろしながら、俺はぼんやりと思う。退社する時に電話したが、千尋は出なかった。駅前のスーパーにでも行ったのだろうか？庭の掃除でもしていたのだろうか？　まさか、具合が悪くて寝込んでいるなんてことはあるまい。

電車が平塚駅に近づき、乗客の大半が降りる準備を始める。俺も網棚に載せたカバンを下ろす。

それにしても昨夜はちょっとやりすぎた。今朝、千尋の腫れ上がった顔を見た時にはさしもの俺も驚いた。そもそもの切っ掛けは、主人である俺に千尋が手を上げたことだが、昨夜は俺もカッカしすぎた。たぶん疲れていたことや、仕事がうまくいっていない鬱憤や、昨夜はボロクソに巨人が負けていたことや、木乃美がぐずっていたことや、そのほかのいろんなイライラが重なり合っていたせいだろう。いつもは手加減しているつもりなのだが、昨夜はかなり徹底的にぶちのめしてしまった。

もちろん一家の主に歯向かった千尋に弁解の余地はないが、俺もあれほどひどくやるべきではなかった。それではまるで、歩かないロバを鞭打って殺してしまうようなものだ。これからは少し気をつけよう。第一、あんな腫れ上がった顔で外を歩かれては夫婦の恥をさらすようで、みっともなくてしかたない。

雑踏に揉みくしゃにされながら電車を降りる。改札口から駅前ロータリーに出た瞬間、街の様子がいつもと微妙に違うことに気づいた。

広い道の両脇にテレビ局の車が何台も停まっている。ビデオカメラを担いだ男や、新聞記者やテレビ局のレポーターみたいな者たちが何人もいる。警察官の姿もやたらと目につくし、やじ馬みたいな連中もウロウロしている。

だが、何があろうと俺には関係ない。家に向かって最短距離を歩く。また千尋のことを考える。夫婦間の暴力はある程度は許されるとはいえ、さすがにそれにも限度がある。昨夜の償いに今夜は少し優しくしてやろう。鞭ばかりではしつけはうまくいかないものだ。

俺のような男のことを世間では暴力夫と呼ぶのだろうか？　だが、千尋と結婚するまでの俺は今みたいではなかった。それは嘘ではなく、昔の恋人だった女たちが証明してくれるはずだ。

最初に千尋の頰を張り飛ばした時のことはよく覚えている。あれは新婚旅行の初日の晩だった。あの晩、あいつがバーラウンジで慣れた様子でカクテルを何杯も飲みながら、あんまり何度も「前の彼が」とか「前に付き合ってた人が」とか繰り返したあげく、俺のことをうっかり『リョウちゃん』なんて呼び（千尋はすぐに言い直したし、俺は気づかないフリをしたが）、その上ベッドでは《リョウちゃん》に仕込まれたに違いない性のテクニックを自慢げに披露したものだから、それまでずっと我慢を重ねていた俺もとうとう切れてしまったのだ。

女を引っぱたいたことはそれまでにも何度かあったが、たいていの女は引っぱたき返してきた。あるいはヒステリックに怒り狂って部屋を飛び出していった。だが、千尋はそうではなかった。——あいつは脅えたのだ。

千尋が脅えた目で俺を見上げた瞬間、俺の中に眠っていた不思議な欲望が目を覚ました。それは下半身を痺れさせるような、鮮烈で猛烈な欲望だった。

あの晩、俺は倒れた千尋に馬乗りになって何度も頰を張った。それまでの千尋は高慢で、派手好きで、金使いが荒くて、見栄っ張りで、男を立てるようなところの全然ない女だった。いつも男にチヤホヤされ、あれこれ買い与えられ、そいつらを取っ替えひっかえ手玉に取っていたような高飛車な女だった。そんな千尋が俺の尻の下で悲鳴を上げ、泣き叫び、脅えた声で許しを乞うていた。それが俺の征服欲を凄まじく刺激した。

そう。征服欲だ。女を支配し、服従させ、その証しを求めようとする征服欲。

自分のものになった女の下腹部や腿の付け根に自分の名を、たとえば《健太郎命》と入れ墨で彫らせる男たちがいると聞いたことがある。自分の持ち物に名前を書くように、女の肉体に永久に消えない文字を彫らせる、そんな男たちの気持ちがかつての俺には理解できなかった。だが、今は理解できる。それらはすべて、男の征服欲を満たすための行為なのだ。

あの晩、さんざん暴力を振るった末に、まるで強姦でもするかのように俺は千尋を犯したが、そこには今まで経験したことのない強い征服感があった。涙で顔をグチャグチャにした女を押さえ付け、髪を鷲摑みにして力ずくで犯すことには、信じられないほどの快感があった。そうだ。俺はあの晩、自分の中にあったサディスティックな欲望に初めて気づいた。決して言い訳ではなく、千尋が俺の暴力を誘発したのだ。だから俺たちの関係は、俺と千尋との共同作業であるともいえるのだ。

家に近づくにつれて警察官や報道関係者ややじ馬の姿が増えてくる。俺の家の前にもテレビ局のものらしいワゴン車が停まっている。アルミ製の脚立を抱えた茶髪の若造が俺の家の門柱のところで煙草を吸っている。

「いったい何があったんですか？」

門柱の周りに散乱した吸い殻に苛立ちながら俺はきく。

「そこのコンビニで殺しがあったんですよ」

煙草臭い息を吐いて若造が答える。「店員がオーナーの奥さんの首をカッターでグサッと……あの店の中、すごいよ。まさしく、血の海ってやつだね」

若造は家主である俺の前で足元に吸い殻を投げ捨て、ランニングシューズで踏み付けた。

俺は若造への怒りを懸命に抑えながら門を開けて庭に入った。仕事で疲れ果てていると いうのに、こんなくだらないことで言い争いたくない。散乱した吸い殻は今夜にでも千尋に片付けさせよう。

玄関の呼び鈴を鳴らす。心の中で、1……2……3……4……と数える。千尋には俺が呼び鈴を鳴らしてから10秒以内に出迎えるように言ってある。

……8……9……10……どうしたのだろう？　千尋が出迎えに来ない。

もう1度呼び鈴を鳴らす。こんなことは今まで1度もなかった。傷がひどくて寝込んででもいるのだろうか？　それとも、殺人があったというコンビニにでも見物に行っているのだろうか？　カバンから鍵を取り出して自分で玄関の引き戸を開ける。

いつもなら夕食の匂いが漂っているはずだが、きょうは違う。微かに煙草の臭いがする。煙草？　カッとなって拳を握り締める。俺は煙草の臭いも、煙草を吸う女も大嫌いだ。近所で殺人があったか何かは知らないが、食事の支度もせず、主人を出迎えることもせず、千尋のやつは何をしているというのだ？

玄関のたたきに靴を脱ぎ散らかして家に上がる。ことと場合によっては、また一からしつけ直さなくてはならない。2日続けて殴るようなことはしたくはないのだが、しかたがない。

「千尋っ！　おい、千尋っ！」

家の中に向かって叫ぶ。

だが返答はない。腹の底で怒りが膨らんでくる。黒光りする廊下を抜けて風呂場に向かう。やはりいつもと様子が違う。バスタオルは昨夜、俺が使った時のままだし、いつもの場所にバスローブも置いてない。湯船の水も取り替えていないし、バスマットには皺が寄っている。排水口の網には髪の毛が何本も付着している。

「おい、千尋っ！　このザマは何だっ！」

あまりの怒りに全身が汗を噴き出すのがわかる。「おいっ、どこにいるっ！　早く出て来いっ！」

けれどどこからも応答がない。

子供部屋の戸を開ける。ベビーベッドには木乃美の姿がない。2階に駆け上がって寝室を調べ、念のために俺の書斎を調べる。だがやはり、千尋もいなければ木乃美もいない。あっと思って窓を開け、ガレージを見る。案の定、車がない。

……家出？　いや、まさか……あの見栄っ張りな女に、そんなみっともないことができるわけがない。だいたい金も持たずにどこに行けるというのだ？　経済的なことだけを考えても、あいつが俺なしに暮らしていくことなどできるはずがない。

ダイニングキッチンに行く。流しには今朝の汚れた食器が積み上げられているし、ゴミ箱には昨日からのゴミが残っている。

イライラと辺りを見回す。テーブルの上に小皿が置いてあり、そこに煙草の吸い殻が何個か転がっている。白いフィルターに変色した血液みたいなものがこびりついている。小皿の下に小さな紙切れがある。紙切れを手にとって、そこに書かれた文字を読む。

『さようなら』

「畜生、あのアマっ！」

俺は灰皿がわりの小皿を床に叩き落とした。

50

ソファの下に腹這いになって健太郎の様子を見ているのは面白かった。あんまりおかしくて、声をたてて笑ってしまいそうなほどだった。健太郎は「畜生っ！」と怒鳴りながらテーブルの小皿を叩き落として割ったり、椅子を引っ繰り返したり、柱や壁を蹴飛ばしたりした。冷蔵庫を殴った時はさすがに痛かったらしく、拳を撫でて呻いていた。

ひとしきり物に当たったあと、健太郎は怒りで顔を紅潮させたまま電話を掴んだ。しばらく考えてから短縮ボタンをプッシュした。

「あっ、お母さんですか？　こんばんは。浜崎です……ええ、健太郎です」

電話を握った健太郎が聞いたこともないほど爽やかな口調で言った。相手は千尋の実家だろう。千尋は新潟に戻ったのだろうか？

「何だかお父さんが大変みたいですね？　お父さんの具合はどうです？……そうですか？　心配ですね……いえ、千尋には帰るように言ったんですが……」

どうやら健太郎も千尋が実家にいるのかどうかがわからず、探りを入れているらしい。

「あっ、千尋ですか？　ああ、ええっと……今、ちょっとそこまで出てるみたいで……ええ、戻って来たら電話させます……すぐに戻るはずです……ええ、お大事にしてください……はい、ありがとうございます……はい、また電話します」

健太郎は電話を切った。どうやら、千尋は実家に戻ったのではないようだ。

健太郎はイライラとした様子で家の中を歩きまわっている。押し入れを開けたり、タンスの引き出しを開けたりしている。女房に逃げられた男を初めて見たが、その姿はあまりに滑稽で笑いを抑えるのが容易ではない。

しばらく家の中を右往左往したあとで、健太郎は浴室に行って風呂に火を点けた。こんな時も風呂に入らなければ気が済まないらしい。そのあとで2階の書斎に上がって行った。天井を歩く足音で、僕にはそれがわかった。健太郎はしばらく書斎にいて、それからまた階下に下りてきて風呂に入った。浴室の中から、「畜生っ」「畜生っ」と、しきりに呟いているのが聞こえた。

ソファの下にいた僕は、健太郎が入浴している隙にそっと階段を上って、2階の健太郎の書斎に行ってみた。明かりを点けると、いつもは鍵が掛かったままの金庫の扉が開いている。たぶん、千尋が何か持ち出していないか、中身を確認したのだろう。

階下の物音に注意しながら金庫の中を探る。家の賃貸契約書や保険証券やパスポートに混じって、銀行の預金通帳や印鑑類があった。預金通帳を開いてみる。どれもたいして残高がなく、これほど厳重な金庫に入れるほどのものでもないように思える。預金通帳を元の場所に戻してさらに金庫の中を調べる。小さいけれど分厚い茶封筒がある。手に取って中のものを取り出す。

瞬間、僕は息を飲んだ。そこには裸の千尋が、あるいは千尋のものと思われる女性の肉体の一部が写っていた。

写真の中の千尋は苦痛に顔を歪めている。あるいは、羞恥や屈辱に歯を食いしばっている。許しを乞うように泣き濡れているものや、局部に異物を挿入されているもの、顔に白濁した液体を浴びせかけられているもの、皮膚にロープを食い込ませたものもあった。

こんな写真まで撮られていたのか……。

そんな目に遭わされた千尋がかわいそうだとはわかっている。健太郎に対する怒りは今にも爆発しそうだ。だが、それにもかかわらず、それらの写真を眺めているとペニスに血液が流れ込み、強い勃起が始まった。

随分と迷ったあげく、僕はその中から1枚だけを抜き取ってポケットに押し込み、残りをまた茶封筒に入れて金庫の中に戻した。

足音を忍ばせて階下に下りると、浴室で健太郎がシャワーを使う音と、「畜生っ」「許さねえっ」と呟いている声が聞こえた。


ひとつ屋根の下に健太郎とふたりきりで夜を過ごすのはごめんなので、健太郎が入浴している隙に自宅に戻る。もうさすがにやじ馬の姿はないし、報道関係者も少ししかいない。

店のシャッターを少しだけ持ち上げて中に入る。30分かけて72本の水槽を順にまわり、魚たちにそれぞれの餌を与えてから3階の自室に向かう。千尋の人形に『ただいま』と言ってから熱いシャワーを浴び、それから3階にいる魚たちにも餌をやる。ベッドの縁に座り、浜崎家の金庫から盗んだポラロイド写真を眺める。

そこには千尋の横顔が写っている。額に汗の粒を光らせ、涙の浮いた瞼を閉じ、頬をへこませ、口いっぱいに男性器を含んだ横顔のアップ――。どういうふうにして撮影したのだろう? 千尋の髪を男のものらしい骨ばった手が荒々しく鷲摑みにしている。

インターフォンが鳴った。立ち上がって窓から顔を出す。スーツ姿の女が店の前に立ち、その後ろにビデオカメラを抱えた若い男が立っている。

「はい……?」

僕がインターフォンに応じると、よく通る女の声が『夜分に恐れ入ります』と言ってテレビ局の名を名乗り、『こちらの常連客だった水島という男の件で少しおうかがいしたいと思いまして』と言った。

「……はあ?」

『あのう、水島容疑者のことはご存じですよね。あの、コンビニの殺人事件の……』

「はあ……少しは……」

『水島容疑者はよくこちらのお店には顔を見せてたんですか?』

「ええ……まあ……」

『それはどのくらいの頻度だったんでしょうか? 2日おきとか、3日に1度とか……』

「あの……だいたい毎日……来ていたように思いますけど……」

『毎日ですか?!』

ワイドショーのレポーターが大袈裟に驚く。『毎日来て、何をしていたんですか？』

「……あの……魚たちを見たり……魚の餌にする金魚やドジョウを買ったり……」

『餌にっ！　水島容疑者は生きてる金魚やドジョウを魚の餌にしていたんですか！』

レポーターが再び甲高い声を出し、僕は耳から受話器を遠ざける。

「……そうですけど……でも、それは別に……あの……特別のことじゃなく……大型魚を飼ってる人はだいたいそうしてて……」

『事件の前、水島容疑者が最後に立ち寄ったのがこちらの熱帯魚店だったと聞いてるんですが、その時、何か変わった様子はありませんでしたか？』

「……いえ……別に……」

『いつもと比べてどうでした？　イライラした様子だったとか、思い詰めている様子だったとか、そういうことはありませんでしたか？』

「さあ？……よく覚えてなくて……」

レポーターに帰ってもらいたくて、僕は適当なことを言う。だが、彼女は諦めない。

『警察によると水島容疑者は事件の朝、4時すぎにこちらに来ているようなんですが、そんな朝早くに何をしに来たんですか？』

「……ええっと……あの……魚が死んだことで相談をしに……」

『朝の4時すぎにですか？　そんな時間におかしいと思いませんでしたか？　それとも、いつもそうなんですか？』

「……まあ……あの……少し早すぎるかなとは思いましたけど……別に……そんなには……

……あの、ちょっと今、忙しいんですけど……」

『水島容疑者はどんな感じの男だったんですか？』

レポーターは僕の言葉を無視して質問を続ける。

「……別に特には……」

『無口で暗かったんですか？　それとも、明るくて陽気だったんですか？』

畳み掛けるようにレポーターが質問する。

「あの……どちらかと言われれば……無口で……暗い感じの人でした……」

『無口で暗かったんですね！』

我が意を得たり、という感じでレポーターが大声を出す。『友達などいなそうな、暗く屈折した様子の男だったんですね』

「……ええ……まあ……言われてみれば……あの……ちょっと今、本当に手が離せなくて……」

『ああ、すみません。最後にひとつだけ聞かせてください。水島容疑者が事件を起こしたのを知った時、どういうふうに感じられましたか？　やっぱり、という感じでしたか？』

「……ええ……そうですね……」

僕はうんざりして投げやりに答える。「……いつかこんなことをするんじゃないかと思ってました……」

僕の応答にレポーターが喜んでいるのが手に取るようにわかる。

『いつかこんなことをするんじゃないか、とそう思われたわけですね』

「……ええ……もういいですか……ちょっと本当に忙しいんで……」

『はい、ありがとうございました』

レポーターはまだ何か言っていたが、僕は受話器を元に戻した。

そっと窓から顔を出して見下ろすと、ライトグリーンのスーツを着たレポーターが隣のサンドウィッチ店のインターフォンを鳴らしているのが見えた。ミニスカートから突き出した人形のような細い脚が、暗がりに妙になまめかしく映えた。

## 51

ビジネスホテルの狭苦しいシングルの部屋で、あたしはインスタントコーヒーを飲んでいる。すぐ背後にはベッドがあって、そこでは木乃美が小さな寝息をたてて眠っている。

コーヒーを口に含む。口の中の傷にヒリヒリと染みる。インスタントなのに、とてもおいしい。こんなにおいしいコーヒーを飲むのは、本当に久しぶりの気がする。

無駄遣いをするわけにはいかなかったから、夕食はコンビニで買ったおにぎりやサンドウィッチで済ませた。確かに侘しい夕食だったけれど、健太郎と向き合って食べるいつもの夕食に比べれば何十倍もおいしかった。

もう外は真っ暗だ。窓ガラスにあたしの顔が映っている。これがあたし？　そこに映った女の顔は腫れ上がり、醜く歪んでいる。

誰かが廊下を歩く音がするたびに反射的に脅えが走る。健太郎がいつあたしの居場所を突き止め、ここに怒鳴り込んで来るかと思うと、ほんの少しの風の音にも体が震える。

だけど、大丈夫。あいつにここがわかるわけがない。大丈夫、あたしたちは今、安全な場所にいるのだ。

ついさっき、実家の母に電話した。父は予定どおり、きょう検査入院したようだ。医師が母にした話によると、やはりかなり進行した肺癌の可能性が高いらしい。目の前が暗くなり、もう何もかも投げ出したいという衝動に駆られそうになる。

母は少し前に健太郎が電話してきたと教えてくれたが、あたしが家出したということは知らないようだった。健太郎があたしの家出のことを母に言わなかったのはありがたかった。こんな日に母にこれ以上の心配をさせたくなかった。

『大丈夫だよ。ちゃんと神様が見守っていてくれるからね』

そう言って母は無理に笑った。あたしの目から涙が溢れた。

カップの中のコーヒーを飲む。

健太郎は今頃、きっと怒り狂って暴れているだろう。もしかしたら、あたしの昔の友人たちの家に片っ端から電話を入れているかもしれない……いや……たぶん、そんなことはしないだろう……あの見栄っ張りな男が『女房に逃げられた』なんて、そんなみっともないことを人に言えるわけがない。

腫れた唇に煙草をくわえる。今朝からこれが何十本目だろう。10代の子供たちが大人に反抗して煙草を吸うように、煙草を吸うことが健太郎から逃れた象徴みたいに思えて、あたしは立て続けに煙草を吸っている。

寝室のサイドボードの電気スタンドの下に転がっていた、あの銀色の使い捨てライターで火を点ける。静かに煙をくゆらせながら、手の中の小さなライターを見つめる。

どうしてあんなところにライターがあったんだろう?

煙を深く吸い込んで目を閉じ、手の上でライターをもてあそぶ。掌に吸い付くようなしっくりとした質感がある。使い捨てライターにしては何だか、少し重たいような気がする。目を開いてよく見る。ライターの底の部分に小さなビスが嵌めてあるのに気づく。そのビスの凹凸が、締めたり緩めたりを何度も繰り返したかのように削れている。

えっ? 何、これ? 普通のライターじゃないの……?

さらにしげしげとライターを見つめる。テーブルに軽く落としてみる。中に何かがずっしりと詰まっているみたいな、コトリという重い音がする。

不思議な胸騒ぎがし、理由もなく心臓が高鳴る。

ドレッサーの引き出しを開けて中を引っ掻き回し、小さなソーイング・セットを見つける。針を1本取り出し、その尖った先でライターの底のビスをつついてみる。針先で何度かつつくうちに、ビスは呆気なく緩み始める。

やがてテーブルの上に小さなビスが抜け落ちる。銀色のカバーを引き抜く。

えっ、何？　何？　どういうこと？

心臓が跳ね上がり、口の中がカラカラになる。

「何なの、これ？」

思わず口に出して言う。銀色のカバーの内側には得体の知れない精密な部品がいっぱいに詰まっていたのだ。

「嘘。何なの？　発信機？……盗聴マイク？」

そうだ。マイクだ。間違いない。超小型の盗聴マイクに違いない。

混乱して事態が把握できない。頭皮が汗を噴き出し、胸が締め付けられ、喘ぐような呼吸を繰り返す。

……寝室に盗聴マイク？……嘘。嘘でしょ？……いったい誰が？……健太郎？……そうなの？……健太郎なの？

わけがわからぬまま、その精密部品をじっと見つめる。

確かに健太郎はサディスティックで暴力的な男だが、盗聴マイクだなんて、そんな回りくどいことは健太郎には似合わない。もちろん、健太郎でないと言い切ることはできないが、そんな気がする。……でも、だとしたら……ほかに誰が……？

激しい羞恥が込み上げて来る。あの家の寝室では、あたしは健太郎の奴隷なのだ。そんなあたしと健太郎が、あそこで交わした会話を、誰か第三者が聞いていたのだ。夫婦のあいだの秘め事を——あたしを怒鳴りつける健太郎の声を、健太郎があたしをぶったり叩いたりする音を、あたしの泣き声や悲鳴や淫らな声や、あれを口に含んだ時の音を——誰かがじっと盗み聞きしていたのだ。

底知れぬ恐怖が全身を包み、体が細かく震えた。

……いったい誰が？……何のために？

頭の中で堂々巡りの問答を繰り返す。コーヒーカップに指を伸ばす。その指先も震えている。

ぬるくなってしまったコーヒーを口に含んだ時……勝手口の外の地面に何度か残っていたランニングシューズの足跡が脳裏に浮かんだ。2度や3度ではない。少なくとも5回、いや、もっと何度も……掃き清めた土に残された足跡を見つけたことがある。

頭を掻き毟る。毎月10日にあたし宛に贈られる花束のことを思い出す。花束が届くようになって、もうかれこれ2年になるだろう。

カップを置いて窓ガラスの中の顔の腫れた女を見つめる。バラバラだった何かが、頭の中で少しずつ形になっていくのがわかる。……家にいる時、背後に人の視線を感じて振り向いたことが何度もあったことを思い出した。掃除をしたことがないのに決して汚れない水槽のことを思い出した……テーブルにこぼしたはずの醤油の染みが消えていたことや、拭いたことのないソファの下が綺麗に磨かれていたことや、内職の紙に残っていた不可解な線のことや……今朝、財布の中にあったお金のことを思い出した。

あたしは冷静になろうとした。これがあたしの家でのことではなく、誰かほかの家で起きていることで、そこに住む人から自分が相談を受けているのだと考えようとした。

《ねえ、こんなことがあったの。どう思う?》

考えられる結論はひとつしかなかった。

「……家の中に……誰かがいるんだ……」

口に出してあたしは言った。

あの家には、家族以外の誰かがいた——ずっとバカげた考えだと思っていた。だが、1度、口にして認めてしまうと、その考えは急速に現実味を帯びた。

あの家にはあたしと健太郎と木乃美以外の誰かがいたんだ。そうだ。そう考えれば、すべてのことに説明がつく。

でもいったい誰が?……何のために?

「……誰がいたの?……誰なの?……」

あたしは頭を抱えた。だが、不思議なことに、体の震えは収まっていた。

そう。もうあたしは怖がってはいなかった。自分でもそれがはっきりとわかった。たとえ家に侵入しているのが誰であろうと、あたしにとって健太郎よりも怖い人間などいないのだ。

いつもあたしに寄り添うように存在する何者かに——あたしには決して危害は加えず、微力でささやかだけれど見守ってくれている何者かの存在に——あたしは以前から気づいていた。気づかないフリをしていたけれど、本当は気づいていた。

――あの家には家族以外の誰かがいた。

狭いベッドの上で木乃美は相変わらず気持ちよさそうに寝息をたてている。その寝顔を見つめながら、木乃美がよく「あおちょ」と言っていることを思い出した。

あおちょ？

もしかしたら木乃美は、家に忍び込んでいる《第四の人間》を知っているのかもしれない。「あおちょ」というのは、その《第四の人間》のことなのかもしれない。

ライターの中から現れた精密機械は、テーブルの上で電気スタンドの赤く柔らかな光に照らされている。もしかしたら、これは今も電波を送っているのだろうか？　この電波の先で、今も《第四の人間》がじっと、こちらの音を聞いているのだろうか？

唇を嘗め、息を整える。

「ねえ、あおちょ……」

テーブルの上の精密機械に口を近づけ、そう言ってみる。「……ねえ……もしあなたがあたしの味方なら……もしそうなら……お願いだから、あたしを助けて……」

誰とも知れない人間に――家に忍び込み、夫婦の寝室の様子を盗み聞きしていたような人間に――そんなことをお願いするなんてバカげている。とても正気とは思えない。

けれど、今のあたしは、どこの誰ともわからぬそんな人にさえ縋りたい気分だった。

「ねえ……あなたが誰なのかは知らないけれど……もしあなたがあたしを見守っているな

ら……あの家から救い出して……」

## 52

ズボンのポケットに両手を突っ込み、心臓を高鳴らせて夜の街を歩いている。もう午後10時をまわっているので、さすがに人の姿はまばらだ。すれ違う人の多くは顔を赤く染め、酒の臭いをさせている。

北口の歓楽街を通り抜け、裏通りを歩く。思ったとおり、この辺りは街灯が少ない。ネオンのついたパブの入り口で、超ミニのスカートとピンヒールを履いた東南アジア系の小柄な女がふたり、僕に向かってしきりに手招きしている。

僕は彼女たちを無視して前を通り過ぎる。

小さな公園がある。桜の枝がベンチに覆いかぶさるように伸びていて、そのベンチにスーツ姿の男がだらしなく横になっている。酔いつぶれて眠っているのだろう。公園にいるのはその男だけ。今がチャンスだ。

何度も辺りを見まわしながら背後からさりげなくベンチの男に近づく。ズボンのポケットに忍ばせたスタンガンを握り締める。心臓が飛び出しそうなほど激しく高鳴っている。

僕がまさにポケットから右手を出そうとした時、視界の端に何かが動いた。反射的に振り向く。若いカップルが公園に入って来る。

畜生。ダメだ。

僕はさっきと同じようにさりげなく男から離れる。公園に入って来たカップルは、もつれ合うようにして酔い潰れた男の隣のベンチに座り込んで唇を合わせた。

僕は公園を出る。

シャッターの閉まった銀行の前に老人が横たわっている。老人はアスファルトの上に潰したダンボール箱を敷き、薄汚れたタオルケットにくるまっている。

人通りが途絶えた隙を見計らって老人に近づき、その脇に立って見下ろす。老人は垢で汚れた額にべっとりとした白髪を張り付かせ、いびきをかいて眠っている。酒と小便と動物の小屋のような臭い。黒く変色したタオルケットの襟元を握り締めた指は汚れ、爪はどれもひび割れている。

ポケットの中のスタンガンを握り締めて立ち尽くしていると、学生風の若い男女が5～6人、銀行の前を通り過ぎた。その中のひとり、スラリとした背の高い女がこちらを見た。銀行のシャッターの前に眠るホームレスの老人と、その脇に佇む僕を、まるで放置された自転車でも見るかのように見た。

放置自転車のように？

そう。あの女にとって、この老人と放置自転車と僕とは同じ存在なのだ。あるいは、電柱の脇に積み上げられたゴミの袋と同じなのだ。

若者たちが歩き去り、また人通りが途絶える。僕はスタンガンを放し、ポケットから手を出す。老人から離れ、さらに街をさまよう。

裏通りに面したマンションの駐車場に人が倒れている。どうやら若い男のようだ。マンションの半地下になった駐車場に停められた車のタイヤに、半ばもたれかかるようにして目を閉じている。

チカチカする蛍光灯がコンクリートに囲まれた空間を冷たく照らしている。辺りに人影はない。ポケットに両手を突っ込んだまま駐車場のスロープを下りて、男に近づく。

男は髪を金色に染め、耳たぶにズラリとピアスを並べている。ジーパンにチェックのボタンダウン。ナイキのランニングシューズ。たぶん10代の後半か20代の前半だろう。かなり大柄で体格がよく、実験材料としては最適だ。

唇を嘗めながら、男のすぐ脇に立つ。男からは強い揮発性の臭いがする。

シンナー？　たぶん、そうだろう。

もう1度、通りの気配をうかがってから、ポケットの中のスタンガンを握り締める。脈打つ鼓動が喉を圧迫して息苦しい。

汗で滑る指でポケットからスタンガンを取り出す。気配を感じた男が微かに身動きする。素早く屈み込み、スタンガンの先端を男の首筋に押しつける。

男が充血した目を開き、何か言いかけた瞬間、僕はスタンガンをスパークさせた。火花が連続して散る音とともに、男の口が「あおうっ」という言葉にならない音を発し、大柄な体がすごい力で跳ね上がった。

放電を終えたスタンガンが充電を開始するピューンという音がする。僕はスタンガンを握り締めて立ち尽くしている。膝がガクガクと震えている。男はコンクリートの床に俯せになっている。靴の先でつついてみるが、ピクリとも動かない。

僕はスタンガンをポケットに戻し、足早に駐車場を出る。振り向くと、実験材料にされた不運な男が、コンクリートの床の上で瀕死の猫のように背中を震わせていた。

53

ポケットに両手を突っ込んだまま、真っ暗なコンビニエンスストアの前に立っている。いつも目映いほどの光を放っている店が暗いというのは妙なものだ。店の周囲にはロープが張り巡らされていて、すでに人の姿はない。店内に目を向けるが、街灯の下に佇む僕の姿がガラスに映るばかりで、中の様子は見えない。

水島がオーナーの妻を切りつけたという場所は、どこなのだろう？　明るいうちに来れば、商品陳列棚や床や天井に飛び散った血の痕を見ることができたのだろうか？

明かりの消えたコンビニエンスストアを後にして、自宅へと向かう。今夜も湿度が高い。靄が出ているのだろう。20～30ｍ先の街灯が霞んでいる。

浜崎家の前を通り過ぎる。寝室のカーテンの隙間から明かりが漏れている。たぶん、あそこには健太郎がひとりで横になっているのだろう。そして僕と同じように、千尋はどこにいるのだろう、と考えているのだ。

店のシャッターの前に立つ。今朝早くに、水島が立っていた場所だ。中に入り、シャッターを閉める。

3階の自室に戻り、めったに点けないテレビのスイッチを入れる。そこにまた、水島の写真が映っていた。

54

水島勤は死んだ魚を水槽に残したまま部屋を出た。急がなくては遅刻してしまう時間だった。だが、ふと思いつき、アルバイト先のコンビニエンスストアではなく、その先にある行きつけの観賞魚店に向かった。大切にしていた魚が死んでしまったことを誰かに訴えなくては気が済まなかった。

観賞魚店のシャッターはもちろん閉まっていたが、脇にあったインターフォンをしつこく鳴らし続けると、眠っていたらしい店主が応答した。水島は叩き起こした店主を店の前まで呼び出し、ブラック・アロワナが3匹とも死んでしまったことを告げた。だが、そのあとは何を言っていいかがわからなかった。魚が死んだ責任はサーモスタットを水没させた自分にあるのだから、文句のつけようがなかった。

ふだんの水島だったら、やる瀬ない気分を抱えたまま店を立ち去っただろう。だが水島はそうしなかった。彼の嗅覚が、その観賞魚店の店主から自分と同じ種類の人間の匂いを嗅ぎ取ったのだ。

同じ種類？　そう。たぶん、観賞魚店の店主は水島と同じ側の人間だった。人々の輪の中心にいるのではなく、その輪のいちばん外側に、あるいは輪から離れた場所に立っている人間だった。もしかしたら、自分よりさらに外側にいるかもしれない人間だった。

弱い人間は自分より弱い人間を見逃さない。水島は観賞魚店の店主を睨みつけた。そして腹に力を入れ、「謝れっ」と言ってみた。誰かに向かってそんなセリフを吐くのは生まれてから初めてのことだった。

「……すみません」

おとなしそうな店主は水島の言葉にオドオドしながらも、素直に謝った。水島は驚くと同時に、とても愉快な気分になった。

誰かを謝らせるというのは、とても愉快だった。

水島は店主を睨みつけ続けた。気が弱そうで、いつもオドオドしているくせに、生意気に観賞魚店を経営しているらしいその男を──自分と同じ側にいるはずのその男を──水島は以前から憎々しく思っていた。いや、自分がその男を憎々しく思っていたということに、その朝、水島は気づいた。

普通の人間がうまく立ちまわっているのは、しかたなかった。しかし、自分と同じ側にいるはずの人間がうまく生きているのは許せなかった。自分と同じ側の人間には、自分と同じような暮らしをしていてもらいたかった。

所在なげに立ち尽くす店主に水島はさらに、「口のきき方に気をつけろっ」と言った。「いい気になりやがって」とも言った。たったそれだけのことだったが、気分が少しだけよくなった。


観賞魚店に立ち寄ったせいで、アルバイト先のコンビニエンスストアに着いたのは4時40分になっていた。普段ならそれでもかまわないはずだった。だが、早朝の店内には珍しくオーナーが来ていた。

店に入って来た水島を見るなり、オーナーは「何やってんだ、このバカ野郎っ！」と、大声で怒鳴りつけた。周りにいた客たちが驚いて振り向いた。

「てめえっ、何時だと思ってんだっ！　やる気があんのかっ！」

水島が遅刻をするのは2カ月ぶりだったし、遅刻といってもたった10分のことだったから、そんなふうに頭ごなしに怒鳴られるのは心外だった。

「あの……飼っていた魚が死んで……それで……」

水島は呟くように言い訳したが、それがさらにオーナーの怒りに油を注いだ。

「うるせえ、バカ野郎っ、嫌なら辞めていいんだぞ。そうだ。お前なんか辞めちまいな。お前の代わりなんていくらでもいるんだからよ。この役立たずがっ！」

菓子パンを棚に並べていた19歳の学生アルバイトが、オーナーに怒鳴られる30歳の水島を見ておかしそうに笑ったが、水島は何も言わなかった。ただ、ポケットの中の拳を強く握り締めただけだった。

ひとしきり怒鳴り散らしたあとでオーナーは店を出て行き、水島はいつものように仕事についた。だが、きょうはどういうわけか、いつにも増して客が多くてイライラした。忙しい最中に宅配便を送ろうとする客や、公共料金の支払いをしようとする客が何人も来て、それが水島の苛立ちを倍加させた。レンジで温め終えた弁当を取り替えて欲しいと言う老人もいたし、「おい、お前っ、遅いんだよっ、何ノロノロしてるんだっ？」と文句を言う作業服姿の一団もいた。水島の渡した釣銭が間違っていると言う中年女もいた。

店の忙しさがようやく一段落した頃、昨日まで友人たちとカナダに旅行に行っていたというオーナーの妻が店に顔を出した。オーナーの妻は50代前半。スポーツクラブとエステティックサロンと、サウナと海外旅行と美容室とネイル・サロンを生きがいとする、痩せて化粧の濃い女だった。

オーナーの妻は出勤していたアルバイトやパートタイマーたちのひとりひとりにカナダの土産物を配って歩いては、旅先での思い出話に花を咲かせていた。「ナイヤガラの滝っていうのは本当にすごいの。テレビとかで見るのとは全然違うの。あれは滝っていうより、地面に大きなズレができて、そこに水が流れ込んでるっていうか……わかるかしら？　海みたいに大きな川にね、まるで階段みたいな段差がついてるのよ」

やがてオーナーの妻はレジカウンターにいた水島のところにやって来た。そして、「あらっ」と大声を出して笑った。

「……ごめん。あんたのお土産ないわ……あんたがいたってこと、コロッと忘れてた……あんた、存在感ないから……」

瞬間、古くなった輪ゴムが朽ちて切れるように、水島の中の何かが切れた。張り詰めたものがプッンと切れたのではなく、伸びきった古いゴムが朽ちるようにボロリと切れた。

水島は無言のまましゃがみ込み、梱包を解くための大型のカッターナイフを拾ってゆっくりと立ち上がった。そして、まだ目の前で笑っているオーナーの妻の細く筋張った首に振り下ろした。

手ごたえは、それほどでもなかった。だが、次の瞬間、女の首の白い皮膚がパックリと口を開き、鮮血が凄まじい勢いで天井にまで飛び散った。周りにいた客や店員からいっせいに悲鳴が上がり、オーナーの妻が目を見開いたまま崩れ落ちた。

オーナーの妻の首からは勢いよく鮮血が噴き出していたけれど、カッターナイフにはほとんど血が付いていなかった。白い床に血が瞬く間に広がっていった。水島はそれをぼんやりと眺め、俺はこの床を掃除しなくていいんだな、と思った。

55

田原玲子は自分に旅行の土産を買ってくるのを忘れた。だから自分は彼女を殺した。警察の取り調べに、水島はそう答えているという。

——たったそれだけの理由で？

ワイドショーのリポーターは、そう言って驚いた顔をしてみせた。

——ほかのアルバイトたちがカナダ土産としてもらった、たった1ドルのキーホルダーを自分がもらえなかったという、ただそれだけの理由で、人を殺すことができるものなのでしょうか？

リポーターはテレビの前の視聴者を味方にして、その代表者としてそう言った。

たぶん人々には水島の行為が理解できないだろう。だが、僕には理解できる。

田原玲子は水島の存在を忘れた。そして、彼女が殺される理由はそれだけで充分なのだ。

人生においてもっとも辛いことは、迫害されることではない。攻撃されることでもなければ、口汚く罵られることでもない。嫌われることでも、憎まれることでもない。

人生においてもっとも辛いこと。それは——忘れられることだ。道端に転がった石ころのように無視され、忘れられ、誰からも顧みられず、まるで存在していないかのように捨て置かれることだ。

迫害されれば逃げることができる。攻撃されれば防御することができるし、憎まれれば憎み返すことができる。だが、忘れ去られた者には何ひとつできない。

たぶん今、この瞬間にも、世界のどこかで、忘れ去られた者たちが死んでいく。チョコレートを口にしたことのない子供が。着飾ったことのない少女が。誕生を祝福されなかった少年が。誰かに必要とされたことのない老人が――町外れのあばらやで、雑踏の傍らのドブの中で、ショッピングセンターの裏のゴミ捨て場で――忘れられたまま、死んでいく。

忘れられた者は忘れた者に復讐する権利がある。

水島は忘れられた者の代表者だった。彼は忘れられた者の代表者として、忘れた者を殺害したのだ。

56

きょうは水曜で、週に1度の定休日だが、朝の8時に平塚駅前で母と会う約束があるので、出掛ける支度をしながらテレビを眺めている。早朝からテレビでは水島が起こした殺人事件を扱っている。

いれたばかりのマンデリンをすすっていると、昨夜、店に来た女性レポーターが画面に登場し、観賞魚店の店主とインターフォン越しに話をする場面が映し出された。

「水島容疑者はよくこちらのお店には顔を見せてたんですか？」とレポーターが質問し、観賞魚店の店主である僕が「毎日……来ていたように思います」と答えている。感度の悪いインターフォン越しの上に僕の声は歯切れが悪く、ひどく聞き取りにくいが、画面の下にテロップが出るので視聴者には僕が何を言っているのかがちゃんとわかる。

「毎日ですか！　毎日来て、何をしていたんですか？」

「魚たちを見たり……餌にする金魚やドジョウを買ったり……」

「餌にっ！　水島容疑者は生きてる金魚やドジョウを魚の餌にしていたんですか！」

そのあと僕が、そんなことは誰でもしていることで特別なことではないと言ったはずだが、その言葉はカットされている。

「水島容疑者はどんな感じの男だったんですか？」

「無口で……暗い感じの人でした」

「水島容疑者が事件を起こしたのを知った時、どういうふうに感じられましたか？」

「いつかこんなことをするんじゃないかと思ってました」

昨夜は随分と長い時間に感じられたが、テレビだと僕への質問のシーンは30秒ほどで終わってしまい、まるで僕が水島を非難し、変態扱いしているようにさえ見える。

水島はたった一夜で有名になった。もう彼は忘れられた存在ではない。そのことが、僕には少し、羨ましい。

マンデリンを飲み干して立ち上がりかけた時、さっきとは別の女性レポーターが画面に登場し、僕に驚くべき新事実を告げた。

「その後の取材班の聞き取り調査によって、実はこの水島という男には驚くべき過去があったことが判明したのです」

リモコンを握り締めたまま、レポーターの次の言葉を待つ。

「なんと水島容疑者には実の兄を殺害したという疑惑がかけられていたのです！」

あまりの驚きに息を飲む。

水島が兄を殺した？　僕と同じように、水島も兄を殺した？

胃が焼けるように熱くなり、強い吐き気が込み上げてくる。

57

水島勤には2歳年上の兄がいた。水島の兄は明るくて勉強もスポーツもよくでき、両親の自慢の種だった。そんな兄に水島は強いコンプレックスを抱いていた。

ワイドショーのリポーターはそう伝えた。

21年前のよく晴れた春の朝、水島は兄とふたりで近くの貯水池に魚を釣りに行った。まだ水の冷たい時季で、辺りに人の姿は見えなかった。

彼らが釣りを始めて1時間ばかりが過ぎた時、針にかかったフナを引き上げようとしていた兄が突然、足を滑らせて貯水池に転落した。水島は泣きながら近くの民家に駆け込んで救助を求めたが、大人たちが駆けつけた時にはすでに貯水池に兄の姿はなかった。大掛かりな捜索の結果、午後になって兄の死体が転落現場から200mほど離れた水底から引き上げられた。兄の死体を確認した両親は、遺体に縋り付いて狂ったように泣き崩れた。

警察官の事情聴取に、9歳だった水島は泣きながら、兄が足を滑らせて貯水池に落ちた、助けようとしたができなかったと言った。警察官もそれを信じ、水島に同情した。

だがそれは、たまたま近くで釣りをしていた子供の証言とは違っていた。水島たちから100mばかり離れた草陰で釣り糸を垂れていた7歳の小学生が、兄の背を水島が突き飛ばしたと証言したのだ。

水島は兄を突き落としたことを認めなかった。目撃者がまだ7歳だったということや、その小学生のいた場所が水島たちから離れていたということもあって、警察は水島への事情聴取をそれ以上行わず、兄の死は単なる事故として処理された。

だが今、モザイク処理されたワイドショーの画面には、その時の目撃者だったという28歳の男性が声を変えて登場していた。男性はマイクを向けるレポーターに、「あれは絶対に事故なんかじゃありません。あの時、彼が兄の背中を押して池に突き落としたのを、わたしは間違いなく見たんです」と断言した。

「彼の兄が釣り上げた魚を摑もうとして池に身を乗り出した瞬間、彼がこう、両手で背中を突き飛ばしたんです。彼の兄は大きな飛沫を上げて池に転落しましたが、彼は別に驚いたふうでもありませんでした。彼は助けを求める兄に釣竿を突き出して、助けるどころか逆に、釣竿の先で顔や頭を強く叩いて水の中に沈めようとしていました。助けようとしていたんじゃなく、沈めて殺そうとしていたんです」

「あなたはそれを警察で証言されたんですね？」

レポーターが男性にきく。

「そうです。でも7歳の子供の言うことなんて信じてもらえませんでした……たぶん警察の人も信じたくなかったんだと思います」

「あなたと水島兄弟がいた場所は100mほど離れていたということなんですが、見間違いということはないんですね？」

「あり得ません」

また男性は断言した。「彼は兄が冷たい水の中に沈んでいくのをじっと見つめていましたが、駆けつけるわたしに気づいて、しまった、という顔をしました。泣いてなんていませんでした。彼は走って来たわたしを睨みつけ、余計なことを喋るなと威嚇し、それから助けを呼びに行ったんです……間違いありません。彼は兄を殺したんです」

58

ワイドショーを見ていた人間の中でいちばん驚いたのは、たぶん僕だっただろう。あまりのことに混乱しながらも家を出る。水島の顔や姿を思い浮かべながら駅への道を歩く。

サラリーマンやOLや高校生に混じって駅前ロータリーに入っていくと、バスターミナルの向こう、ガラス張りのコーヒーショップの明るい窓際の席に、淡いピンクのスーツを着た母が背筋を伸ばして座っているのが見えた。母は踵の高いサンダルを履いた脚を優雅に組み、鮮やかなマニキュアをした指で髪をかき上げてコーヒーを飲んでいる。タイトなスカートがせり上がり、腿のほとんどが剝き出しになっている。

コーヒーショップに入って母の向かいに腰を下ろし、ウェイトレスにコーヒーを注文する。母の周囲には香水の強い香りがオーラのように漂っている。

「元気そうね」

僕のほうを見るでもなく、素っ気なく母が言い、僕は「……お母さんも元気そうだね」と答える。母は沈黙してコーヒーを飲む。白いカップの縁にわずかにルージュが残る。

57歳になる母は、スポーツクラブで知り合った12歳年下の男と横浜のマンションに暮らし、湘南でいちばん有名な美容師の店でカットしてもらうために、月に1度か2度、平塚にやって来る。そしてそのたびに、この駅前のコーヒーショップに僕を呼び出す。だが、母はいつもほとんど何も喋らない。自分の近況を話すことも、僕の近況を尋ねることもない。僕の誕生月である5月と、クリスマスのある12月には別れ際に小遣いをくれる。だが、それだけだ。いったい母が何のために僕に会いたがるのかはわからない。

僕もウェイトレスが運んで来たコーヒーを無言で飲む。母はテーブルに頬杖をついて窓の外を眺めている。完璧に化粧をしているが、朝日の中だと小皺が目立つ。両手の爪は長くて美しいが、たぶん付け爪だろう。

母と無言で向き合っているのは何となく居心地が悪い。僕はテーブルの表面を見つめたまま、まずいコーヒーを嘗めるように飲む。また水島のことを思い出すが、考え始めると混乱するので、とりあえず考えないようにする。

ウェイトレスが小さな尻を左右に振って通路を忙しげに歩いていく。軽やかなクラシックが流れている。目の前を煙草の煙が流れていく。

「ねえ……直人」

珍しく母がそう話しかけ、僕は顔を上げる。母に名を呼ばれたことが嬉しくて、幾重にもマスカラの施された母の長い睫毛を見る。だが母は僕を見てはいない。

「あんたを……産んでおいてよかった」

ぼんやりと窓の外の雑踏を見ながら、呟くように母が言った。

僕は戸惑い、母と同じように外を見た。極端に短いスカートを穿いた制服姿の女子高生の一群が歩いて行く。たぶん、健太郎はとっくに電車に乗っただろう。今朝は千尋がいないから、歩いて駅まで来たのだろうか？

「あんたを妊娠した時、あんたのお父さんは、子供は啓一郎ひとりで充分だって言って産むのを反対したの」

母は窓の外を見つめたまま、ひとりごとのように話す。僕はその横顔を見つめる。「下の子ができたら啓一郎がかわいそうだって……あたしもそうかなって思ったけど……だけどあたしは産むことにしたの」

母がこんなに長い台詞を喋るのを聞くのは初めてのような気がする。

「どうして……産むことにしたの？」

僕はきくが、それが知りたいわけではない。そんなことを知っても、何の意味もない。母はまた沈黙してしまう。僕はコーヒーを飲み干してしまい、母がまだ席を立ちそうもないので、しかたなくウェイトレスにコーヒーのお代わりを注文する。

さっきとは別の化粧の濃いウェイトレスがすぐに新しいコーヒーを運んで来る。店にはたくさんの人がひっきりなしに出入りしている。コーヒーの香りや、パンやスープの匂いが漂っているが、母から匂う香水がそれらを相殺している。

「……保険のつもりだったのかも」

5分ほどして、突然、母が言う。

「えっ？　何？」

何のことだかわからずに、僕は母を見る。だが、やはり母は僕を見てはいない。

「……あんたを産んだのは……もし万一、啓一郎が死んでしまった時のための……予備のつもりだったのかも……」

「……予備？」

僕はきき返すが、母はまた沈黙してしまう。

またしばらく無言の時が流れる。やがて、腕時計（たぶんブルガリだろう）を見た母が、「そろそろ行くわ」と言って、伝票を摑んで立ち上がる。

「僕はこれを飲んでから行くよ」

僕が言い、「また電話するわ」と言って母はレジに向かっていく。僕は肩甲骨の浮き出た母の華奢な背中や、淡いピンクのタイトスカートに包まれた小さな尻や、スラリと伸びたアキレス腱の浮き出た脚を見る。後ろ姿だけ見ていると、とても57歳には見えない。

母は決して振り返らない。背筋を伸ばし、踵の高いサンダルで真っすぐに雑踏の中を歩いて行く。

保険？　予備？　母にそう言われたことが僕は嬉しい。たとえ保険であろうと、予備であろうと、母は今、僕を必要としているのだ。

コーヒーを飲み干し、何度か深呼吸を繰り返す。また水島のことを考える。立ち上がって出口に向かいながら、今度は千尋のことを考える。

59

木乃美を抱いて茅ヶ崎駅前の大きな電器店にいる。そこで若い店員にあのライターを見てもらっている。眼鏡をかけた背の高い店員はなかなかハンサムだ。あたしのことをどんなふうに思っているんだろう？　いったい誰に殴られたと思ってるんだろう？　店員はあたしが持ち込んだライターをしげしげと観察したあとで、「明らかに盗聴マイクですね」と言って、濃いサングラスをしたあたしの顔を意味ありげに見た。

唇の腫れはいくらか引いたから、もうマスクはしていない。けれど、目の周りの大きなアザはサングラスでも隠しきれない。それが殴られたアザだということは一目瞭然だ。

ライター型の盗聴マイクとあたしの顔を交互に見つめながら、若い店員は「かなり精巧で感度のいいマイクですが、それでも電波の届く範囲は１００ｍから１５０ｍでしょう」と言った。あたしの置かれた状況に興味津々といった顔だ。

「……１００ｍから１５０ｍ」

「そうです。その範囲に犯人が住んでいたか、あるいは犯人が近くに車を停めてそこでマイクからの電波を受信していたかのどちらかでしょう」

「犯人……？」

「いや……その……その盗聴マイクをお宅に仕掛けた人のことです」

若い店員はちょっと慌てたように、そう言い直した。

ただ「これは何かしら?」とライターを見せただけなのに、彼はあたしが自宅に盗聴マイクを仕掛けられたと決めつけている。きっと夫婦間のいざこざや、恋愛関係のもつれや、変質者による盗聴を想像しているのだろう。恥ずかしくて逃げ出したい気持ちになる。

店員は小さなドライバーを使ってしきりに盗聴マイクをいじっている。

「ああ、もうバッテリーがダメになってますね……うーん、かなり頻繁にバッテリーを交換した形跡があるなあ」

「頻繁に?」

驚いてきき返す。

「ええ。このタイプのバッテリーは寿命が短いんです。だからこれを仕掛けた人間は……まあ、それが誰かは存じ上げませんが……かなり頻繁に、最低でも1週間に1度はこのバッテリーを入れ替えていたはずです」

若くてハンサムな店員はあたしのサングラスをじっと見つめて言った。

ベッドメイクの終わったホテルの部屋に戻って木乃美に食事をさせたあとで、コンビニで買った弁当を食べている。シャツの胸ポケットにはバッテリーを交換してもらったばかりのライター型の盗聴マイクがある。油臭い焼き肉を噛みながら、シャツの上からそれに触れてみる。

あたしがバッテリーの交換を頼むと、若くハンサムな店員は怪訝な顔をした。それでも言われるままに手早くバッテリーの交換をしてくれた。

「これでもう電波が発信されてるの？」

「そうです。もしこの近くに受信機があれば、わたしたちの声が聞こえるはずです」

バッテリー交換の終わったそれを、あたしはシャツの胸ポケットに入れた。何だかお守りを持っているような気分だった。

今、ベッドでは木乃美が安らかな寝息をたてている。あたしは食べ終えた弁当の空き箱を片付けてインスタントコーヒーをいれる。これからどうしよう、と思う。

ここは安っぽいビジネスホテルだが、それでも財布に入っていた5万円で滞在できるのはせいぜい1週間だろう。すべてのお金を使ってしまってからでは身動きが取れなくなる。やはり早いうちに健太郎と連絡を取り、あの家ではない場所で会って話し合い、離婚に合意してもらわなくてはならない。もう健太郎には2度と会いたくないけれど、このままずっと逃げまわっているわけにはいかない。慰謝料なんていらないが、せめて木乃美の養育費ぐらいは出させたい……。

考えていてもしかたがない。とにかく健太郎に離婚したいということを伝えなくてはならない。

コーヒーのカップをもって部屋の隅のデスクの前に座る。電話の受話器を持ち上げ、外線に繋ぐために0をプッシュする。また少し考え、それから健太郎の携帯電話の番号をプッシュする。

## 60

ビルの3階にある喫茶店の窓辺に腰を下ろし、コーヒーをすすりながら行き過ぎる人々をぼんやりと見下ろしている。めったにサボったりはしないのだが、きょうは仕事をする気になれない。千尋のやつ、いったいどこにいるんだ、とそればかり考えている。

千尋が家出したことはまだ誰にも言っていないが、永久に隠しておけるものでもないだろう。もしこのまま千尋が戻って来なかったら……そんなことになったら、俺のメンツは丸つぶれだ。今週末は俺の両親が泊まりに来る予定だし、来週末には高校の時の友人の長峰や佐藤と相模川でバーベキューをすることになっている。今月の末には、俺の部下の角田の結婚式に夫婦で出席することになっている。角田の結婚式にはもちろん、俺たちの仲人をした社長も来る。こともあろうにこの俺が女房に逃げられたなんて……そんなみっともないことがみんなに知れたら、俺の人生はメチャクチャだ。

そうなる前に一刻も早く千尋を見つけ出し、首根っこを押さえ付けて家に連れ戻さなくてはならない。もちろん、その時は、主人に楯突いた女がどうなるか、たっぷりと思い知らせてやるつもりだ。

俺はその時のことを想像する。千尋を家に連れ戻したら、まず2~3発引っぱたいたあとで、すっ裸にしてロープでベッドに縛り付けてやる。仰向けに……いや、俯せがいい……両手両足を広げさせて俯せに縛り付け、思う存分いたぶってやる。馬に跨がるようにあいつの背中に跨がって、後ろから髪を鷲掴みにしてやる。千尋がどれほど泣きわめいても、どれほど謝っても決して許さず……そうだ。せっかく通販で買ったのに千尋が嫌がるから1度しか使ってないバイヴレーターを使って……朝まで一晩中、一睡もさせずに徹底的に凌辱してやる。

想像するだけで、トランクスの中のあれが硬くなる。

しかし実際の問題、どうやったら千尋を見つけだすことができるのだろう？　実家に戻っていないとすると、もう見当がつかない。

考えあぐねた俺がカップに手を伸ばしかけた時、バッグの中の携帯電話が鳴った。

『もしもし……あたしです』

いつになく他人行儀な声で千尋は言った。

「あっ、千尋っ……お前……」

俺は爆発しそうになる怒りを咄嗟に抑え込み、できるだけ穏やかな声を出した。「今、どこにいるんだい？　心配してたんだ」

『用件だけ言います。あなたと離婚することに決めました』

突き放したように言った千尋の言葉を聞いた瞬間、俺は思わずテーブルの上の拳を握り締めた。結婚や離婚といった重要なことは夫が決めることであって、妻が決めることではない。世間がどうかは知らないが、少なくとも浜崎家では、それは断じて男が決めることなのだ。

だが俺は怒りを声に出すことはなかった。ゆっくりひとつ深呼吸したあとで、「なあ、千尋、ごめんよ。昨日はちょっとやりすぎた」と優しく話しかけた。

「ごめんよ。反省してるんだ。嘘じゃない。本当に悪いと思ってるんだ。なあ、戻って来てくれよ。お前なしじゃ俺は生きていけないよ」

隣のテーブルの中年のサラリーマンがこっちを向き、猫なで声を出す俺を興味津々と見つめている。俺は受話器を手で被い、ささやくように話し続ける。

「なあ、千尋。俺にはお前が必要なんだ。俺ひとりじゃ何もできないんだ。許してくれよ。もう絶対に殴らない。約束する。だから帰って来てくれよ」

俺は思いつく言葉の限りを尽くして懸命に訴えた。

『あんた、自分が今まであたしに何してきたかわかってるの？』

電話から千尋の甲高い声が響いた。『あんな目に遭わされて許すバカがどこにいるのよ？　どうかしてんじゃない？　このバカっ！』

俺は奥歯をギリギリと嚙み締めた。怒鳴り声が喉元まで出かかったが、ブチ切れそうになる感情を必死で抑え、俺は懸命に説得を続けた。

「なあ千尋。女房に逃げられたなんてことが会社に知れたら、みっともなくて、俺はもうあの会社にいられないよ。わかるだろ？　オヤジやオフクロや、親戚や友達にも笑われるよ。お前だって、みんなに出戻りって言われるぞ。そんなの、みっともないだろ？　お前の親だって恥ずかしいだろ？　木乃美だって父親がいなくちゃかわいそうだろ？　お前さえ戻って来てくれれば、みんなが幸せになれるんだ。だから……だから、戻って来てくれよ」

　だが、俺のこれほどの言葉にもかかわらず、千尋は冷たく、『勝手なことばっかり言わないで』と言い放った。

『もう決めたの。あんたみたいな最低の男とは金輪際、かかわりたくないの。あんたといた6年間は、本当に最低だったわ』

　再び俺の下腹部で凄まじい怒りが爆発した。あまりの怒りに全身が震え、電話を握る手が震えた。だが俺は諦めなかった。

「なあ、千尋、考え直してくれよ。俺にはお前が必要なんだよ。戻って来てくれよ。もう1度、やり直そうよ」

『お断りよ。離婚届を送るからハンコ押してね』

「おい、ちょっと待ってくれよ」

　その時、金庫の中の写真のことを思い出した。

「そうだ、お前、あの写真を覚えてるだろ？　ほら、お前があれをしてる写真だよ。もしお前が戻って来ないなら、あの写真をバラまいてやるぞ。お前の両親にも、親戚や友達にも、あの写真を送りつけてやるぞ。それでもいいのか？……あれを見たら、みんなびっくりするだろうなあ。お前は恥ずかしくてもう、誰にも会えなくなるんだぞ。もしお前に恋人ができたら、そいつにも送りつけてやるぞ。おい、千尋、それでもいいのか？」

だが、その脅しは逆効果だったようだ。

『できるものならやってみな』

千尋は俺をバカにしたように鼻先で笑った。そして『あんたって、ホントに最低の男だよ』と繰り返した。

「何だと、このアマっ！」

ついに俺の怒りが噴火し、拳に激痛が走るほど強くテーブルを叩いた瞬間、電話が切れた。俺は電話を床に叩きつけたい衝動を必死になって抑えた。

隣のテーブルでは相変わらずあの中年サラリーマンが、ニヤつきながらこちらをうかがっている。それが猛烈に頭に来る。千尋の代わりにその男の胸倉を鷲掴みにして、気絶するほどぶん殴ってやりたいという衝動に駆られる。

……畜生、もう許さねえ。

俺は奥歯を痛いほど噛み締め、伝票を摑んで立ち上がった。

せっかくの定休日だというのに、僕にはもうやることがない。浜崎家を訪問することも、千尋の様子を200㎜の望遠レンズでうかがうこともなく、カーテンを閉ざした部屋のベッドに横たわり、あの日の千尋を模した人形を見つめている。

千尋が持っていったライター型のマイクは、そろそろバッテリーが切れた頃だろう。だが、一縷の望みをもってアンプのスイッチはオンにしてある。もしまだバッテリーが残っているうちに千尋が近づいて来れば、その声がスピーカーから聞こえるはずだ。

時々、千尋の声が聞こえたような気がして目を開き、スピーカーを見つめる。もちろん、すべて幻聴だ。

また水島のことを考える。

水島は自分が殺したという兄のことを、今でも思い出すことがあるのだろうか？　冷たい水に浮き沈みしながら助けを求めた兄の声を、自分の顔を必死で見つめた兄の目を、思い出すことがあるのだろうか？

あれから14年が過ぎたが、僕は今でもあの晩のことを——兄が死んだ晩のことを、しばしば思い出す。そしてそのたびに、叫び出したくなるような罪悪感に苛まれる。いや、実際に叫び、髪を掻き毟り、指を強く嚙み締めることもある。

兄は事故で死んだのではない。僕が殺したのだ。

14年前のあの晩……僕たちは、兄が大学の入学祝いに買ってもらったパールホワイトのフェアレディZで湘南海岸道路を西に向かっていた。あの頃、僕たちは毎晩のように海岸沿いを当てもなく走りまわっていたのだ。

あれはゴールデンウィークが終わった初夏の晩で、細く開けたサイドウィンドウから潮の匂いが流れ込み、顔に当たる風が心地よかった。僕の座った助手席側には松の防砂林が広がり、その向こうに時折、真っ暗な海がかいま見えた。兄は煙草を吸っていた。車の吸い殻入れにはフィルターに口紅の付いた煙草がいくつか転がっていた。ルームミラーには白いニットのビキニを着た兄の恋人の写真が貼り付けてあった。

青い海を背景にした兄の恋人は、小麦色に日焼けしていて、ウェストが驚くほど細く、華奢な手足がヒョロリと長かった。胸を覆った小さな三角形の布からはみ出した乳房が、16歳になったばかりの僕には眩しかった。

もう深夜の0時をまわっていて、走っている車はほとんどなかった。傷ひとつない真珠色のボンネットを、オレンジ色のナトリウム灯が単調に流れていった。

兄は今週末に恋人とふたりで西伊豆に旅行に行く話をしていた。僕はそれを羨ましく聞いた。もちろん僕には恋人などいなかったし、これからも永久に、そんな女性が現れることなどないように思われた。

車が信号で停止した時、僕たちの目の前にトラックが入ってきた。荷台に土木工事用の機械を積み上げた、泥にまみれたオンボロのトラックだった。そのトラックの走行は安定しなかった。フラフラと左側に寄り、危うくガードレールに接触しそうになっては慌てた感じで右に戻った。そんなことを何度も繰り返していた。

「何だ、あいつ。酔ってるのか？」

兄はそう言って笑った。

僕はそのトラックがガードレールに衝突して僕たちの車の進路を塞ぐことや、トラックに激突して大破する僕たちの車をぼんやりと空想した。

何度目かにトラックがガードレールにぶつかりそうになった時、助手席にいた僕はシートベルトを締めた。兄にも「シートベルトをしたほうがいいよ」と言おうとして、やめた。そうだ。僕は言うのをやめたのだ。言いそびれたのではなく、あえて、言うのをやめたのだ。

《シートベルトだって？　そんなもの窮屈でやってられないよ》

たぶん僕が「シートベルトをしたほうがいいよ」と忠告したとしても、兄はそう答えただろう。《そんなもの締めるなんて、直人、俺を信じてないのか？》……そう答えたに決まっている。

あのあと、僕は心の中で何度も想像した。実際にはなされなかった会話を、何度も何度も想像した。

「シートベルトをしたほうがいいよ」

《バカ、そんなもの必要ないよ》

「シートベルトをしたほうがいいよ」

《そんなもの、教習所でしてればいいんだよ》

「シートベルトをしたほうがいいよ」

《怖いならお前だけしてろよ》

そんな架空の会話を、いくつもいくつも想像した。

架空の会話の中の兄はたいてい、僕の提案を笑って拒んだ。だが、時には素直に、《そうだな、そのほうがいいな》と言ってシートベルトを着用することもあった。

——そんな想像をすると震えがくる。

もし、あの時、僕がシートベルトの着用を提案していたら？　そして兄がもし、シートベルトをしていたら……？

とにかく現実のこととして、僕は兄にシートベルトの着用をすすめなかった。兄は相変わらず煙草をふかしながら、メグミという恋人のことを嬉しそうに喋っていた。僕は腹部に食い込むシートベルトを感じながら、目の前を蛇行する薄汚れたトラックと、ルームミラーの白いビキニ姿の女性を交互に見つめていた。

やがて——信じられないことに——僕が空想したとおりの出来事が起きた。目の前を走っていたトラックがまた左側に寄り、今度は中央に戻らずにガードレールに接触したのだ。左のフロントをガードレールに引っかけたトラックは、一瞬にしてテールを右に振り、荷台に積み上げられた機械や工具類を撒き散らし、そのまま真横を向いて僕たちの目の前を塞いだ。僕は兄の口から発せられた「うわあっ！」という声を聞いた。

急ブレーキをかけたフェアレディZのタイヤが軋み、シートベルトが肩と腹を強烈に締め付けた。飛んで来たスパナがフロントガラスにぶち当たり、そこに蜘蛛の巣状のひび割れを作った。

すべてはほんの一瞬のことに違いなかった。だが、僕はフェアレディZの鋼鉄製のフロントノーズが、紙のようにまくれながらトラックの荷台の下にめり込んでいくのを見た。まるでスローモーションビデオを見るかのように、ガラスの破片を身にまとった兄が前方に飛び出していくのを見た。

僕たちの乗った車は、フロントノーズのほとんどをトラックの下に突っ込んだ形で停止したらしい。だが、僕はそれを見ていない。僕は頭を打って意識を失い、兄はフロントガラスを突き破って前方に投げ出された。

兄は6時間後に病院で死亡した。死因は脳挫傷だった。一方、僕は軽い打撲傷を負っただけだった。

長男を失った父と母の悲しみは、人々の想像を絶するほど凄まじかった。父は兄に車を買い与えた自分を呪い、母は父を呪った。両親は兄の遺体に縋り付いて泣き続けた。僕は丸1日入院したが、両親は僕の病室に1度も来なかった。

兄の葬儀では父の弟にあたる叔父が、取り乱したままの父に代わって挨拶をした。

――啓一郎はすべての人に愛された。きっと神様も啓一郎を、一刻も早く自分のそばに置きたいと望んだのだろう。

叔父はそんなことを言い、会葬者の多くは目頭を押さえながら頷いた。

神は兄を望んだ。だが、弟は望まなかった。

神からも見放された少年は、葬儀会場のいちばん後方の席で、頭に包帯を巻き付けたまま こうべを垂れた。

《啓一郎ではなく直人が死ねばよかったのに》
《もし死んだのが直人だったら、立ち直ることもできるのに》
もちろん、両親からそんな言葉を聞いたことはない。だが、僕の想像の中の両親は何度もそう言った。何度も何度も、そう繰り返した。

なぜ僕はあの時、兄にシートベルトをするように言わなかったのだろう? なぜ自分だけがシートベルトをしたのだろう?

おそらく——劣ったほうの少年は、自分でも意識しないままに——あるいはしっかりと意識して——優秀なほうの少年の死を願ったのだ。

そうだ。21年前に水島がしたと同じように、14年前、僕も兄を殺したのだ。

62

机の引き出しから香水の小ビンを取り出す。天井に向けてシュッと1回吹き付ける。宙に広がった細かい霧が静かに降り注ぐ。目を閉じ、その香りを嗅ぐ。

敷石の下には名もない虫たちがさざめいている。

僕はきょうも、そんな虫たちのことを考える。ゴミのような虫たちの喜びと悲しみ。夢と怒り……。そして、恋。まるで自分のことのように、それらを考える。

63

ベッドに積み重ねた枕に寄り掛かるようにして木乃美がテレビを見ている。あたしはそんな木乃美を眺めながら、手と足の爪にエナメルを塗り重ねている。コンビニで昼食の弁当を買うついでに、安物の口紅と一緒に買った、薄いピンクのエナメル。

口紅やマニキュアをするなんて、いつ以来だろう？　桜貝みたいな色に染まった指を目の前に広げ、フーッと息を吹きかける。そんなささいなことが、とても新鮮で嬉しい。

窓から茅ヶ崎の街が見える。初夏の強い日差しに家々の屋根が眩しく光っている。

その時、部屋の呼び鈴が鳴った。反射的に体が震え、全身の毛穴が汗を噴き出す。

誰だろう?

まだ乾き切らないマニキュアが擦れないように注意しながらサングラスをかけ、ペディキュアがスリッパに付かないように裸足のままドアまで行く。

ドアの穴から廊下をのぞく。蛍光灯の青白い光の中に、ホテルの制服を着た年配の女性従業員が赤いバラの花束を抱えて立っている。

赤いバラの花束?

「はい?……何でしょう?」

「お客様にお届け物です」

毎月10日に届く花束のことを思い出した。その人がここに? まさか?

あたしはドアノブに手をかけ、そのまま外側に押し開く。瞬間、花束を抱えた従業員の脇に健太郎が立っているのが見えた。

健太郎が!

慌ててドアを閉めようとしたが、間に合わなかった。健太郎はドアの隙間に身を押し込み、転がり込むようにして部屋の中に入って来た!

あたしは声にならない悲鳴を上げて後ずさる。すでに全身がパニックに震えている。

「やあ、千尋。驚いたかい?」

麻のスーツを着込んだ健太郎はそう言って満面の笑みであたしに笑いかけ、ホテルの従業員にも同じように笑いかけた。従業員もなぜか、とても嬉しそうにしている。

「ほらっ、結婚記念日のプレゼントだよ」

健太郎は女性従業員から赤いバラの花束を受け取り、後ずさり続けるあたしの胸に押しつけた。あたしは反射的に手を伸ばし、それを受け取ってしまった。そしてその時初めて、きょうが本当にあたしたちの結婚記念日だったことを思い出した。

健太郎は女性従業員に千円札を渡し、「いやあ、ご協力ありがとう。おかげで妻も喜んでます」と笑った。そのまま部屋を横切り、「やあ、木乃美。パパだよ」と言って、ベッドの上の木乃美にまで笑いかけた。木乃美の顔が不安に歪んだが、鈍感なホテルの従業員はそれに気づかなかった。

あたしは驚きと恐怖に立ちすくみ、声も出せぬまま従業員と健太郎を見つめた。健太郎に何と説明されたのだろう？　年配の女性従業員は微笑ましい光景にでも立ち会ったかのような顔をしている。

「それではごゆっくりどうぞ。失礼いたします」

従業員が笑顔で頭を下げて部屋を出て行く。あたしは彼女を呼び止めたいのに、足が動かないし、声も出ない。頭の中では、どうして？……どうして？……どうして？……と、同じ考えがグルグルとまわっている。

何もわかっていないバカでマヌケな従業員が出て行くと、あたしの恐怖は最高潮に達した。凄まじい平手打ちが飛んでくることを覚悟して身構えた。ただ殴られているつもりはなかった。健太郎の暴力が始まったら、あたしは大声で助けを求めながら応戦するつもりだった。だが、健太郎は相変わらず、気持ち悪いほどにこやかだった。

「……どうして……ここがわかったの？」

喘ぐように言うあたしの言葉を無視して、健太郎はベッドに近寄り、「さあ、木乃美。パパと一緒におうちに帰ろう」と言って両手で木乃美を抱き上げた。瞬間、ついに木乃美が泣き出した。

やめてっ！　木乃美にさわらないでっ！

そう叫ぼうとしたが、声にはならなかった。健太郎が木乃美を抱き上げ、しっかりと抱き締めたその瞬間、あたしはもう逃げられないのだということを知った。

「千尋、お前、化粧をしてるのか？」

あたしの唇を見た健太郎が笑った。それは勝利者の笑顔だった。「さっそく色気づきやがって」

足がすくみ、体が震え、吐き気が喉にまで込み上げてくる。恐怖で下腹部が痺れたようになり、わずかに漏れた尿が下着を濡らす。

あたしの反乱と、つかの間の自由は終わった。戦うことはできない。逃げることもできない。そうなれば、あとはもう服従するしかない。習性というのは恐ろしいものだ。無意識のうちに、あたしの口は「……ねえ、許して……お願い……許して……」と繰り返していた。

泣き続ける木乃美を片手で抱えたまま健太郎は、もう片方の手で床の上のスーツケースを開き、クロゼットにあった衣類や小物を乱暴に投げ込んだ。それからあたしのほうは見ずに「帰るぞ」と言い、泣き続ける木乃美を抱いて真っすぐにドアに向かった。

木乃美を人質にされたあたしにはどうすることもできなかった。ただ、テーブルの上にあった口紅とマニキュアをポケットに入れただけだった。


あたしがチェック・アウトの手続きをしているあいだ、健太郎はすぐ後ろで、泣き続ける木乃美を抱いていた。相変わらず優しい声で、「さあ、泣かなくていいんだよ。パパとおうちに帰ろうね」と、しきりに話しかけていた。宿泊料の支払いのために財布から1万円札を取り出したあたしの手を、健太郎がじっと見つめているのがわかった。

チェック・アウトが済むと、健太郎が先に立ってホテルを出た。あたしは花束を抱えたまま、麻のスーツを着た健太郎の背中を見つめて歩いた。

もし木乃美がいなければ――そうすれば、このままどこかに走って逃げ出すことも可能だった。「助けて」「殺される」と言ってホテルに逃げ戻ることも可能だった。だが今、健太郎の腕の中には木乃美がいた。木乃美を置き去りにして逃げ出すことなどできない。あいつはあたしの急所を押さえたのだ。

健太郎はまるで自分が停めたかのように、真っすぐに駐車場のランドクルーザーに向かった。あたしが車のロックを解除すると、健太郎は無言のままドアを開けて助手席に乗り込んだ。

あたしは運転席に座り、脂汗で滑る指先でキーをイグニッションに差し込んだ。エンジンをかけ、サイドブレーキを外し、アクセルを踏む。その右足がひどく震えている。ゆっくりと駐車場から車を出す。健太郎の顔を見る。もう健太郎は笑ってはいない。恐怖が胸を締め付け、あたしは喘ぐように呼吸をする。

「……ねえ……教えて……」

国道に合流するためにウィンカーを出しながら、あたしはきく。「……どうしてあそこがわかったの？」

まだ泣きじゃくっている木乃美を膝に載せた健太郎がこちらを向き、恐ろしく冷たい表情であたしを見つめ、「お前は何も知らないんだな」と言った。「携帯電話には電話して来た相手の電話番号が表示されるんだよ」

あたしは息を飲み、ヌメる手でハンドルを握り締めた。よりによってホテルの部屋なんかから健太郎に電話してしまったことを猛烈に後悔した。

「……ねえ、許して……もう絶対にこんなことしない……だから、許して……お願い……許して……」

平塚に向かって車を走らせながら、あたしはうわ言のようにそう繰り返した。吐き気がして、息苦しくて、喋るのが辛かったけれど、そう繰り返さずにはいられなかった。

「黙って運転しろよ」

フロントガラスを見つめたまま健太郎は言うと、そのあとはあたしが何を言っても、もう一言も喋らなかった。
あたしは機械のように《あの家》に——地球上であたしがもっとも行きたくない場所に向かって車を走らせ続けた。頭の中心がビリビリと痺れた。

64

遠くから千尋の声を聞いたような気がして枕から首をもたげる。

千尋の声が聞こえるわけがない。僕は再び枕に頭を預ける。その時また、スピーカーから微かな千尋の声がした。

空耳ではない。

ベッドに体を起こし、慌てて窓辺に駆け寄る。三脚に据え付けたままの200㎜望遠レンズに右目を押しつけて、浜崎家のほうを見つめる。

まだ浜崎家の車は見えない。だが、スピーカーからの声は少しずつ明瞭になっている。間違いなく彼らがこちらに近づいているのだ。

『……ねえ、許して……お願い……許すって言って……』

千尋の声は明らかに脅えている。僕は息を飲み、汗ばんだ手を握り締める。

やがて——200㎜望遠レンズの狭い視界がこちらに向かって来る浜崎家のランドクルーザーをとらえた。ハンドルを握っているのは千尋だった。まだ顔はよく見えないが、相変わらずサングラスをかけている。その隣には木乃美を抱いた健太郎がいる。健太郎はついに千尋の居場所を突き止め、家に連れ帰ることに成功したのだ。

千尋の運転する車は浜崎家の前でいったん停車し、後退しながらガレージに進入した。僕の部屋のスピーカーから、何度か車を切り返しているエンジン音と、泣きじゃくる木乃美の声が聞こえた。やがてエンジン音が消え、車のドアが開き、助手席から木乃美を抱いた健太郎が、そして運転席からはサングラスをした千尋が降り立った。千尋も健太郎も無言のまま玄関に向かい、ガラガラという音をさせて引き戸を開き、家の中へと消えた。

カメラに右目を押しつけたまま、窓辺で息を殺している。体の芯が細かく震えているのがわかる。

『ねえ……木乃美に……何か食べさせてあげたいんだけど……』

布の擦れる音とともに、千尋の声が聞こえた。

『あとにしろ』

それに応える健太郎の声はわずかにブレている。ライター型のマイクはおそらく、千尋のブラウスの胸ポケットに入っているのだ。

『さあ、木乃美はここで寝てなさい。パパはこれから、ちょっとママと話をしなきゃならないからね』

健太郎が木乃美に言ったらしい声が聞こえ、ママ、ママ、という木乃美の声が遠ざかり、ドアが閉められる音と鍵が掛けられるカチャッという音がした。

『……ああ、許して……お願い……お願いだから、許してっ……』

脅えきってうろたえる千尋の声が響く。

やがて健太郎と千尋がダイニングキッチンの窓の向こうに姿を現したが、それは健太郎が閉めたカーテンによって隠されてしまった。まるですぐそこに彼らがいるかのように、スピーカーからはカーテンの閉められるシャーッという音が聞こえた。

『おい。突っ立ってないで座れよ』

健太郎の声がする。

『……ねえ、あなた……お願い……許して……』

千尋はうわ言のように繰り返している。『……もうこんなことしません……これからは何でも言うとおりにします……だから……』

千尋の哀願の声は『ふざけるなっ！』という健太郎の叫びと頰を張るバシッという音、『ひっ』という千尋の悲鳴、そして椅子の倒れる音によってかき消された。

『許してだと？』

再び健太郎の叫び声がし、それに続いて再びパシッという音と、『はひっ』という千尋の悲鳴がした。

『もうこんなことしませんだと？　寝ぼけたこと言ってんじゃねえよ、このアマっ！』

健太郎の叫びと、頰を張る音と、千尋の悲鳴。

僕はスピーカーの前にしゃがみ込み、指を痛いほどに嚙み締めながら、そこからの音に耳を澄ます。

『……ああ……ごめんなさい……何でもします……だから……だから、お願い……もう、ぶたないで……』

『悪いことをした人間は、誰でも罰を受けなきゃならないんだ。世の中っていうのは、そういう決まりになってるんだ』

逃げ場を失った千尋を前に、健太郎は陰湿だった。子供がコオロギの脚を1本1本引きちぎり、羽根を毟り取り、胴体だけになった昆虫の複眼を針先でつついていたぶるように、健太郎は楽しみながら千尋をいたぶり尽くそうとしていた。最高のゲームを少しでも長く楽しもうとしていた。

『千尋。お前、電話で俺に何て言った？　もう1度言ってみろよ』

『……ああ……ごめんなさい……お願い、あなた……許して……』

『俺と離婚することに決めた、だと？　俺みたいな最低の男とはかかわりたくない、だと？　おもしれえこと言ってくれるじゃねえか。そうだろ？　何とか言えよおいっ！　何か言ったらどうなんだっ！』

『……ごめんなさい……あの時は頭がどうかしてたのよ。あんなの本心じゃないの……許して……許して……』

『許して？　とぼけたことほざいてんじゃねえよ、このクソアマっ！』

消え入るような千尋の声に続いて健太郎が叫び、その後にガサガサッという雑音と千尋の悲鳴が一際高く響きわたった。千尋が床に倒れた音。そこにパンチか蹴りをくわえる音。苦しみに呻く千尋の声。さらに頬を張る音……。千尋の胸ポケットの中のライター型のマイクはそのすべてを拾いあげ、80m離れた僕の部屋に届けた。

『嘗めてんじゃねえぞ、こらっ！　きょうというきょうは絶対に許さねえっ！　2度と口答えできないようにしてやるっ！』

もう彼らの様子を想像している余裕などなかった。僕はスピーカーの前に呆然としゃがんだまま、ガサガサと続く大きな衣擦れの音や、肉が肉にめり込むような音や、衣類が引き裂かれる音や、千尋を口汚く罵る健太郎の怒鳴り声を聞いた。呻きにも似た千尋の悲鳴や、『やめて……殺さないで……』という声を聞いた。

やがてゴトゴトッという大きな音が続き、それを境にスピーカーからの音声がプッツリと途絶えた。何かの衝撃でマイクが壊れてしまったのだろう。

音のしなくなったスピーカーの前に僕はしばらくしゃがんでいた。いつもの僕ならベッドに潜り込み、頭を抱えているだけだった。千尋が健太郎に殴られ、蹴飛ばされているあいだずっと、ベッドの中で目を閉じ、耳を塞ぎ、歯を食いしばっているだけだった。

だが僕は、弾かれたように立ち上がった。サイドボードに載せてあったスタンガンをズボンのポケットに押し込み、階段を駆け下りた。

## 65

きょうこそ本当に殺されてしまうと思った。それほどまでに健太郎の暴力は凄まじかった。あたしは着ていたすべてのものを引きちぎられ、体のほとんどすべての場所を殴られ、蹴られ、床に頭を叩きつけられ、口や鼻から血を流して意識を失った。そしてそのたびに頬を張られて目を覚まし、再び悪夢のような暴力の続きを受けた。

もうあたしには許しを乞うことも悲鳴を上げることもできなかった。そんな力はどこにも残っていなかった。ただ、健太郎の拳や足が体にめり込むたびに、反射的に呻きが漏れるだけだった。時折、子供部屋から木乃美の泣いている声が聞こえた。

何度目かに気を失い、その直後に頬を張り飛ばされて目を覚ました時、目の前に健太郎のあれが突き付けられた。それは硬くそそり立ち、先のほうからヌルヌルした液を分泌していた。

これで終わりだ。これさえ済めば解放される。そう思ったあたしは、突き付けられたそれを夢中で口に含んだ。あたしの唇はタラコのように腫れ上がり、口の中はあちこちが切れて血みどろだった。

健太郎は自分の股間に顔を埋めたあたしの髪をぐっと鷲掴みにし、力を込めて前後に揺すった。喉にぶち当たる衝撃とともに、視界が激しくブレた。あたしはただ、もう少し、

もう少し、と、それだけ考えていた。

「いい眺めだ……いいか、千尋、よく覚えておけ……俺に刃向かおうなんて10年早いんだよ……お前みたいな女はな、おとなしくこういうことだけしてればいいんだ……お前にはこうやってるのがお似合いなんだ……」

真上から健太郎の声が聞こえた。それはあまりに暴力的で、あまりに屈辱的で、普通の神経なら我慢できないようなものだった。だが、体がバラバラにされてしまうような凄まじい暴力のあとでは、不思議なことに優しい愛撫のようにさえ感じられた。

ありがたいことに健太郎はすぐに果てた。あたしは口いっぱいに広がったそれを必死に飲み込んだ。しょっぱくて、生臭くて、血と口紅と屈辱の味がした。


あたしを叩きのめし、ひれ伏せさせ、健太郎はさぞ気分がよかったのだろう。ズボンを上げ、ベルトを締めながら「今度こんなことをしたら本当に殺すぞ。2度と勝手なことをするな」と笑った。床に横たわったまま、あたしはそれをぼんやりと聞いた。

さらに健太郎は、「これからは俺が外出しているあいだ、木乃美は子供部屋に閉じ込めておくことにした」と言った。

「俺がいない時はずっと子供部屋に入れて鍵を掛けておく。俺だって本当はそんなことはしたくないんだけど、しかたがない。お前のせいだ。自業自得だ」

健太郎はそれだけ言うと、床の上にあたしを残したままダイニングキッチンを出ていった。すぐにトイレを使う音がし、続いて階段を上る音がした。

子供部屋からは相変わらず木乃美の泣く声がする。

あたしは子供部屋に行くために体を起こそうとした。瞬間、背骨と腰が同時に砕けたと思うほどの激痛が走り抜けた。何度も頰を張られたせいで、耳の中ではキーンという甲高い音が響き続けていた。左の目は腫れ上がって完全に見えなくなっていたし、右の目も塞がりかけて視界がぼんやりと霞んでいた。

苦しみと悔しさに呻きながら何とか体を起こす。立ち上がろうとしたができず、そのままカメのように這って子供部屋に向かおうとした時、たった今、健太郎が言ったことを思い出した。

《これからは俺が外出しているあいだ、木乃美は子供部屋に閉じ込めておくことにした》

以前、健太郎はわざわざ大工を呼んで子供部屋に頑丈な鍵を取り付けさせた。その鍵は健太郎だけが持っていた。たぶんあいつは、こんな時のために子供部屋に鍵を取り付けさせたのだ。あの時すでに、あいつは木乃美を人質に使うつもりだったのだ。

あたしは朦朧としたまま子供部屋のほうを見つめた。

健太郎が会社にいるあいだずっと木乃美を子供部屋に閉じ込めておく?……そんなこと……ひどすぎる……オシメはどうしろというのだろう?……ご飯はいったい、どうしろというのだろう？　これから夏が来る。飲まず食わずであんなところに1日閉じ込められていたら、木乃美は死んでしまう。木乃美が死んでもあいつはかまわないのだろうか？

床にポタポタと涙が零れ落ちた。腫れて見えなくなってしまった左目からも涙が溢れ出るのが不思議だった。

目の前の床に引き裂かれたブラウスが落ちていた。あたしは手を伸ばしてそれを引き寄せた。胸のポケットに指を入れ、銀色のライターを取り出した。

――神様が置き忘れていったライター。それを膨れ上がった唇に近づける。

「ねえ……助けて」

銀色のライターに向かって祈るようにあたしは言った。「あいつを……健太郎を殺して」

66

「ねえ……助けて」

喘ぐように千尋が囁いたのを僕は聞いた。

ダイニングキッチンの入り口からそっと中の様子をうかがう。全裸で床に横たわった千尋が、あのライターを握り締めて囁いている。

「あいつを……健太郎を殺して」

驚いたことに千尋は、マイクを仕掛けた人間に向かって嘆願しているのだ！

千尋は全裸ではあったが、それは欲望を刺激するような姿ではなかった。顔は形が変わるほどに腫れ上がり、涙と鼻血と鼻水の混じりあった粘液でグチョグチョになり、とても千尋のものには見えなかった。髪はクシャクシャに乱れて絡み合い、骨の浮き出た体のあちこちに、赤黒いアザが無数にできていた。

ライターを模した小型マイクを握り締め、千尋は血まみれの口をそこに押し付けるようにして囁き続けた。

「……ねえ、聞こえてる？……もし聞こえてるなら、来て……お願い……健太郎を殺しに来て……」

子供部屋からは木乃美の泣き声が聞こえる。僕はポケットの中のスタンガンを強く握り締めた。

殺す？

ダイニングキッチンの戸口を離れ、足音を忍ばせて階段へと向かう。口の中がカラカラに渇き、心臓が息苦しいほど激しく高鳴っている。1歩1歩、踏み締めるようにして階段を上がる。

健太郎を殺す？

手前にある寝室のドアが少し開いている。身を屈めてそっと戸口に近づく。部屋の中から健太郎の体臭が微かに漂って来る。ドアの脇にしゃがみ、首を伸ばして中の様子をうかがう。

「バカ女が……いい気味だ」

姿は見えないが、健太郎が呟くように言っているのが聞こえる。ポケットのスタンガンを握り締めたまま、僕はさらに低く身を屈め、もう片方の手でドアをさらに少しだけ押し開く。カーテンが引かれているため部屋の中は薄暗いが、自分のベッドの端に腰を下ろした健太郎の背中が見えた。

「……あのアマっ、人をコケにしやがって……」

健太郎はウィスキーのグラスを傾けている。妻をズダ袋のようにぶちのめし、射精まで済ませてすっきりしたのだろう。氷を浮かべた琥珀色の液体を口に含み、ゆっくりと味わうようにしてから飲み込んでいる。

低い姿勢を維持したまま、僕はスタンガンを取り出す。汗ばんだ手が信じられないほど激しく震えている。息を殺し、ドアの隙間から寝室の中にそっと体を滑り込ませる。

グラスの中身を飲み干し、健太郎はボトルから新たなウィスキーを注いだ。その背中には、すべての権力を取り戻した独裁者のような、あるいは、鬱陶しいゲリラを完全に制圧した政府軍司令官のような、満ち足りた雰囲気が漂っている。

息を止めて健太郎の背後に近づき、ベッドを挟んだ真後ろまでにじり寄る。距離にして1m30㎝ほど。それ以上はセミダブルのベッドを乗り越えなければ近寄れない。中腰になり、スタンガンを握った右手をじわじわと前方に伸ばし、剝き出しになった健太郎の首に近づける。

殺す。僕は健太郎を殺す。

スタンガンの先端が今まさに首筋に触れようとした瞬間、健太郎が振り向いた。

僕は慌てて右手を突き出した。しかし、スタンガンの先端が首に届く前に、振り下ろされた拳が僕の手からそれを叩き落とした。

「誰だ、てめえっ！」

健太郎が叫び、僕はベッドの上に転がったスタンガンを拾い上げようとした。その瞬間、僕の顔面を鉄の棒で殴られたかのような凄まじい衝撃が襲った。

大波にでも巻き込まれたかのように僕の体は後方に回転して床に転がった。目を開けたが、見えたのは右目だけで、左目は何も見えなかった。

健太郎は敏捷だった。やつはいつの間にか僕の目の前にいた。慌てて体を起こそうとした僕の顎を、健太郎は掛け声とともに蹴り上げた。僕にはそれをかわすことなどできなかった。健太郎の蹴りを顎にまともに受け、一瞬宙に浮き上がってからもんどり打って後方に倒れた。背後の何かに後頭部を強打して呻いた。

「この野郎っ、どこから入り込んだ？」

床を踏み抜くほどの凄まじさで健太郎の踵が腹にめり込み、僕は口から吐瀉物を溢れさせて悶絶した。まるで内臓を摑まれたかのような苦しみだった。

勝負はついていた。だが、健太郎は執拗だった。床の上でイモムシのように身をよじって苦しむ僕の腹を、腰を、背中を、太腿を、健太郎は容赦なく蹴り上げ、踏み付けた。踵や爪先が体に深くめり込むたびに猛烈な痛みと苦しみが全身を貫き、僕の口からは呻きとともに苦い液がゴボゴボと溢れた。

骨が砕けるほどの暴行を体のいたるところに受け、僕は床の上でのたうちまわった。一瞬、このような暴行を日常的に受けている千尋のことを思い浮かべた。

髪を鷲摑みにして額を床に10回以上も叩きつけたあとで、健太郎は意識を失いかけた僕の襟首を摑んで前後に揺さぶった。

「おいっ、てめえは何者だっ！」

僕は必死で目を見開いたが、割れた額から溢れた血が両目に流れ込み、健太郎の顔の輪郭がぼんやりと見えただけだった。「おいっ、言えっ、誰なんだっ！　てめえっ、ここで何してやがるんだっ！」

僕は無言で首を左右に振った。

「言えよ、この野郎っ！」

健太郎が叫ぶのと同時に腹部に拳が突き入れられた。背骨にまで達する衝撃を受け、僕はシャツの胸に血の混じった胃液を吐いて呻いた。

「てめえ、どうやってこの家に入った？　さては千尋のまわし者だな？」

喘ぐように僕はまた首を左右に振った。瞬間、再び腹に拳が深くねじり込まれた。

「よし。とにかく千尋と3人で話し合おう。それから警察に突き出してやる。さあ、立て。立てよ、この野郎っ！」

健太郎は僕の襟首を鷲摑みにして無理やり立ち上がらせた。「歩けっ、下に降りろ」

下半身にはまったく力が入らなかった。凄まじい目眩に壁や柱がグラグラと揺れた。僕は健太郎に吊り上げられるようにしてヨロヨロと歩いた。ベッドの上に転がったままのスタンガンが目に入ったが、どうすることもできなかった。

「ほら、とっとと歩けっ」

健太郎に引きずられるようにして僕は階段の上に立った。

「おい、千尋っ！」

僕の襟首を強く摑んだまま、階下に向かって健太郎が叫んだ。「2階におかしなやつが入り込んで来た。今、下に連れてくから服を着ろっ！」

もはや僕にはどうすることもできなかった。健太郎は完全なる勝者で、僕は完全なる敗北者だった。2年間の侵入を続けた末に僕が得た結果は、惨めに叩きのめされ、薄気味悪い不法侵入者として千尋の前にその無残な姿をさらすことだけだった。

また胃が痙攣を起こした。僕は身を屈め、血まみれの胃液を吐いた。床に飛び散った液体が健太郎の足にかかり、健太郎が僕の襟首から手を放して飛びのいた。

「汚ねえな、いつまでも吐いてるんじゃねえよ」

胃はしつこく痙攣を繰り返し、僕は身を屈めたまま泡のような液体を吐き続けた。血と涙に滲む目を開くと、階下を背にして階段の縁に立つ健太郎の足が見えた。

瞬間、僕は両手を前方に突き出した。僕の掌が、白いシャツに包まれた健太郎の分厚い胸の辺りを確かにとらえた。

「うわっ！」

短い悲鳴とともに健太郎は僕の腕を摑みかけた。だが僕は、反射的にそれを振り払った。後ろ向きにプールに飛び込む飛び込みの選手のように、あるいは後ろ宙返りをする体操選手のように、健太郎の体はゆっくりと後方に倒れていった。瞬間、僕と目が合った。その目には、驚きと怒りが混ざり合っていた。

空中で半回転した健太郎はまず階段の中程に腰の辺りを打ち付け、次に背中と肩と後頭部を打ち付けた。さらに後ろ向きに回転を続けて膝の辺りを強打し、その後に再び腰の部分を打ち付けた。そしてすごい音をたてながら、階段のいちばん下まであっという間に転げ落ちた。

67

階段の下に倒れた健太郎は、焦点の定まらない目でこちらを見上げていた。僕はとっさに寝室に引き返すと、ベッドの上に転がっていたスタンガンを摑んだ。それを握り締め、壁に縋り付きながら階段を下りた。

「……貴様っ……よくも……」

健太郎は不自然に体をねじった不格好な姿で階段の下に仰向けに倒れていた。その窮屈な姿勢のままで僕を見上げ、呻くように声を出した。「……畜生……殺してやる……」顔をしかめながら体を起こしかけたが、それはできず、再び床に仰向けに倒れた。後頭部に裂傷を負ったらしい。頭の下にできた血溜まりが、瞬く間に床に広がっていた。鼻や耳の穴からも血が溢れ、両膝と両肘は擦り剝けて血が滲んでいた。

僕は震えながら、右手に持ったスタンガンを健太郎の顔に近づけた。

「……ああっ、やめろっ……畜生っ……やめろっ……」

床に転がった健太郎は呻き続けたが、もはや体の自由は利かないようだった。僕は難なくスタンガンを健太郎の首のところに押し付けた。

「うおおっ！……おおっ」

スタンガンが青白い火花を放ってスパークすると同時に、健太郎の体が弾かれたように跳ね上がった。充血した白目を剝き、何度か口をパクパクと痙攣させ、そのまま動かなくなった。


有り合わせの服を身に纏って現れた千尋は、階段の下に転がった夫を見て息を飲んだ。

健太郎の頭の下にできた赤黒い血溜まりは、今では直径30cmほどにまで広がり、ドロリとしたその表面に壁の染みを映していた。

千尋は口に右手を押し当てて健太郎を見下ろしていたが、やがて顔を上げ、今度は僕を見つめた。その瞼が両方ともひどく腫れ上がっているのが哀れだった。

沈黙の時間が続いた。千尋は無言のまま、床に倒れた健太郎と目の前に立ち尽くす僕とを交互に見つめ続けた。そして、ついに——千尋は理解した。

「……あなた……だったのね」

喘ぐように千尋が言った。

僕は試合のあとのボクサーのように歪んだ千尋の顔をしばらく見つめ、それから深く頷いた。

健太郎は僕たちの足元に無残に転がっていた。階段を転げ落ちた際に骨折したのだろう。右足は普通でない方向にグニャリと折れ曲がっていた。鼻と耳からもかなりの量の血が溢れ、頭の下の血溜まりに流れ込み続けていた。だが死んだわけではなかった。その証拠に、腹部は静かに上下運動を繰り返していた。

「どうします？」

千尋を見つめて僕は言った。

千尋は僕を見つめ返し、わからない、というふうに無言で首を振った。

「……指示してください……あなたの言うとおりにします」

千尋はまた首を左右に振った。

その時、意識を取り戻しかけた健太郎が「……ううっ……うううっ……」と微かな呻き声をたてた。反射的に千尋が後ずさった。

迷っていることはできなかった。

僕は健太郎の脇に屈み込み、赤く火傷の痕ができた彼の首にもう1度スタンガンを宛てがった。許可を求めるかのように千尋を見上げた。千尋は何も言わず、僕の手を見つめていた。

朦朧と目を開いた健太郎が嫌々をするかのように首を振ったのを合図に、僕はスタンガンをスパークさせた。パチパチパチッという音とともに、健太郎が「うほっ」と呻いて跳ね上がった。叩きつけられるように床に落ち、再び意識を失った。頭の位置がずれ、そこにまた新たな血溜まりが形成された。

「殺します……いいですね……殺します……」

僕はスタンガンを床に置き、自分のズボンからベルトを引き抜いた。まるで最初からそうすると決めていたかのように、それを健太郎の首にグルリと巻き付けた。また千尋を見上げた。千尋は僕を見つめ返したが、やはり無言のままだった。

僕は健太郎の首にまわしたベルトのバックルを足で床に踏み付け、ベルトの先端を両手で握り締めた。そして、もう千尋の顔は見ず、渾身の力を込めてそれを締め上げた。

黒革のベルトが筋肉質な首に深く食い込み、健太郎の顔が見る見る紅潮していった。僕は歯を食いしばってベルトを引き続けた。生命が押し潰されていく奇妙な感触が伝わってきた。懸命に悲鳴を押し殺す千尋の「あわわわわわっ……」という声が聞こえた。

その時、健太郎が目を開いた。そして、凄まじい怒りを込めて僕を見つめた。僕の脇で千尋が「ひいっ」という声を漏らした。

充血した目を大きく見開き、健太郎は両手を自分の首にまわした。僕を睨みつけたまま、首に深く食い込んだベルトに爪を立て、必死にそれを外そうとした。

ものすごい恐怖が僕を包み込んだ。だが、力を緩めることはなかった。千尋の「……あわわわっ……あわわわわわわっ……」という言葉にならない声を聞きながら、僕は全身のすべての力を動員して健太郎の首を絞め続けた。健太郎の口が変な音をたて、折れていないほうの足が3〜4度床を蹴った。

決して力を緩めてはいけないということを僕は知っていた。もはや後戻りはできないのだ。僕はかつて感じたことのないほどの恐怖に駆られながらも、ベルトの先端を引っ張り続けた。黒革のベルトは健太郎の首の中に、さらに深く食い込んでいった。千尋の口は「……あわわわっ……あわわわわわわっ……」という声を絶え間なく発し続けていた。

どれくらいそうしていたのだろう？　やがて健太郎の体がぐったりと弛緩し、腕が床の上にだらりと伸びきった。だが僕は、それでもしばらくのあいだ、力の限りベルトを引っ張り続けていた。途中で顔を上げると、千尋は両手で口を押さえ、今にも泣き出しそうに顔を歪めて、夫を絞め殺す男の姿を見つめていた。

68

健太郎のシャツをまくり上げ、堅く筋肉の張り詰めた胸に耳を押し当てた。それはベタベタと汗ばみ、熱いほどの体温を保っていたが、もう心臓の鼓動は聞こえなかった。

「……死にました」

僕が言い、千尋は腫れ上がった唇を震わせて小さく頷いた。

「……これを……どうしましょう?」

僕がきいたが、千尋は無言で首を振るだけだった。目の縁からはポロポロと涙が溢れていた。僕にはその涙の意味がわからなかった。


僕は死体を階段の下に残して裏庭に行った。そして庭仕事用のスコップを使い、大きなタイザンボクの根元に穴を掘った。運動不足のせいでたちまち全身の筋肉が悲鳴を上げ、肩や腰がズキズキと痛んだが、途中でやめはしなかった。

黙々と土を掘り出しながら、僕はこれからのことを考えた。千尋がどう考えているのかはわからない。泣いていたところを見ると、まだ健太郎に未練があったのかもしれない。たとえそうでなかったとしても、千尋が僕を好きになり、僕のものになるとは考えられなかった。

けれど、僕はそれでかまわなかった。もしこの犯行が発覚するようなことがあったら、その時は、すべての罪は僕がかぶるつもりだった。僕はただのストーカーで、千尋をつけまわしたあげく、彼女の夫を殺害してしまったことにすれば、それでいい。

逮捕されることは怖くなかった。裁判にかけられ、懲役刑を受けることも怖くなかった。たとえ死刑が宣告されても、僕はそれを受け入れられると思った。

死体を埋めるのにいったいどれくらいの穴が必要なのか、見当もつかなかった。僕は何度も休憩して筋肉を揉みほぐしながら、1時間以上かけて深さ1m、直径1m50㎝ほどの穴を掘った。

初夏の日は長く、いつまでも暗くならなかった。明るいうちに死体を裏庭に運び出すのはいくら何でも危険すぎるように思えた。それで、穴を掘り終えた僕は、子供部屋で木乃美を抱いていた千尋に、「死体は暗くなってから埋めたほうがいいと思うんですけれど……」と提案した。

千尋は「そうね」と言って、強ばった顔で笑った。


裏庭での作業を終えて家の中に入ると、コーヒーの香りがした。

健太郎の死体はいつのまにか客間に移され、白いシーツに包まれていた。階段の下にあったはずの血溜まりも、跡形もなく拭われていた。おそらく、寝室や階段の上に僕が吐いた胃液も、綺麗に拭き取られているのだろう。

木乃美は子供部屋で眠っているらしく、家の中は静かだった。

千尋はダイニングキッチンにいた。そこで手鏡を見ながら自分の顔の傷の手当をしていた。入って来た僕に気づき、無言で手招きし、近寄った僕の顔にもクスリを塗ってくれた。

千尋が僕の顔の手当をするあいだ、僕はまるで千尋の子供にでもなったかのように目を閉じていた。

「あの……よかったら、コーヒー、飲みませんか？」

僕の顔の手当を終えた千尋が言い、僕は歓喜して頷いた。

死体から壁1枚隔てただけのダイニングキッチンのテーブルに向き合って、僕たちは熱いコーヒーを飲んだ。それはマンデリンではなくただのインスタントコーヒーだったし、口のあちこちにヒリヒリと染みたけれど、信じられないほどにうまかった。

この日をどれほど待ち侘びたことだろう？　僕は目の前に座ってコーヒーを飲む千尋をうっとりと見つめた。そして、11年前のことを思い浮かべた。

「僕を……覚えてませんよね？」

そう言ってみた。

夢はかなわないから夢なのだ。何かの本でそう読んだ。

けれど、僕の夢はかなった。ついに、かなった。

69

「……死にました」

あたしの目をじっと見つめて男はそう宣言し、それから、無様な姿で床に横たわる健太郎に目をやり、「……これを……どうしましょう？」ときいた。

これ？

そうだ。『これ』で正しいのだ。健太郎はもう物になってしまったのだから、『これ』と呼ぶべきなのだ。

こんな時、女はいったいどういうふうに振る舞えばいいのだろう？　夫の死体に縋り付き、狂ったように泣きわめくべきなのだろうか？　髪を掻き毟り、夫を殺した男をヒステリックに非難するべきなのだろうか？　それとも——流れ者の愛人にドライブイン経営者の夫を殺害させたジェシカ・ラングのように、媚を含んだ目で男を見つめ、誘うように微笑みかけるべきなのだろうか？

けれど、あたしはそのどれもしなかった。ただ、夫を殺した男を無言で見上げただけだった。

「庭に穴を掘って……そこに埋めたらどうでしょう？」

男がそう提案した。そんな安易な方法で死体の処理をしていいものか迷ったが、ほかに方法も思いつかなかった。あたしは無言で頷いた。その時、自分の頬から涙がポタリと床に落ちるのを見た。

男が裏庭に出て行ってから、あたしはさっき男がしていたように、健太郎のシャツをまくり上げて、そこに耳を押し付けてみた。ふと、昔、まだあたしと健太郎が付き合っていて、健太郎のことが好きで好きでたまらなかった頃、こういうふうに健太郎の胸に顔を載せて眠ったことがあったのを思い出した。死体になってしまった健太郎の胸に顔を押し当てて、なぜだか、そんなことを思い出した。健太郎の胸はポカポカと温かくて、生きている時と何も変わらなかったけれど、もう心臓は動いていなかった。

健太郎は死んだのだ。もうどんなことがあっても、あたしに平手打ちすることはできないのだ。あたしに足払いをかけて床に転がすことも、鳩尾に拳を叩き込むことも、口汚く罵ることも、髪を鷲摑みにしてあれを口に含ませることもできないのだ。テーブルを引っ繰り返すことも、料理の皿を床に叩きつけることも、家計簿を点検して出費のひとつひとつに難癖をつけることもできないのだ。

あたしの中に喜びに近い感情がじわじわと湧き上がった。

死体になった健太郎の胸から顔を離してあたしは立ち上がった。やるべきことは山ほどあった。まず健太郎の死体を乗り越えて寝室に行き、サイドボードの上に投げ出された子供部屋の鍵を見つけた。それを握り締めて階段を下り、また健太郎の死体を平気で乗り越えて子供部屋の鍵を開け、泣き疲れてぐったりとしていた木乃美をようやくのことで抱き締めた。木乃美のオシメを取り替え、食事をさせ、思い出したように煙草を1本吸った。

木乃美の世話が済むと、今度は押し入れから使い古したシーツを何枚も引っ張り出し、それで健太郎の死体を幾重にもくるんだ。白いシーツに包まれた重たい死体をズルズルと客間に引きずっていく時、高校生の頃に読んだ本のことを思い出した。その本の中に確か、看守が、監獄で病死した老人の死体をズダ袋に入れて断崖から海に投げ込むシーンがあった。いや、ズダ袋の中に入っていたのは老人の死体と入れ替わった主人公だったかもしれない。

階段の下には健太郎の頭や耳や鼻から流れた血が広がっていた。それはすでにネバネバと乾き始めていて、生臭くて、吐き気を催すほど気持ち悪かったけれど、ボロ布とティッシュペーパーを何枚も使って丁寧に拭き取った。

血に汚れた手を洗いながら裏庭を見ると、健太郎を殺した男がタイザンボクの根元にせっせと穴を掘っているのが見えた。

健太郎に比べると、男は頼りない貧弱な体をしていた。お尻が小さくて、腰が細くて、とても神様には見えなかった。

もし、この犯行が発覚したらどうなるのだろう？

穴を掘り続ける男の、痩せた後ろ姿を見つめてあたしは思った。裁判ではあたしとあの男のいったいどちらが、より重い罪に問われるのだろう？　世間はあたしとあの男の関係をどう思うのだろう？

それにしても——と、あたしは思う。あの男はいったい、いつからあたしにつきまとっていたのだろう？　いったいどんな理由があってこの家に忍び込んだり、内職を手伝ったり、あたしの財布にお金を入れたりしたのだろう……？

考えていてもしかたのないことだった。あたしは頭を空っぽにして寝室の掃除を済ませ、そのあとでダイニングキッチンに戻ってインスタントコーヒーをいれた。裏庭で穴を掘り続けている男に熱いコーヒーを飲ませてあげたかった。彼はあたしの人生から健太郎を取り除いてくれたのだから、それくらいのことはしてあげてもいいと思った。

健太郎の死体と壁を隔てただけのダイニングキッチンのテーブルで、あたしと男は向かい合ってコーヒーを飲んだ。

「僕を……覚えてませんよね？」

男は湯気の立ちのぼるコーヒーを一口すすり、それからあたしの目ではなく、あたしの首の辺りを伏し目がちに見つめて言った。

健太郎にひどく殴られたせいで人相が変わってしまっていたが、もちろん、あたしは男を知っていた。

「熱帯魚店の……ご主人ですよね？」

あたしが言い、男は腫れ上がった目であたしをじっと見つめた。

「……あの……三井……三井直人です……覚えてませんよね？」

「……三井……さん？」

あたしはその名を思い出そうとした。……三井……三井……三井……三井……けれど、そんな名にはまったく覚えがなかった。

「……あの……あたしたち……以前にどこかでお会いしていますか？」

男は無言で頷き、またあたしを見つめた。あたしが自分を思い出すことを切望しているような目付きだった。あたしはしばらく考えるフリをしてみた。けれど、思い出せないことは最初からわかっていた。

「ごめんなさい。どうしても思い出せないの。ごめんなさい……」

あたしが謝ると男は無言で首を振った。ほんの一瞬、悲しそうな表情を見せたが、黙ってコーヒーカップを持ち上げ、中の液体をすすった。

「あの……前にどこかでお会いしています？」

あたしは同じ質問を繰り返した。

男はまたしばらく無言であたしを見つめ、そのあとで決意でもしたかのようにゆっくりと、だが深く頷いた。

「いつ？　どこで？」

あたしは即座にきき返した。

「……11年前……学生だった時……」

呟くように男が言い、その言葉に、あたしは思わず「えっ、11年前っ！」と叫んで男の顔を見つめ返した。

「11年前って……あの……11年前？……でも、どこで？……」

「……11年前……あなたと僕は同じ大学の……同じフランス語文法のクラスにいて……」

男は俯いてテーブルの一点を見つめ、モタモタした口調で話し始めた。「……あの……いつだったか……サン・テグジュペリの『星の王子様』の授業中に……あの……あなたにノートを見せてもらって……それから……授業のあとで一緒に喫茶店でコーヒーを飲んで……あの……あなたは確かマンデリンを飲んで……それで僕も同じものを飲んで……」

あたしは驚いて男の顔をまじまじと見つめた。だが、いくら見つめてもその平凡な顔を思い出すことなどできなかった。

「……それで……あの……その時、その店で……僕が飼っているグッピーの話をして……そうしたら、あなたが自分もグッピーを飼ってみたいって言って……それで……そのグッピーをあなたにあげる約束をして……また会う約束をしてもらったんです……だけど……何日かしてあなたのほうから断ってきて……あの……思い出しましたか……？」

あたしは無言で首を左右に振った。そんな記憶はまったくなかった。

こんなことを聞かされて驚かない人なんているだろうか？　あたしはただ、熱帯魚店の主人がたまたま店に来たあたしを気に入り、ストーカーみたいにつきまとい始めたのだとばかり思っていたのだ。それなのに11年とは……。

あたしが首を振ったのを見て、男はまた悲しそうな表情を浮かべた。それから再びテーブルの一点に視線を戻してモタモタと喋り続けた。そうすればあたしが、その日のことを思い出すとでもいうかのように、歯切れの悪い声で喋り続けた。

「……あの頃あなたは佐々木という名字で……亜麻色の長い髪を真っすぐ背中に垂らしていて……とてもお洒落でとても綺麗で……女子学生たちの中でも飛び抜けて目立っていて……僕はいつも、そんなあなたを遠くから見つめていて……いつも素敵な人だなと思っていて……だから、そんなあなたとふたりでコーヒーを飲むなんて夢のようで……」

「ねえ、その日、あたしがどんな格好をしてたか覚えてる？」

それを聞けば思い出せると思ったわけではないけれど、試しにあたしはそうきいてみた。

「……ええ……もちろん。もちろんです」

そう言って男は、まるで網膜に映された映像を見るかのように目を閉じた。「……あの日のあなたは……ぴったりとした白いノースリーブのワンピースを着ていて……小さな十字架の付いた、お揃いのイヤリングやペンダントやブレスレットや指輪をしていて……」

男の言葉はあたしを再び驚かせた。男は、まるでそれがついさっき、きょうの午前中の出来事であるかのように、いや、今、男の前にその写真が置いてあるかのように、11年前のあたしの様子を細かく描写してみせたのだ。

「……古いオメガの腕時計をしていて……桜貝みたいな色のマニキュアと……群青色に近いブルーのペディキュアをしていて……ツヤツヤに光るピンクの口紅を塗っていて……踵の高いエナメルのサンダルを履いていて……ルイ・ヴィトンの巾着型のバッグを持っていて……ジャン・ポール・ゴルチエの香水をつけていて……」

確かに……確かにあの頃、あたしは小さな十字架に細かいダイヤを散り嵌めたプラチナのアクセサリーのセットを持っていた。体に張り付くようなぴったりした白いミニ丈のワンピースも持っていたし、ルイ・ヴィトンの巾着型のバッグも持っていた。ゴルチエの香水をしていたことも、確かにあった。だが、今はそのどれも持っていない。そんなものを持っていたということさえ、今の今まで忘れていた。母からもらったオメガだけはまだどこかにあるはずだけど、壊れてしまって修理に出していない。それなのに、この男は……。

「それ以来……あなたと会ったことはないわよね」

あまりの驚きに呆然としながらも、ようやくあたしはそれだけ言った。

「……あの……キャンパスですれ違ったことは何度かあったけど……あの……あなたは気づかないみたいだったし……特に話したことも挨拶をしたこともないし……」

11年！　この男は11年前、19歳だった頃にたった1度、喫茶店でお茶を飲んだだけの女を追いかけていたのだ！　まるで古い写真でも見るかのように、網膜に焼き付けたあたしの映像を見つめ続けていたのだ！　そんな人間がこの世のどこにいるというのだろう？

「それで……それから11年、あなたはずっとあたしに……あの……何ていうか……つきまとっていたの？」

「……いえ……そうじゃないんです……2年前に急に……あの……エレベーターに乗った時に……あの香水の……ジャン・ポール・ゴルチエの香水の匂いがして……それで……あなたのことを突然、思い出して……それからです……すみません……悪気はなかったんです……ただ……あなたともう1度だけ一緒にコーヒーが飲めたらと思って……本当にそれだけだったんです……それであなたを捜して……ようやく見つけ出して……僕も近くに越して来て……」

あたしは呆然としたまま首を振った。

「……あの……本当にもう1度一緒にコーヒーを飲みたかっただけで……それから……それから、お礼も言いたくて……」

「……お礼？」

「……ええ……あの……僕はあの時、幸せだったから……11年前のあの日が僕の人生でいちばん幸せな日だったから……それで……」

「失礼ですけど……もう1度お名前を聞かせてもらってもいいですか？」

「……あの……三井です……三井直人です」

ミツイ・ナオト……ミツイ・ナオト……ミツイ・ナオト……。

あたしは理解した。木乃美が言っている「なおちょ」とはこの人のことだったんだ。

あたしは男の顔をじっと見つめた。やはり11年前に一緒にコーヒーを飲んだ時のことは思い出すことができなかったし、この男は普通ではないと確信していたけれど、それでも怒る気にも恨む気にもなれなかった。それどころか、心のどこかには、こんなあたしを女神のように慕い続けてくれた人がいたということを喜ぶ気持ちさえあった。

たぶん木乃美もこの人を好いているんだ。木乃美はこの人に優しくしてもらったんだ。

「……すみませんでした……もうつきまとうのはやめます……許してください」

男が頭を下げた。

ようやく窓の外に夕闇が漂い始めた。ねぐらに戻る小鳥たちが街路樹の枝で騒がしくさえずっている。ふだんなら夕食の支度や何かでてんてこ舞いしている時間だ。

「……すみませんでした……許してください」

男が繰り返すのが聞こえた。

あたしは天井を見上げた。もう健太郎のために夕食を作る必要はないのだ、と思った。もう毎日の献立に頭を悩ます必要も、毎日庭に出て雑草を引っこ抜く必要も、毎日窓を磨く必要も、床にワックスを塗る必要も、健太郎のワイシャツやスーツにアイロンをかける必要もないのだ。

きっとあたしは頭がどうかしてしまったに違いない。男を見つめてあたしは、「ありがとう」と囁いた。

男が驚いてあたしの目を見つめ返した。

ありがとう?

2年間も家に無断で侵入を繰り返し、家のどこかに身を潜め、盗聴マイクを仕掛けて寝室での夫婦の会話を盗み聞き、さんざんつきまとったあげく夫を殺した男に向かって、あたしは「どうもありがとう」と繰り返した。

男が視線を上げ、戸惑ったように笑った。

ようやく日が傾き始めた頃、男はシーツにくるんだ健太郎の死体をタイザンボクの根元まで運び、穴の中に落とした。そして、何度も踏み固めながら湿った土を埋め戻していった。

あたしは男の後ろに立って、彼の貧弱な背中を見つめていた。やがて健太郎は湿った土の中に完全に埋められてしまったけれど、あたしにはついに1度も悲しいという感情が訪れることはなかった。

## 70

「明日、あなたのお店に行きます。そこで、これからのことを話し合いましょう」

　玄関のところで千尋はそう言った。千尋の腕の中では木乃美が嬉しそうに僕を指さし、「なおちょ、なおちょ」と繰り返していた。もうすっかり暗くなった道を自宅に戻りながら、僕は心の中でそれらのことを何度も思い返した。

　腫れた顔は焼けるように熱かったし、胃の辺りには相変わらず重苦しい吐き気が残っていた。だが、そんなことはもう少しも気にならなかった。

　――僕はやり遂げたのだ。

　いつの間にか夜の空には黒い雲が広がっている。人気もまばらな道には今夜も靄が立ち込めている。明日はまた、雨になるのかもしれない。明日、雨の中、木乃美を抱き、傘をさして店にやって来る千尋の姿を思い浮かべた。

　シャッターを上げ、店に入る。天井の明かりは消えているが、それぞれの水槽は明るい光を放っている。僕の姿を認めたピラルクーが餌をねだってガラスに口を擦り寄せる。72本の水槽のひとつひとつをまわって魚たちに餌をやる。それから3階の自室に上がり、千尋の人形に『ただいま』と笑顔で言ってから、そこにある22本の水槽の魚たちにも餌をやる。ベッドの縁に腰掛け、あの日のままの千尋のマネキン人形と泳ぎまわる魚たちとを交互に眺める。

かつて1度も感じたことのない感情が湧き上がってくる。それは一瞬、下腹部をヒュンと絞るように冷やしてから、ジワジワと腹部全体に心地よく広がっていく。僕は――この感情の呼び名を知らない。こんな感情が存在していたのだということさえ知らない。

《明日、あなたのお店に行きます。そこで、これからのことを話し合いましょう》

僕は千尋の言葉を反芻する。

――これから？

水槽からの光に照らされた薄暗い部屋のベッドに腰を下ろし、壁に貼り付けられた千尋と僕の写真を見つめ、千尋を模した人形を見つめ、全身に広がる心地よい感情に身をまかせ……僕は自分が、千尋と木乃美と3人で暮らすことを考えた。

ここで……この部屋で3人で暮らす？

それはもはや妄想としてではなく、現実味を帯びた計画として僕の脳裏に広がった。

……この街は出たほうがいいだろう。千尋にとって、この街には嫌な思い出が多過ぎる。3人でこの街を出て、どこかへ……ここではない、どこかへ向かう……どこか？……そうだ……伊豆の下田には母が買った別荘がある。行ったことはないが、海を見下ろす高台にある素敵な別荘だと聞いている。その別荘に暮らすのはどんなものだろう？　下田からこの店まで通うのは大変だが、できないことではない。

１８０㎝水槽の中で銀色の身をくねらせるアロワナを見つめて、僕はさらに考える。……これからは、千尋と木乃美のために、彼女たちの生活を支えるために働くことができる。それはどんな気分なのだろう？　伊豆半島はきっと、とても温暖で過ごしやすい場所だろう。そこで千尋は家の中の仕事をし、木乃美を育てる。僕のシャツを洗い、僕のために食事を作る。そして夜は……僕と同じベッドに入る。そうして僕は彼女に身を重ね、彼女の中に僕の……。

インターフォンが鳴った。千尋？

僕は弾かれたように窓辺に駆け寄った。カーテンを開け、窓を開ける。窓辺から身を乗り出すようにして道路を見下ろす。

瞬間、僕の頭を満たしていた未来の暮らしが砕け散った。

街灯に照らされた靄の中に３人の男が——制服姿の警察官が立って、こちらを見上げていた。

71

留置場で過ごす、これが２度目の夜だ。昨夜は頭が混乱してなかなか寝付けなかったが、今夜は眠れそうな気がする。ベッドは硬いし、毛布は薄っぺらで変な臭いがするが、そんなことはたいして気にならない。今まで僕が使っていた干したことのない布団や、垢で薄黒く汚れた毛布に比べれば何倍も清潔だ。

留置場は思ったほど居心地の悪い場所ではなかった。ここには窓がないけれど、僕の部屋の窓からは隣のアパートの灰色の壁しか見えなかったから、同じようなものだ。確かに警察のやつらに胸倉を掴まれたり、乱暴に壁に押しつけられたり、頭を強く小突かれたりはした。だが、それもやはり、たいしたことじゃない。

「いったいどうしてあんなことをしたんだ？」

「なぜ殺さなくてはならなかったんだ？」

警察のやつらは何度も繰り返し同じことをきいた。

僕はしかたなく、「ついカッとして……」と答えた。だが、それは本当ではない。あの時、僕はカッとなどしていなかった。それどころか、おそろしく冷静で落ち着いていた。

いったいどうして——？

警察のやつらにきかれるまでもなく、僕も何度も繰り返し自分に問いかけた。

「……あんたがいたってこと、コロッと忘れてた……あんた、存在感ないから……」

それがあの女が口にした最後の言葉だった。その直後に、僕は梱包用のカッターナイフを拾い上げ、それをあの女の痩せた首に振り下ろした。

たいした手ごたえがあったわけではない。だが、その瞬間、白く乾いた中年女の皮膚がズバッと裂け、そこから想像できないほど大量の血が天井に向かって噴き上がった。女が僕の目を見つめたまま、腰が砕けたかのように床に崩れ落ちた。その顔は今も、はっきりと覚えている。

なぜ、あんなことをしたのだろう——？

後悔しているわけではない。命を断たれた女に同情しているわけでもない。ただ、不思議なだけだ。まるでほかの誰かがあれをやったような気がして、僕には人を殺したのだという実感がまったくないのだ。

足音が近づいて来る。見まわりの人間が来たのだ。そっと枕から首をもたげる。暗い廊下を小さな明かりが照らしている。看守は僕の房の前で立ち止まり、懐中電灯で房の中を照らしていく。ベッドの中で僕は目を閉じて眠っているフリをする。顔に強い光が当てられ、瞼の裏が明るく、くすぐったくなる。それが何だか心地いい。

心地いい？

そう。今、僕はとても安らかな、心地いい気分だ。

(僕の人生にそんなことは1度もなかったが) 深夜に帰宅した父親が子供の寝顔を見るために、そっと子供部屋の明かりを灯したら、きっと子供はこんな気分になるのだろう。眠ったフリをしながら、子供は父親に見られていることを知り、自分が愛され、必要とされているのだということを知る。そしてとても安心した、安らかな気分になる。

ここでは誰も僕を忘れない。目覚まし時計など使わなくても、朝は看守が起こしてくれる。食事だってちゃんと出る。誰もが僕を「水島」「水島」と呼ぶ。名前を忘れる者などいない。誰もが僕のほんの少しの表情の変化も見逃すまいと、僕の顔をじっと見つめる。

――それは僕にとって、生まれて初めての経験だ。

少なくとも僕は今、必要とされている。刑事事件の主犯として、警察は僕を必要としている。兄貴を池に突き落として殺した時と同じように、何だか自分が重要な人物になったような気がしてワクワクする。

やがて……看守の硬い足音が遠ざかっていく。僕は目を開き、薄汚れた壁を見つめる。顔に光を当てられていたせいで、さっきよりも部屋の中が暗くなったような気がする。

……ここは静かだ。ここには僕を悩ませるものはひとつもない。オーナーに遅刻の言い訳をする必要もなければ、缶コーヒーを1個買っただけの客に頭を下げる必要もない。歩くたびに下の階に住む夫婦に天井をつつかれることもなければ、隣に住む化粧の濃い女に気持ち悪いものでも見るような目で見られることもない。たまに電話して来る父親の「勤……お前、これからどうするつもりなんだ？　コンビニの店員として一生やっていくつもりでいるのか？」という鬱陶しい声を聞くこともない……。

今まであんな息苦しい世界にどうやって暮らしていたのかと思うと、不思議でたまらない。もっと早くここに来ていればよかった……。

くだらない人生だった。だが、かまわない。たかが僕の人生だ。やり直していいと言われてもお断りだ。もう充分だ。

ゆっくりと眠りがやって来る。何も心配することのない、安らかな眠りだ。ふと、このまま死んでしまってもかまわないな、と思う。

もし天国や地獄というものがあるとしたら、僕は間違いなく地獄に行くのだろう。きっと兄貴は天国にいるのだろうから、死後も兄貴には会わなくて済む。それが嬉しい。

72

男が帰って行ってから、あたしは押し入れにあった大学の卒業アルバムを引っ張り出して眺めた。それは分厚くて、男を捜し出すのは容易ではなかったけれど、30分以上かけてあたしは男の写った写真を1枚だけ見つけた。そして、驚いた。

男は——三井直人は、40人ばかりの学生が大教室の後ろに集合した写真の中にいた。左隅の後方で、無表情にカメラのレンズを見つめていた。そして——男の隣にはなんと、あたしがいた。バッチリと化粧をし、ミニスカートにブーツを履き、長い髪をつややかに光らせたあたしが、男に寄り添うようにして立っていた。

# エピローグ

3人の警察官は、「夜分にすみません。昼間も何度か来たんですが、お留守のようでしたので……」と断ってから、インターフォン越しに10分ばかり水島勤についての質問をし、「ご協力ありがとうございました。また来るかもしれませんが、その時はよろしくお願いします」と言って立ち去った。警察官は僕に店の前に出て来てほしそうだったが、僕は腫れ上がって歪んだ顔を見られたくなかったので、「ちょっと具合が悪くて横になっていたもので……」と言い訳をした。

警察官が立ち去ったあとで、僕は北側の窓辺に座り、カーテンを少しだけ開き、三脚に固定したままの一眼レフで浜崎家をのぞいた。千尋は眠ってしまったのだろうか？　もう浜崎家の明かりはすべて消えていた。

窓辺から離れ、ベッドに腰を下ろす。その時、またインターフォンが鳴った。

「……はい？」

「……あの……あたし……です」

千尋だった。

「あっ……はい……すぐ行きます……」

僕は慌てて千尋のマネキン人形を抱き抱え、天井に伸びた釣り糸を引きちぎり、部屋の隅のクロゼットに押し込んだ。一瞬、考え、壁に貼られた千尋と僕の写真はそのままにし、急いで階段を駆け下りた。店の通路を走り抜け、シャッターを上げた。

そこに木乃美を抱いた千尋が立っていた。

「……あの……何だか怖くて……もし、迷惑じゃなかったら……今夜一晩、泊めてもらえませんか？」

千尋は白い眼帯で左の目を覆っている。僕の顔を見た木乃美が素敵な笑顔を見せる。

「……あっ……はい……もちろん、かまいません……あの……どうぞ」

僕は千尋を招き入れる。千尋の先に立って3階への階段を上る。

「いつもここから……あたしを見てたのね？」

北側の窓辺に腰を下ろした千尋が言い、僕はコーヒーをいれる手を止めて無言で頷いた。

千尋は部屋をぐるりと見まわし、壁に貼ってあったあの写真に——卒業アルバムから切り抜いた千尋と僕が並んで写った写真に気づいた。部屋に漂う甘い香りにはとうに気づいていたはずだ。

だが千尋は何も言わなかったし、僕も何も言わなかった。ただベッドの上で、木乃美だけが嬉しそうに何かを喋っていた。

「サイフォンでいれると、コーヒーっておいしいのね」

カップに腫れた唇をつけ、中の熱い液体を一口すすり、眼帯をしていないほうの目で僕を見つめて千尋が言った。その右目も瞼に押し潰されそうになっている。

「ええ……あなたが教えてくれたマンデリンです」

千尋は黙って笑った。


たぶん……こんな行き当たりばったりの犯行はすぐに発覚するだろう。もし万一、発覚しなかったとしても、千尋が僕のものになることはないだろう。それはわかっている。

もし犯行が発覚せず、いろいろなことが落ち着いたら、きっと千尋は僕ではない誰かを好きになるだろう。そしてその男と一緒に暮らすようになるだろう。木乃美もやがて僕を完全に忘れ、その男に懐くだろう。

——それでいい。それでかまわない。

ただ今夜、そして明日も、もし許されるなら明後日も……人形ではない本物の千尋が僕の隣にいてくれればいい。


「煙草……いい？」

千尋がきき、僕は「あっ、もちろん」と言って立ち上がり、棚から灰皿になりそうな小皿を取り出してテーブルに置いた。

千尋は膨れ上がった唇に煙草をくわえ、ポケットから出したライターで火を点けた。それはあの、銀色のライターだった。

千尋はライターと僕をいたずらっぽく交互に見つめ、ささやくように「……三井クン」と言った。

「……三井クン……ありがとう」

三井クン——11年ぶりに千尋は僕をそう呼んだ。

僕は静かに頷き、マンデリンを飲んだ。目を閉じると微かに、ユリのような甘い香水が匂った。

敷石の下には名もない虫たちがさざめいている。そんなちっぽけな生き物にもおそらく、彼らなりの小さな希望があり、彼らなりの小さな欲望がある。夢、怒り、悲しみ……そして彼らなりの小さな——だが、情熱に満ちた——恋と喜びがある。

アンダー・ユア・ベッド
大石《おおいし》 圭《けい》

角川ホラー文庫　Hお1-1　11893

平成13年３月10日　初版発行
平成31年４月30日　17版発行

発行者——郡司 聡
発　行——株式会社KADOKAWA
東京都千代田区富士見2-13-3
電話(03)3238-8521(カスタマーサポート)
〒102-8177
http://www.kadokawa.co.jp/
印刷所——大日本印刷　製本所——大日本印刷
装幀者——田島照久



ISBN978-4-04-357201-4 C0193

# 角川文庫発刊に際して

角川源義

第二次世界大戦の敗北は、軍事力の敗北であった以上に、私たちの若い文化力の敗退であった。私たちの文化が戦争に対して如何に無力であり、単なるあだ花に過ぎなかったかを、私たちは身を以て体験し痛感した。西洋近代文化の摂取にとって、明治以後八十年の歳月は決して短かすぎたとは言えない。にもかかわらず、近代文化の伝統を確立し、自由な批判と柔軟な良識に富む文化層として自らを形成することに私たちは失敗して来た。そしてこれは、各層への文化の普及滲透を任務とする出版人の責任でもあった。

一九四五年以来、私たちは再び振出しに戻り、第一歩から踏み出すことを余儀なくされた。これは大きな不幸ではあるが、反面、これまでの混沌・未熟・歪曲の中にあった我が国の文化に秩序と確たる基礎を齎らすためには絶好の機会でもある。角川書店は、このような祖国の文化的危機にあたり、微力をも顧みず再建の礎石たるべき抱負と決意とをもって出発したが、ここに創立以来の念願を果すべく角川文庫を発刊する。これまで刊行されたあらゆる全集叢書文庫類の長所と短所とを検討し、古今東西の不朽の典籍を、良心的編集のもとに、廉価に、そして書架にふさわしい美本として、多くのひとびとに提供しようとする。しかし私たちは徒らに百科全書的な知識のジレッタントを作ることを目的とせず、あくまで祖国の文化に秩序と再建への道を示し、この文庫を角川書店の栄ある事業として、今後永久に継続発展せしめ、学芸と教養との殿堂として大成せんことを期したい。多くの読書子の愛情ある忠言と支持とによって、この希望と抱負とを完遂せしめられんことを願う。

一九四九年五月三日

## 赤いべべ着せよ…

今邑彩

「どの子をことろ　あの子をことろ…」鬼に我が子を食い殺された女がやがて自分も鬼になる。そんな鬼女伝説が残る地方で続く、幼児扼《やく》殺《さつ》事件。被害者の親たちは皆、二十年前にある幼女の扼殺事件に関係していた…。傑作長編!!

## 水霊《ミズチ》

田中啓文

宮崎県の過疎村で、遺跡から出た湧き水を飲んだ者が、人間離れした食欲をみせた後痩せ衰えて死亡した。事件の調査に乗り出した民俗学者杜川はフォークロアに秘められた驚愕の事実を知る！　話題の新鋭作家が放つ伝奇ホラー大作。

## あやかしの鼓

夢野久作怪奇幻想傑作選

夢野久作

鼓作りの男が、想い焦がれた女性へ、嫁ぐ時に贈った自作の鼓。その音色は尋常とは違い、皆を驚かせた。それは恐ろしく陰気な、けれども静かな美しい音であった……。夢と現実が不思議に交錯する華麗妖美な世界！

景山民夫
## ボルネオホテル

嵐の夜、古いホテルに閉じ込められた九人の男女。底無し沼と化したプール、宙を舞う家具、毒虫の大群――。邪悪な何物かが、彼らの心と体を奪い取ろうとしている。これがホラー小説の原点だ！

景山民夫
## ホワイトハウス

ルポライターの斉木は小説家への転進を決意し、那須の山荘に移り住んだ。渓流と英国式花壇に囲まれた西洋風の二階建て。そこで斉木が見たものは…。本邦初！前人未踏のガーデニング・ホラー小説。書き下ろし。

高橋三千綱
## 霊能者

ロスで不吉な霊視を受けた心理学者の田島は愛娘の失踪を知り、急遽帰国、その行方を追うが……。闇の世界に引き込まれた少女救出のため、悪霊蠢く戦慄の館で霊能者たちの死闘が始まった！　著者が初めて挑んだ異次元小説。